戦国時代《せんごくじだい》に
七
宇宙要塞《うちゅうようさい》でやって来ました。
横蛍
イラスト　モフ

セレス
エル
メルティ

シンディ
アーシャ

ジュリア
チェリー
すず

戦国時代《せんごくじだい》に宇宙要塞《うちゅうようさい》でやって来ました。

七

横蛍

Illustration　モフ

新紀元社

目次

これまでの物語

VRMMO「ギャラクシー・オブ・プラネット」で創った宇宙要塞やアンドロイドたちとともに、戦国時代に飛ばされた一馬。織田信長の家臣となった一馬は、現代人としての知識と実体化したアンドロイドたちの知能や技術で、戦国の世と人々の意識を変えていく。一馬の提案で開催することになった武芸大会では、高まる織田家の力をさらに周囲に見せつけることとなった――。

登場人物

「ギャラクシー・オブ・プラネット」の世界から戦国時代へやって来た者たち

ジュリア

戦闘型アンドロイド。宇宙要塞では戦闘部のリーダー。

セレス

クールで真面目、敵には厳しい戦闘型アンドロイド。

ケティ

医療型アンドロイド。無口だが、本当は感情豊か。

エル

一馬が初めて創った万能型アンドロイド。癒やし系。

久遠一馬

リアルではアラサーの男だが、ゲームのアバターのまま実体化し戦国時代へやって来た。

メルティ

小悪魔風お姉さんな万能型アンドロイド。絵画が得意。

リリー

動植物の育成や品種改良が得意な技能型アンドロイド。

パメラ

明るい性格の医療型アンドロイド。ツインテールが特徴。

リンメイ

技能型アンドロイド。技術研究や開発生産が得意。

アーシャ

技能型アンドロイド。開校した学校の責任者となる。

シンディ

万能型アンドロイド。酒造りや商いの差配をする。

望月千代女

望月出雲守の娘。久遠家の侍女となる。

滝川お清

滝川資清の娘。久遠家の侍女となる。

滝川資清

滝川一益の父。久遠家家臣のまとめ役に。八郎。

滝川一益

通称、彦右衛門。武芸と鉄砲が得意。

滝川慶次郎

変わり者で型にはまらない男。

織田信秀

織田弾正忠家の当主。信長の父。

織田信長

尾張、織田弾正忠家の嫡男。一馬の主に。

戦国時代の人々

斯波義統

尾張守護。太田牛一の旧主。一馬を評価。

柳生宗厳

通称、新介。石舟斎。久遠家に仕官。

塚原卜伝

鹿島新當流を開いた武芸者。剣聖。

太田牛一

通称、又介。久遠家で文官仕事も担う。

序章　年の瀬

side：エル

師走も半ばとなりました。時が過ぎるのは早いと感じます。

「お方様、正月のことでございますが……」

今年一年の商いの清算や新年を迎える支度は、家臣や奉公人の皆と一緒にします。私たちは日ノ本の外の者ということで、私たちなりの流儀があると皆が理解してくれているので、正月の支度も相談しながらしているところです。

もっとも文化圏は日ノ本と同じということで、そこまで大きく変えてはいませんが。

「ええ、それでいいわ。お願いね」

年越しも二年目。大まかには去年と同じということで大きな混乱はありません。とはいえ去年の反省などもあり、八郎殿たちはあれこれと考えてくれています。

「年末年始の体制についてまとめた」

すっかり医師が板に付いたケティが、年末年始の病院についての献策を持ってきました。

「急患は受け入れるのね。いいの？」

「助けられる命は助けたい」

入院患者は当然世話をする人が必要になる。それに病院も空にするわけにいかないので、警備兵も置く手筈になっています。ただ、急患を受け入れるとなると医師と看護師の負担が生まれます。

「分かったわ。検討して上申するようにしましょう」

現状でそこまで急患が来るとは思えません。とはいえ先例となることをする場合は、先々のことまで考える必要がありますね。

病院関係者には割増で報酬を出すことと、往診は断ることにしておきましょう。あくまでも病院での診察に限定します。領地はこれからも広がるでしょう。遠方からの往診を求められると負担が大きくなり過ぎます。身分社会という現状を考えると、断る先例を作っておきたいところです。

「エル、学校のことだけど。教師陣からも学校を空に出来ないって進言があるわ」

次はアーシャです。

学校の問題は年末年始の警備ですか。授業もないので教師陣もいなくなります。この時代で言えば書物は貴重であり、盗難の可能性もありますね。さらに、あそこは織田家と久遠家の象徴的な場所のひとつ。織田家の威信を傷つけて、両家の関係を壊したいと企む者のターゲットにされかねません。

「そうね。病院ともども、警備兵は増やさないと駄目ね。セレスと相談しましょう」

当家が関わるところは警備の増員をしておいたほうがいいですね。工業村は住人が少なくなることもないので、過剰に警戒する必要はないのでしょうが。

織田家ともども、土岐家にも恨まれている現状では、なにが起きてもおかしくはありません。

side：久遠一馬

清洲平定直後だった去年よりは余裕があるとはいえ、年末が忙しいのは変わらない。商いの清算もある。ウチは現金払いが基本だけど、逆にウチへの支払いは高額だから売掛金の回収は凄いことになるんだ。年が越せない人が出ないか、ちょっと心配だね。

久遠家としては湊屋さんや望月さんなどの家臣が増えたので、去年よりは余裕がある。去年は三河や大垣の維持すら出来るかどうかで悩んでいたからなぁ。

「年末年始の案件になります」

さて、資清さんが来る前にエルたちと今日の仕事の整理をする。

エルは金色の髪と目をした、スタイル抜群で可愛らしい女性だ。年齢はこちらに来て数え歳の習慣に合わせて一歳歳を重ねたので、十九歳。仮想空間でオレが最初に創った万能型アンドロイドで、この世界に共にやって来た、百二十人の妻でありアンドロイドであるみんなのまとめ役になる。

「やっぱり警備兵の増員がいるか。セレスどう？」

「対応出来ます。年始は家に戻らねばならない者もいて、すでに臨時雇いをする予定で人を集めていますので」

エルが最初に渡してくれた報告書をセレスに見せる。彼女は戦闘型アンドロイドで、銀髪にクールな切れ長の目をしている。性格は少し軍人っぽくて真面目かな。年齢は二十一歳だ。オレたちが尾張に来て創設した警備兵の指導やまとめ役をしている。

「じゃ、人員の配置とか素案をお願い。出来次第、若様に献策するから」

最優先で決めねばならないのは、年末年始の警備体制だった。清洲城や那古野城やウチの屋敷はいいものの、病院・学校・工業村など、普段と違う体制になる場所は警備体制の見直しと増員がいる。

「セレス、アタシのほうでも何人か声を掛けておくよ。暇を持て余している連中はいるからね」

「お願いします」

塚原さんに弟子入りして以降、織田家中の武闘派と親しいジュリアも警備要員の人集めをしてくれるようだ。彼女も戦闘型アンドロイドで、少しウェーブのかかったブラウンヘアを肩まで伸ばし、派手めの顔立ちとスタイルをしている。年齢は二十一歳だ。

次に家臣や奉公人のことをメルティに確認する。

「ウチのみんなの実家関係は大丈夫か？」

「ええ、八郎殿たちと厄介なところは片付けているわ」

彼女は万能型アンドロイドで、青い髪をショートボブにしている色気のある女性だ。年齢は十九歳。人の心理を読み、戦略や作戦立案をすることが得意中の得意で、趣味は絵画を描くことだ。

実は信長さんの紹介で召し抱えた家臣や奉公人がウチには多いが、実家や一族とトラブルになっている場合、その解決をしているんだよね。

それなりの禄や報酬を払っているんだけど、中にはいきなり立場が良くなったと言えるくらい環境が激変した人もいるからなぁ。

「ああ、ケティ、パメラ。急患を受け入れるのか？　無理しないでほしいんだけど」

「無理はしない。でも出来ることはしたい」

「現状でも入院患者さんもいるからね。みんなで話し合ったんだよ」

ケティとパメラのふたりは医療型アンドロイドで、ケティは黒髪のショートヘアで黒目、年齢は十七歳。小柄でスレンダーなスタイルの女性だ。基本的に無口で抑揚の少ない話し方をするが、本当は感受性が豊かで少し食いしん坊でもある。

パメラは魔法少女にでもなりそうなツインテールのブロンドヘアに、ほっそりした容姿の女の子だ。明るい性格で年齢は十七歳。

ふたりが働く病院では、年末年始も急患が来たら診察するとの献策があったことから、信秀さんや信長さんとも相談したんだけど、反対まではされなかったものの、そこまでしなくてもいいのではと言っていた。

エルとも相談して無理がないようにと考えているけどさ。

あとは津島と熱田の屋敷と、牧場村の年末年始も相談が必要か。

津島の屋敷はリンメイに任せている。彼女はアジア系の容姿をしていて、黒目黒髪でスレンダーな体型だ。年齢は二十一歳。技能型アンドロイドで技術研究や開発生産が得意なんだ。

それと熱田の屋敷はシンディに任せている。彼女はブロンドの縦ロールヘアで、スリムな体型をしているお嬢様タイプの万能型アンドロイドになる。年齢は十七歳。兵器開発から作戦立案まで出来る器用な女性だ。

ウチの領地である牧場村には、牧場を任せているリリーと学校を任せているアーシャが住んでいる。

リリーはブロンドヘアの、おっとりしたお嬢様か保育士さんが似合う女性で、動植物の育成や品種改良が得意な技能型アンドロイドだ。年齢は十九歳。牧場の動物たちや新たに日ノ本に持ち込んだ作物の栽培などを任せていて、牧場にある孤児院も彼女が仕切ってくれている。

アーシャはオレたちの献策で開校した学校の責任者だ。インド系の容姿にセミロングの黒髪でエキゾチックな雰囲気をした美人。年齢は二十一歳。アンドロイドのタイプは技能型で、この時代でどうやって教育を普及させていくかを考えて試行錯誤をしてくれている。

現在、常時尾張に滞在しているのは彼女たちになる。残りの妻でありアンドロイドでもあるみんなは、オレたちの本拠地としている史実の小笠原諸島や、仮想空間から一緒にこの世界にやって来た宇宙要塞シルバーンなどで暮らしているんだ。

年末年始はみんなと尾張で一緒に過ごす予定で、これは本当に楽しみにしている。離れて暮らすからこそ、日々の暮らしで変わった部分とかもあって会える時が本当に嬉しい。

その後、この日の仕事を片付けると、太田さんの領地に足を運んだ。

「思っていたより大変そうだね」

ウチで一番大変なところは太田さんの領地なんだ。人口の約三割が太田家乗っ取りに関わる処罰で島流しと決まったからな。しかも若い者を中心に。

「若い者は見せ銭を持った真次郎に従うておりましたので……」

太田さんも少し困っている様子だ。

太田家の乗っ取りに、年配者は当初から罰が当たると距離を置いたらしいが、坂井大膳の腰巾着であった叔父と真次郎に従った人も相応にいた。

若い者からすると、太田さんの親父さんへの義理も少なく、銭を持っているように見せかけたうえに、坂井大膳の覚えがいい真次郎のほうが良かったんだろうな。

ただ、この手の話はよくあることでもある。太田さんが領地を取り戻せたのは結果論とも思える。一概に彼らだけを責められない。罰は罰として与えなければならないけどね。

領地にある太田本家の元屋敷にまずは来たが、懐かしいのか、なんというか、いろんな思いがあるのだろう。太田さんは少し無言で屋敷を眺めていた。

「又助様!!」

「おおっ、九郎爺か!?」

オレとエルがそんな太田さんの邪魔をしないように屋敷の庭を歩いていると、腰の曲がった年配のおじいちゃんが精いっぱい駆けてきて太田さんの顔に笑みが浮かぶ。

「息災であったか?」

「はい。持病も久遠様のおかげでだいぶ良うなりました」

再会を喜ぶ太田さんに紹介されるが、このおじいちゃんは親父さんの郎党だったらしい。本家一家皆殺しの後、年齢を理由に隠居して家業の田んぼを息子さんと耕して暮らしていたとのこと。

オレは知らなかったけど、病院の常連さんみたい。

「ご領地を取り戻せてようございましたなぁ」

このおじいちゃんに改めて話を聞くと、領地は太田さんの親父さんの時代とは大きく変わったらしい。

親父さんが治めていた頃の村の有力者なんかは、ほぼ全員が追放されて田んぼを取り上げられたり、殺されたりしており、その後は叔父と真次郎に従順だった者が村の有力者だという。まあ、その有力者も本人は連座で島流しがすでに決まっているけどね。

真次郎に至っては領地を召し上げられた後も、若い者を連れて税を納めろと言って、最近まで賦役で得た銭を領民から奪うことがあったみたい。

このおじいちゃんは真次郎が死んで喜んでいるが、領民には複雑な思いの人もいるんだろうな。

「こういう場合、どうなるの？」

「主に村からの追放でございますな。ここまで酷いことはそうはありませぬが、家督継承の際の揉め事はよくあります故に」

おじいちゃんはすぐに村の長老衆を集めると走っていった。今の有力者一族を追放すると息巻いているんだけど、いいのか？

オレは村の仕来りとか詳しくないから太田さんに聞いてみると、それが当然だという感じだし、オレやエルが庇うのもおかしな話だろうけど。

長老衆を中心とした話し合いの場の雰囲気は対照的だ。叔父と真次郎に従っていたせいで、今にも死にそうな顔をしている者たちと、三年前の仕返しだと息巻く者たち。

どうも三年前に追放されたり殺されたりした者と血縁がある者が、今の有力者一族を許すなと怒っているみたいだ。

「殿、よろしゅうございますか?」

結局、あっという間に今の有力者一族の追放が決まった。最後に太田さんがオレの意見を求めると、長老衆が一斉にオレを見た。

立場上、オレが上座に座っているものの、皆さんの総意を覆すのは駄目だ。

「又助殿の領地なんだ。又助殿が決めるといい」

当然だと言いたげな者もいれば、太田さんやオレに慈悲を求めるような者もいる。ただ、村の今後のために太田さんが認めた決定を、オレがひっくり返すことは出来ない。

今の有力者一族も従わねば生きてこられなかったのかもしれない。とはいえ、亡くなった太田さんの家族に義理を通した、九郎おじいちゃんみたいな人もいる。

あの叔父と真次郎のもとでは、相当苦労しただろう彼らを大切にする必要がある。

オレが助けることはないと理解した有力者一族は絶望したようにうなだれるが、本当にオレが口を挟む問題ではない。


「こういうのは難しいね」

「仕方ないですね。ここで彼らを助けると又助殿が困ります」

話し合いも終わり別室に入ると、思わずエルに愚痴ってしまうものの、やっぱり仕方ないんだろうな。ここで下手なことをすると、村のコミュニティを崩壊させかねない。

若い家臣たちに勉強を奨励する前に、オレが勉強しなきゃいけないということか。

問題は他にもある。村に口出しをする気はないけど、島流しとなる領民の代わりをどうするのかとか。出来れば農業改革もして、ウチが直接管理しないモデルケースになればいいんだけどな。

まあ、それは追々だな。太田さんの領地だ。当面は見守ろう。

少し休んでいると、懸案の処分が終わったことでホッとした様子の太田さんがやって来た。

「殿、村の衆が歓迎の宴を開き、殿をお迎えしたいとのことでございますが……」

まずは歓迎の宴か。こんな時代だからこそ、コミュニケーションって大切なんだよね。

「うん。オレが参加していいなら参加するよ」

「ではお願い致しまする。皆、殿がお越しくださったことで、お目に掛かれるのを楽しみにしておりますので」

それにしても嬉しそうだな。ここは太田さんの本地、出生地なんだと実感する。取り返せて嬉しいんだろう。恨みはすべて叔父と従兄弟と坂井大膳に押し付けようかね。

side：今川義元

呆れてものが言えぬとは、まさにこのことよ。まさか草として尾張で使うておった東海屋が、勝手な先走りをして織田に捕らえられるとは。

「愚か者め」

美濃との和睦がなった途端にこれじゃ。信秀の謀かもしれぬが、東海屋が久遠に人を潜り込ませようとしておったのは確かなようじゃ。泳がされておったのかもしれぬの。

「三河の引き締めは致しております。織田が攻めてきても、易々と三河を渡すことはございませぬ」

「されど、勝つ見込みはないのであろう？」

「申し訳ございませぬ」

駿河と遠江の商人だけが、金色酒の値が今までにないほど一気に上がったわ。織田か久遠か知らぬが東海屋の件の報復であろう。

織田に絶縁された桑名を思えば、まだ売って寄越すだけ配慮をしたか？　いやらしい手を使うのう。いっそ荷留でもすれば戦の口実に出来るものを。さすがに酒の値如きで戦を仕掛けるのは愚かなことよ。まして勝つ見込みがない戦など、御免じゃ。

雪斎もこの件は呆れてしまい、困り果てた顔をしておる。まさか、今時分に迂闊なことをする愚か者が現れるとは思わなんだのであろう。

さらに肝心の東海屋は織田が処刑しおった。これでは怒りのやり場がないではないか。

「松平は織田に寝返る算段でも始めたか？」

西と言えば、松平がすっかり大人しゅうなった。小競り合いでも力の差が明らかになっておる故、当然と言えば当然じゃが。

「今のところは大きな動きはありませぬ。松平にとっては竹千代が尾張におることもあり……」

西三河は織田との戦を望む者が多いと聞く。寝返りを狙うておる者も少なくなかろうの。松平は意図せず、今川と織田のいずれが勝っても家を残せることになろうか。

高みの見物のつもりか？　打つ手がなく諦めの境地か？　いずれにしても面白うないの。

「北条をせめて中立に出来ぬか？」

「織田並みの利を与えれば、あるいは……」

「左様なものがあるのならば、織田とも戦などせぬわ」

信秀の知恵袋はやはり久遠か？　若いと聞き及ぶのにたいしたものよ。着実にわしを追い詰めておるわ。

戦なれば負けぬ戦いも出来もしようが、織田は戦に出てこぬのじゃ。

やはり母上の言うように織田と北条との同盟を考える必要があるのか？　されど斯波は健在じゃ。織田とすれば御輿は斯波でよかろう。大人しゅう御輿に座っておるようじゃからの。

さらに言うならば、同盟を結ぶ利を織田にも北条にも示すことが出来ぬ。困ったものよ。

side：久遠一馬

年の瀬も迫る頃、煤払いと呼ばれる大掃除も終わり、柳生石舟斎さんたちが大和にある柳生に里帰りした。最近、柳生から新たに来た人たちを中心に半分ほどは尾張に残ったものの、これまで長旅をしていた石舟斎さんたちに、一度里帰りして親父さんに顔を見せたらどうかと勧めたんだ。

滝川一族と望月一族などの甲賀衆にも里帰りを勧めたが、こちらはほとんど帰らなかった。

滝川一族は領地を手放して来たので帰る場所がないんだけど、他の甲賀衆も帰っても面倒なことになるだけだと資清さんが教えてくれた。裏切り者とまでは言われないようだけど、残った者との暮らしの格差なんかで揉め事になるんだとか。

逆に一部は、こちらに親戚や祖父母を呼びたいと申し出があったので許可したけど。甲賀で正月すら困窮するだろう血縁者を思うと、放置するのは嫌なんだろうな。

あとは寺社への寄進とお世話になった人たちに贈り物をした。信秀さんとか目上の人に関してはオレが届けたが、あとは資清さんに頼んだ。

そんな年の瀬の最中だけど、決断を下すべきことがあり、人払いをしてエルたちと相談する。

「やっぱり猶子は受けるべきか」

「はい。畿内も動き出しています。メリットとデメリットがありますが、メリットのほうが遥かに大きいでしょう。私たちの意見も一致しました」

オレは一介の家臣でいいんだけどな。そうはいかないのも理解している。

年越しに合わせて妻であるみんなが尾張に来るので、この機会に信秀さんの猶子になることを承諾することにした。この件も、みんなと何度も相談した結果だ。

「それと先月、ルソン近海で当家の船にイスパニアの船が接触してきて戦闘となり、これを撃沈しました。敵艦の乗組員に生存者はいませんが、この件も頃合いを見計らい報告するべきです」

そのまま猶子のデメリットを考えていると、エルからとんでもない報告がもたらされた。

「イスパニアって、スペインか？　戦闘って、なんでまた」

「相手からすると、所属不明の軍艦ですからね。こちらを鹵獲《ろかく》しようとしたので戦闘になりました」

さすがは大航海時代だ。南蛮人も血の気が多いね。

最近、東南アジアのほうにも船を出していたんだ。交易とスペインによる植民地化の阻止もしたいからさ。とりあえず顔見せの交易をしようかと思って。

まさかこんなに早く戦闘になるとは。白鯨とかクラーケン以外の戦闘は初めてだ。連中が太平洋での武力制圧を本格的に始める前に、はっきりとした方針が必要だなぁ。

「そういえば、ザビエルはどうしてる？」

「マラッカにいます。ただ、日本に来るかは微妙ですね。大西洋の白鯨とインド洋のクラーケンの影響で、かなりの船が沈んでいますので」

「日本にまで来る余裕はないか？」

「それもありますが、宣教師は海に嫌われている。特にインド洋ではそう言われています」

キリスト教の危険性は日ノ本に教える必要がある。一旦入り込むといつまでも残りかねない。宗教とは厄介なものだ。

「九州への注意喚起は進んでいるんだよね。あとは様子見かな」

「はい。当家の名は伏せておりますが、バイオロイドによって宣教師の危険性の噂を流しています」

九州に関してはウチとは関わりがないように擬装して、薩摩には船を出しているけどね。硝石とか絹とかを取り引きしている。博多は面倒なことになりそうなので関わっていないけど。

キリスト教は史実と同じ歴史だとしても、第二次大戦後くらいまで日ノ本には要らないだろう。

すでに史実から大幅に変わっているからどうなるか分からないけど、可能な限り入れない方針は堅持しよう。


「これはよいものだな。暑いくらいだ」

エルたちとの密談も終わった頃、信長さんと政秀さんがやって来た。そういえば、そろそろおやつの時間か。

来て早々、信長さんが喜んでいるのは、だるまストーブとこたつがあるからだろう。

「これは珍しいですな。なんというもので？」

「こちらは南蛮暖炉とウチでは呼んでいますね。こっちはこたつです。こたつは日ノ本にも似たものがあるらしいので真似てみました」

政秀さんも興味をもってストーブとこたつを見ている。ストーブは英語が語源らしいので暖炉にした。高炉という言葉をウチでは使っているから構わないだろう。

南蛮暖炉は工業村の試作品だ。いわゆるシンプルな、だるまストーブになる。量産するならば形はもっとシンプルになるかもしれないけど。手間暇がかかると、それだけ値段が高くなるしね。

こたつは農業試験村の機織りで織った布で作った布団と、火鉢をやけどや転ばないように工夫したものになる。掘りごたつにしたかったが、大工仕事が必要だから、また今度だ。

他には佐治さんのところで作った陶器の湯たんぽなんかも試作品がある。

「いろいろと考えますな」

政秀さんはウチに新しいものがあっても驚かなくなっているね。信長さんは驚くというよりは興味を示して喜んでいる感じか。

「売れるかどうかは別にして、試すことは必要ですから」

形はともかく理屈はただの暖房だからね。原理は火鉢とかと大差ない。庶民の家には囲炉裏があるし、南蛮暖炉は売れないだろうなぁ。

「これはまた美味いものじゃの」

この日のおやつは干し芋だ。政秀さんの表情がにんまりと緩む。口に合ったみたいだね。

南蛮暖炉であぶって食べると、表面が香ばしくなり甘くて美味い。

エルと信長さんと政秀さんと四人でこたつに入り、干し芋とみかんを食べながら世間話をする。

「小豆芋を干したものか。干し柿の如きだな」

信長さんもだいぶウチに染まったな。当たり前のようにこたつで寛ぐんだから。史実の通説にある織田信長の天下布武とか好きだったんだけどな。この世界だとないかも。信秀さんが天下の大半を治めてしまいそうな勢いだからね。

おやつのあとは、四人で久遠絵札ことトランプをする。

娯楽と言えば、ウチが持ち込んだリバーシも源平碁という名でじわじわと知られている。

こっちは信秀さんが赤と白の紙を貼り合わせたものを作らせて愛用しているね。どうも信秀さんの子供たちに遊ばせているらしく、信長さんの弟である信行君とかも遊んでいるみたいだ。

「今川は戦を仕掛けてくると思うか？」

「すぐには来ないでしょう。金色酒も売っていますし」

話題は雑談から今川の話になった。ふと信長さんが今川との戦の可能性を聞いてくる。金色酒の値上げで戦になる可能性もなくはない。義元が酒の値くらいで戦を仕掛けるとは思えないけど。

信秀さんは戦になってもいいと言うけど、エルは戦にならない可能性の高い策として値上げを選択した。荷留まですると完全に敵対行為だし、義元にはその気がなくても今川の面目のために戦になる可能性が高いからな。

「織田が強くなりまとまったことで、相対して彼我《ひが》の戦力比は縮小しましたが、今川自体が衰退したわけではありません。今後は金色酒の転売で儲けることは出来なくなりますが、今まではそれなりに儲けていましたから。今川家の力を削ぐのは今後の課題ですね」

太田さん絡みの東海屋の件はちょうどよかった。今まで今川が得ていた金色酒の儲けは、海路での交易を増やすことで今後は北条にいくだろう。

エルはそろそろ今川の弱体化も視野に入れている。

「力を削ぐなど、難しかろう」

信長さんは力を削ぐと口にしたエルの言葉に、具体策が思い浮かばないらしく考え込んでいる。

「既に策は支度してあります。一昨年に無理をして流行り病の対策をした影響と効果は、まだまだこれからです」

いつの間にか、エルが織田家の戦略を主導しているんだよね。

表向きは信秀さんの策にしてあるけど、ばらまき政策自体がエルの発案だしな。信秀さんも、いつの間にかエルの献策から選ぶようになっている。

「私のあがりです」

ちなみにエルはカードゲームも強い。というか負けない。負けない勝負をさせると、エルに優る存在などいないのかもしれない。

美濃に関しては、不破の関を領有している不破家を織田側に引き込むべく接触していて、東美濃の遠山家などの国人衆とも接触している。

今のところは誼を通じているだけだが、斎藤家と和睦をしたことで織田家は正式に美濃の国人でもあるしね。立場は利用しないと。

side：メルティ

年の瀬はいろいろと忙しい。売掛金の回収ひとつとってもウチの商いは規模が大きいので、那古野・津島・熱田にある屋敷の連携がいるわ。中には売掛金の回収が間に合わず、ウチに払う分が用意出来ないと相談がくることもある。

「流通はまだまだね」

那古野の屋敷で、リンメイとシンディと打ち合わせをする。意図的に払いを渋る商人は警戒が必要だけど、本当に困っている商人には手を差し伸べたい。

「今が山場ネ」

「そうですわね。これを終えると、ようやく一息つけますわ」

今年は桑名との取り引き禁止により、近隣の商いが尾張に集まった。その影響もあって、売掛金の回収がどこも大変になっているわ。拡大した商いと経済規模に、尾張の商人が四苦八苦していると言うべきかしらね。

「そちらの様子はどうかしら？」

「細々とした問題はあるネ。親兄弟、本家との関係。ただ、津島在住の者たちで懸念と言えるところは片付けたよ」

「そうですわね。熱田も厄介なところはすでに解決しましたわ。ただ、微妙なところは積極介入するわけにいかないのが難しいですわね」

それと大殿の猶子となることがほぼ確定していることで、家中の懸案を密かに解決しているわ。これは八郎殿や出雲守殿たちとも連携していることよ。

太田殿のように因縁があったり、親兄弟、親戚との関係が上手くいっていなかったりするところもある。問題になりそうなところは、私たちや八郎殿たち、それでも難しければ平手様に頼んで和解なり関係改善なりしている。

猶子となると織田一族として扱われるので、因縁や不仲は誰のためにもならないのよね。

特にウチは若様の推挙で召し抱えた家臣が多い。もともと家柄も立場もない者が多いことで、家族や一族の中での現状が必ずしも良くない者がそれなりにいるわ。

「なんとかなりそうね」

もう少し動くことはあるけど、年内に解決出来そう。ホッとするわね。

side：久遠一馬

年越しの準備は着々と進む。今日は餅つきだ。

去年と同じく今年も家中のみんなに餅を配ることにしているから、大量の餅をついているんだ。場所は牧場村で、孤児院の子供たちとか領民に家臣とかが総出で集まって協力している。

「餅米も新しい品種にしたいね」

「念のため試験栽培をしなくてはなりませんよ」

ウチで使う餅米は船で島から運んだ。お正月くらいは慣れ親しんだ美味しい餅が食べたくてさ。

将来的には、元の世界の餅米とまではいかなくても、それなりに味が良く、収量が多い新品種の餅米を普及させたい。ただ、エルには優先順位があると釘を刺されちゃったね。

普通のうるち米も、新品種が来年から試験栽培だからなぁ。

そういえば、農業試験村は来年以降も現体制が維持されることが決まった。領民はウチが雇う形を取り、年貢はウチから納めることになる。その代わり収穫物はすべてウチが得ることになった。

新しい試みを長期的に試したいと村のみんなに頼んだんだ。現に麦は新品種を植えているし、米も来年は新品種になる予定だ。

　植えているのはＦ１種だ。新しい麦や米は、味も育てやすさも収量も優れている。

　当然、他国に注目されることも想定しており、盗まれたり横流しされたりすることを想定してのＦ１種だ。頃合いを見て在来種に戻してもいいんだけどね。種籾は、当面はシルバーンで生産して船で運ぶしかない。

「おもち、美味しいね！」

「だめよ～、この餅はお正月のなんだから。味見はひとり一回ね～」

　餅つきは楽しい。男衆が杵で餅をついて、女衆と子供たちが出来た餅の形を整えるが、何人かの子供が餅をつまみ食いしてリリーに叱られている。

　でもリリーは決して手を上げたり怒鳴ったりはしない。優しく分かるように子供たちに言い聞かせている。

　ウチのみんなは、体罰を与える考えなんて誰も持っていないけど。

　変な精神論とか体罰で指導するのはなくしたいね。この時代から変えていかないと、なくならない気がする。もちろん罪と罰は必要だが、教育で諭すべき過ちと、処罰すべき罪の境目は難しい。

「おっ、やっておるな」

　オレは先ほどまで餅をついていたので、休憩をしつつ楽しげなみんなをぼんやりと眺めていたが、そこにやって来たのは信秀さんだ。鷹狩りの帰りらしい。

　温かい麦茶と出来立ての餅を、信秀さんとお付きの皆さんに出しておこう。ついでにみんなも休

憩にして、子供たちにもお餅を食べさせてあげるか。餅の味付けはエルが好みを聞いているけど、信秀さんは砂糖醤油にするようだ。

「美濃守だが、未だにわしが金色酒を寄越さぬことを怒っておるらしい」

「買えばよいのでは。売ることは止めていないのですから」

最近、信秀さんはウチに来て愚痴をこぼすようになった。それだけオレたちを信じてくれているようだ。愚痴をこぼしても、ウチだと表沙汰にしないで終わるからね。話しやすいのだろう。

「あれは値が張るからな。美濃守では毎晩の如く飲むのは無理だ。さらにあやつのところには悪銭や鐚銭が集まっておると聞く」

美濃守とは頼芸のことだ。彼に対してはウチの商品の販売を止めていないけど、領内価格で売ってもいない。西美濃の独立勢力と同じ扱いだ。

あの人には揖斐北方城の領地収入くらいしかないからな。実入りはあまりないんだろう。

少し話は逸れるが、室町時代は税を貨幣で納めさせている時代だ。元の世界では、日明貿易とかで貨幣が大量に入ってきたからだと言われていたね。

ただし、明の海禁政策とかいろいろな事情で貨幣の輸入が減り、堺などで質の悪い銅銭を鋳造しだした頃から大変なことになっている。

最近知ったことだけど、数年前から信秀さんは銭での年貢ではなく、貫高制での米や麦の現物による納付に一部で変えていた。

どうも、間に商人を挟まないほうがいいと判断したのと、悪銭や鐚銭が多くて貨幣の価値が安定しないことが理由らしい。

当然、弾正忠家以外は銭での年貢が一般的なようだ。

問題になっているのは、尾張や美濃では悪銭や鐚銭の価値が落ちていることだろう。美濃でも大垣なんかはウチが良銭を供給しているからいいものの、無策な美濃全般と頼芸には悪銭や鐚銭が集まっている。

身近に良銭があれば悪銭や鐚銭の価値は落ちる。幕府の撰銭令なんて尾張や美濃の商人は守っていないしね。織田領の商人が大人しいのは、信秀さんが怖いからだろう。

結果として頼芸は額面上の実入りが変わらないというのに、実態は以前より悪くなっていて、その原因に気付いていない。

ただ、自分は守護なのに金色酒が飲めないのはおかしいと騒いで、金色酒を贈らない織田に怒りをぶつけているんだ。

「そういえばウチにも来ていましたよ。リリーが土岐家に恥をかかせたのだから謝罪して金色酒を献上しろという人。八郎殿が追い払いましたけど」

信秀さんの話で思い出したが、少し前に頼芸の家臣がウチにも来ていたらしいんだよね。

「あの愚か者はもう少し大人しく出来ぬのか。本当に戦にせねばならなくなるぞ」

信秀さんは困った顔をして、ため息を漏らした。

オレは留守だったから資清さんが応対して、信秀さんに申し出てほしいと穏便に済ませている。

資清さんも表沙汰にすると戦になると懸念したらしい。これってオレか信秀さんが怒れば戦になるんだよね。資清さんの配慮には感謝しかない。

それと信秀さんには報告出来ないけど、虫型偵察機の情報では、頼芸は道三の稲葉山城を守護所として明け渡させるとも言い始めたらしい。これはさすがに家臣が止めているみたいだけど。

道三なら稲葉山城を明け渡すと言って、招いて殺しちゃうかもしれないからな。

ちなみに銭の交換比率の改定はまだ実行していないけど、道三にも今から知らせている。頼芸には知らせていないけど。

地味に美濃にも影響あるからね。道三には現状だと合わせるか放置するしか手はないだろう。

美濃だと良銭は織田から手に入れるしかないはずだ。畿内は良銭が不足しているしね。

「美濃守様には柱に括り付けてでも、しばらくは守護でいてもらわねば」

和睦から日も経たずに戦で滅ぼすなんて外聞が悪すぎる。戦と美濃統治の準備も済んでないしさ。

正直、金色酒で大人しくなるなら贈ってもいいんだけど。この手の人って次から次へと要求がエスカレートするからなぁ。やめたほうが良いだろう。

「クーン？」

「クンクン」

おっ、お昼寝していたロボとブランカが起きたな。

改めて見ると、二匹とも大きくなった。甘えん坊なのは変わらないけど。今もオレと信秀さんのところに来て、なにしているのと言いたげな顔ですり寄ってくる。

「ご歓談中、失礼致します。少しお耳に入れたいことが」

信秀さんと一緒にもふもふタイムを楽しんでいると、湊屋さんが慌てた様子でやって来た。

「偽物ですか？　意外に早かったですね」

用件は大湊から火急の知らせが届いたとのこと。どうやら織田手形の偽物を大湊に持ち込んだ者がいたようだ。

ただし偽造レベルは低く、素人でも真正の現物を知れば偽物と分かる程度らしいが。

基本的に織田手形は、ウチが公認した商人しか換金出来ない仕組みにしているけど、手形自体は紙幣と同じように商人の間を回るのは仕方ない。

今回は旅の行商人が持ち込んだらしく、怪しんだ大湊の商人と会合衆により捕らえられたようだ。行商人には偽物だと説明して入手先を聞いているそうだが、ひとまず尾張に船で知らせを寄越したみたい。

想定の範囲内だけどね。ちょうど信秀さんもいることから指示を仰ぐべきだな。

「大殿、いかが致しましょう？」

「詳細を明らかにせよ。あれは一介の行商如きで、真似は出来まい」

織田手形は証券振出の際に、偽物は換金しないと事前に宣言している。取り引きのある商人には見本の手形も渡しているしね。今回みたいに偽物を見分けられるようにしてある。

ウチとしては騒ぐほどではない。とはいえ誰が偽造したんだろう？　桑名？　今川？　大湊内部の可能性も？　まさか堺だなんてことはないよね。

あそこは悪銭も故意に造っているみたいだしな。怪しいといえば怪しいんだけど。

side：柳生宗厳（石舟斎）

「まるで狐にでも化かされた気分だ」

久々に戻った柳生の里は以前と変わらず、安堵したような物足りぬような心情だ。

父上や家中の者たちは帰省を喜んでくれたが、持参した土産や銭に目を丸くしておるわ。

金色酒は当然ながら、鮭や砂糖や昆布やアワビなどの正月の食材と絹織物まである。しかも銭はすべて良銭だ。土産に関しては殿から頂いた品が多く、運ぶための馬まで貸してくだされた。おかげで銭を多く持ち帰ることが出来たからな。柳生家も少しは楽になるだろう。

金色酒の入った樽を見た父上は、本物かと口にしたほどだ。

「信じておられなかったのでございますか？」

「信じてはおったが、半信半疑なところもあった。金色酒など、筒井の殿が欲しておるが手に入らぬと聞いたほどだ」

帰省する前にせっかく帰るのだからと、殿の屋敷にあった樽をふたつほど頂いたのだ。これだけでも売れば相当な値になるだろう。

もっとも、この樽は久遠家で日々の晩酌に頂く分のもので、拙者には珍しくないものなのだが。

「世の中、なにが起きるか分からんな」

久方ぶりに父上と話すが、父上や重鎮は尾張の様子を聞き戸惑うておる。

まあ織田家の噂はここ大和にも聞こえており、雷を呼んだなどとおかしな話になっておるが、久遠家の名は拙者が知らせるまで知らなんだようだ。

ただ、織田家が金色酒を売っておるとの話や、南蛮人を召し抱えたという話は旅の者から聞いたことがあるという。

「羨ましいの。柳生は、ここでは先が見えておる」

大和は一時よりは落ち着いたらしいが、近頃は筒井の殿の具合があまり良うないとのこと。隠しておるらしいが、それがまことならば大和はまた荒れるか？

柳生家は己だけで戦が出来るほどの力はない。いずれにせよ苦労するのであろうな。

「滝川と言うたか。先祖代々の所領を捨てるとは思い切ったものよ。分かっておってもわしには出来ぬわ」

久遠家の話で父上がいかんとも言えぬ表情を見せたのは、八郎殿のことだ。

甲賀の小さな所領から尾張に行って陪臣とはいえ出世したばかりか、諸国に名が知られて織田の大殿の覚えもめでたい。

自身に同じことが出来るかと考えたのだろう。父上は出来んと呟いた。

尾張に来たほうが暮らしは楽になり、出世の道もあるやもしれぬ。されど故郷を捨てるというのはなかなか出来ることではない。拙者とて父上が故郷におればこそ、尾張で働けるというところもある。

「まあ、よい。尾張に行きたい者は率先して送る故、励むがいい。ここではいかほど働いても暮らしは変わらぬ」

父上や重鎮は尾張での暮らしを羨みつつ、行けぬ自身になんとも言えぬ心境のようだな。

久遠家では日々の暮らしですら、もっと良くしようと考え試行錯誤しておる。それに比べて大和はあまりに変わらぬ暮らしだ。父上も一度尾張に来てくだされぱいいと思うのだが。

side：久遠一馬

天文十七年も残り僅かとなったこの日、津島は今年最後の市とウチの船の入港が重なり賑わっていた。

今年の最後は、一隻のガレオン型と三隻のキャラベル型の合計四隻による入港ということもあり、湊は小田原行きの時と同じように見物人も出るほど活気に沸いている。

船を増やしたのは理由があり、妻でありアンドロイドでもあるみんなが来たことと、今年一年分の粗銅から抽出した金と銀のうち、織田家へ上納する分を運搬してきたんだ。

まあ本当は必要ないけど、金銀輸送の護衛という意味もある。エルいわく艦隊運用の最小編成だそうだ。織田家や佐治水軍には金銀の輸送は伝えてあるからね。ちゃんと警戒している姿勢は見せる必要がある。

船から小舟に乗り換えて上陸するみんなを出迎えると、ウチの家臣や信長さんの直臣、津島衆の中でも信頼出来る人で金銀の荷降ろしをする。

「これで織田は十年戦える！　って感じか？」

「十年は無理ですね」

「ネタが古いよ」

ちょっと古いアニメを思い出して口走ってしまったセリフは、エルには通じなかったらしく困ったように真顔で答えられてしまうが、ジュリアには通じたらしい。

もっとも、呆れ気味に突っ込まれただけとも言えるけど。

「かず、ネタというのはよく分からんが、隠さなくて良かったのか？」

「構いませんよ。織田家とウチの力。見せつける好機ですから」

ちなみに金銀の輸送は、ウチから織田家への上納金の運搬だと周囲に知らせている。粗銅からの抽出は秘密だけど、商いの利益からの上納金という建前にしてあるんだよね。

陸上輸送の差配は信長さんが買って出てくれた。普通は隠す金銀の輸送を、周りにあえて情報を流したオレたちに驚いているけど。

当然、いろいろと噂が流れているんだろう。あちこちの間者も来ているみたい。周囲には忍び衆がいて、間者探しと身元の洗い出しをすることになる。

間者探しは忍び衆の訓練の一環でもあるんだ。オレたちは虫型偵察機とか人工衛星で把握していても、忍び衆が把握してない間者も結構いるからね。

金銀の荷下ろしと清洲城への輸送は信長さんに任せて、オレとみんなは一足先に那古野に帰ることになった。信長さんが長旅だったみんなを休ませよと言ってくれたんだ。

他にも積めるだけの荷を積んできたから、荷降ろしは時間がかかるだろう。金銀以外は津島の人足に任せるんだけどね。本当に港がボトルネックだ。

「尾張だと、そろそろ珍しくないと思ったんだけど」

那古野の屋敷に戻る道中、オレたちを見ようという見物人があちこちにいた。

妻であるみんなは一年を通して交代しながら尾張に来ているから、現在尾張に滞在しているのは、エルたちを除いて二十名ほど。今回来たのは残りの九十数名に、島からの長老ということにしてあるバイオロイドと擬装ロボットが二十体ほどだ。

ウチは武士ではないと説明してあるので、今回は信秀さんに猶子の挨拶に来たということにしている。

あとは島からの代表者として、長老役のバイオロイドが年始に行われる織田家の新年会に参加することにはなっているけど。

信秀さんが本領の様子を気にするんだよね。反発はないかとか不安はないかとか。

「ねえ、散歩に行こっか」

「買い物に行きたい！」

ただ、主君の妻が百名以上も集まると大変なのは家臣のみんなだろう。この時代の人と比べると価値観が違うこともあって、驚かれることも多い。

ひとりで出歩こうとしたり、この時代の人には理解出来ないことを始めようとしたりする子たちもいるからさ。

みんなはバカンスか観光に来ているようなものだからなぁ。

「お方様！　お付きの者をお連れください！」

「大丈夫。近所を散歩するだけだから」

「お願い致します！　私が叱られます！」

　ああ、すでに散歩に行こうとして門の前で止められている。なんとかしないと駄目かなぁ。エルとも話して、注意事項をみんなに伝えようか。あまり堅苦しくはしたくないから、本当に最低限だけになるけど。みんなも楽しんでいるし、それに水を差すことはしたくない。

「わふ！　わふ！」

　そんなことを考えているとロボとブランカが駆け寄って来てくれるが、さすがに君たちに手伝ってもらうのは無理だなぁ。

　気持ちだけもらっておくから、せめてエルを呼んできておくれ。

side：とある忍び衆

　今年も終わりか。オレはこの夏に甲賀から来た素破だ。久遠家では忍び衆と言うらしいが。甲賀で薬を多少学んだことがあるので、尾張に来てからは薬売りとして美濃や三河に行って問者として働いている。

　久遠家は報酬がいいばかりか、倅に学問や武芸を教えてくださる。それに尾張では素破と蔑まれることは、少なくとも表向きにはない。

陰ではなにを言われておるか分からぬが、素破と蔑むようなことを口にしたと織田の大殿様のお耳に入れば、領地召し上げもあり得るのだとか。

「うわ〜、今日はごちそうだね！」

「久遠のお殿様から頂いたのよ。感謝して食べなさい」

「うん！」

倅はご馳走に喜んでおるな。白い米の飯に新鮮な魚ばかりか、久遠の殿様しか作っておられぬ芋までである。

ウチは妻と倅と三人で長屋に住んでおるが、以前より家が多少狭いことを除けば暮らしはずっと楽になった。

去年は正月を迎える餅すらなく、大晦日は僅かな漬物と雑炊だったもんなぁ。

今年はなんと餅や鮭に金色酒などの正月を迎える品を、すべて久遠の殿様から頂いた。オレの働きが抜きん出ているなんて自惚れはしないが、久遠の殿様は、忍び衆あっての久遠、ならば本年の第一功は忍び衆にと仰せになったそうだ。忍び衆だけでも幾人いるか分からぬというのに。

オレは久遠の殿様にお言葉を頂いたことはないが、倅は幾度かお言葉を頂いたことがあるそうだ。

妻と他の忍び衆の子や、領地の孤児たちと一緒に宴に招かれたことや、海に行ったことがある。

一緒に遊んだと聞いた時には、倅にいかに言葉を返せばいいか分からなんだ覚えがある。

織田の若様とは相撲を取ったんだと嬉しそうに語った倅が、いかに畏れ多いことをしたか理解していないことには頭を抱えた。

考えてみれば、倅が久遠の殿様や織田の若様のような雲の上のお方とお会いするのは、尾張に来てからが初めてだ。知らなかったとしても仕方ない。

無礼があったと罰を受けることにならないかと気が気でなかったが、どうも久遠家ではそれが常のことらしい。

「父上、美味しいね！」

「ああ、美味しいな……」

嬉しそうに白い飯を頬張る倅の姿に、先年流行り病で亡くなったもうひとりの倅を思い出す。お腹が空いたとよく言うていた子だ。雑炊すら腹いっぱい食わせてやれなんだ。

流行り病で苦しんでも、手を取り祈るしか出来なかった。

尾張に行けば飯が食える。親しい者からそう聞いた時、迷いはなかった。一度でいい。倅に腹いっぱい飯を食わせてやりたい。それだけだった。

「父上？」

「元太。なによりも久遠の殿様に感謝することを忘れるなよ」

「うん。でもね、殿様は父上と母上に一番に感謝して孝行しなさいって教えてくれたよ」

「そうか、嬉しいお言葉を頂いたな。でも日々の飯が食えるのは久遠の殿様のおかげなんだ。それは決して忘れるなよ」

素破如きにこれほど手厚くしてくださるばかりか、さらに一番に親に孝行しろとは……。

他国では、僅かな銭で死んでこいと命じることが当然だというのに。なんというお優しいお方だ。

久遠家の素破はいずこよりも忠心に溢れて、素破とは思えぬほど、志が高いと評判なのは、そんな久遠の殿様のお人柄があればこそであろう。

死んでこいとの命があらば、すぐに死地に向かうという者は忍び衆には多い。

されど、久遠家では必ず生きて戻れと命じられる。以前には敵地で捕まった者もいたようだが、わざわざ救出したというのだから驚きだ。

無論、それは久遠家の利になるのだと教わったが、たかが素破だぞ？　ひとりやふたり見捨てたところで誰も気にもせぬというのに。

年の瀬には忍び衆を束ねる望月様より、甲賀に里帰りするかと問われたが、帰った者はほとんどおらぬ。久遠の殿様からお許しが出たらしいが、今更、帰ったところでいいことなどなにもない。

年が明けたらオレは美濃に行く。美濃の守護様が、織田の大殿様や久遠の殿様に不満を抱えておるという話だからな。

美濃各地の国人衆の動向を探るのが役目だ。

来年もいい年になるといいな。久遠の殿様の無事と久遠家の安泰を祈ろう。

side：久遠一馬

いよいよ大晦日だ。三河も美濃も戦の気配がなくてホッとしている。

ウチは普段とあんまり変わらない。ただ、忍び衆を含めて休める人は休みにしているくらいか。

那古野と津島と熱田の屋敷と、牧場村には警備が必要なので、相応の人たちが働いているけど。

工業村や農業試験村もオレが代官なので、常駐の名代と見回りの人たちには苦労を掛けている。

山の村は普段通りだね。ウチの家臣となった忍び衆が住む村だから。

病院と学校に関しては、警備を普段より増やすことになった。病院はケティの進言で年末年始も緊急の治療をすることにしたけど、普段よりも人が減ることは確かで、学校に至っては警備以外無人となる。火付けや盗みへの対策がいるんだ。

妻であるみんなが来て以降、資清さんとか侍女さんたちも気を遣ってあまり姿を見せないので、オレはゆっくりとした年末を過ごしている。

テレビもスマホもパソコンもない生活にも慣れた。昔の人はこんな生活をしていたんだなって思う。ひとりじゃないから、そんなことを思う余裕があるんだろうが。

そもそもオレは、元の世界でもお正月だからって特別やることはなかった。親戚付き合いはなかったし、強いて挙げるとするならば、ギャラクシー・オブ・プラネットのイベントがお正月の恒例行事だった。

意外と今と変わらないからおかしく感じる。結局、みんなと一緒にいるだけだったんだから。

ああ、リリーとアーシャなど何人かの妻は牧場村にいる。特に仕事はないんだけど、リリーたちは孤児院で子供たちとお正月を迎えるとのことだ。

子供たちが楽しみにしているらしい。この時代は家族でお正月を迎えるからね。

武芸大会の時にリリーが身を挺して見知らぬ子供を守った話は、すでに尾張では知らぬ者はいないだろう。

その影響は子供たちにもあったみたいだ。リリーは自分たちを本当の子のように思ってくれていると理解したようで、子供たちの中にはリリーをお袋様と呼ぶ子も現れたみたい。

石舟斎さんの話では、強くなってリリーを守ると剣を習い始めた子もいるとか。

孤児院の子供たちはすでに百名以上いる。一昨年の流行り病で孤児になった幼子から十歳くらいの子まで様々だ。

主に織田家の直轄領の孤児だ。事情により捨て子になった子を、警備兵が見つけると保護するように言ってあるからね。

強盗なんかに親を殺された子もいれば、片親を亡くし親が再婚したあと邪魔になり捨てられた子もいる。

まだ田舎のほうが捨て子は比較的少ないかもしれない。親戚が仕事をさせて食わせることもあるようだし、寺社で保護することもあるようだ。

村がひとつの共同体なので、すべては村次第とも言えるけど。いずれは織田領全体で助ける仕組みがいるんだろうな。

それと、今年は流行り風邪があまり広まっていない。一昨年のような大流行の兆しはなく、一昨年に作った体制で早期発見して治療出来ている。

一部の商人は薬の材料を大量に仕入れたらしく、値が上がらずがっくりしていると聞くけど、そこまでは責任が持てないんだよね。

「さあ、出来ましたよ」

エルたちが料理を運んできた。今夜はみんなとすき焼きで宴会なんだ。

実はうちのテーブルが少し進化した。今までは木製で腐食防止の塗料を塗ったものと、少し前に信秀さんが作らせた漆塗りのテーブルを使っていたが、最近はテーブルの足を折り曲げられるようにして、座卓にフォームチェンジが可能になり、さらに折り曲げて収納形態へと二段変形する。真ん中に七輪を入れる穴をあけて使わない時は蓋が出来るようにもなった。

七輪用の穴は元の世界と違い卓上コンロとかないからね。みんなで鍋を囲むために大工さんに頼んだんだ。今までのテーブルの足は使わない時に片付けることが出来なくてさ。

大変だったのは足のほうらしい。工業村で蝶番のような金具と使う時に止めておく金具を作ってもらったが、職人による手作りだからね。

この前の足踏み式旋盤もそうだけど、工業村の職人たちはいつの間にかウチのオーダーメイド品を請け負う集団と化している。部品、部材を作ったり、製品を作ったり、無茶振りが過ぎて申し訳ないくらいだ。

鉄砲も造っているけど数は多くない。ウチがシルバーンで造っているものより品質で劣るからと、技術研究目的に造っている程度だ。すでに余所の領国なら高値で販売出来るレベルなんだけどね。職人のこだわりから試作を繰り返している。

少し話が逸れたが、みんなで和気あいあいと準備して作ったすき焼きが、二十個ほどの大鍋からいい匂いと湯気を立ち上がれば、宴会となる。

妻だけで百名以上はいるからね。本当に賑やかだ。

「いただきます！」

このまま、今日は年越しまで宴会だ!!


天文十七年、年末。前年に引き続き、久遠一馬の妻たちが尾張に集まったことが『久遠家記』に記されている。

織田家に仕官したことで、年末年始は尾張にて一馬と妻たちが集まっていたようである。

この頃の美濃では、美濃守護に返り咲いた土岐頼芸の悪評や不穏な動きなどあったが、尾張は穏やかな年の瀬を迎えていたと思われ、一馬の妻たちは尾張の民にも歓迎されたという資料がある。

なお、この時の船で一馬が織田家に上納する税を運んできており、大量の金銀や銭を輸送するために織田信長が直々に差配している。

明確な資料として残っていないものの、久遠家で鋳造した銭や銅塊から抽出した金銀の上納分もあったと思われ、その量に多くの者が驚いたという逸話が伝わっている。

皇歴二七〇〇年刊行の歴史書『新説大日本史』より抜粋

第一章　猶子となりて

side：久遠一馬

明けましておめでとうございます。元日のこの日は、孤児院のみんなを呼んで新年会だ。楽しげな子供たちが微笑ましい。ウチでは、子供たちがなるべくノビノビと出来るように教育しているからね。

身分とかの前に、人として幸せになってほしい。子供の時くらいは将来に夢と希望を持たないと、いい未来にはならないと思うんだ。

「じゃあ、みんな、あとはよろしく」

ただ、オレは午後から清洲に行く。お供はエルとケティに、資清さんと島の長老として来ているバイオロイドの清十郎だ。

今日はいよいよ猶子に関して誓紙を交わして、信秀さんの家族と会うみたい。

信秀さんからは、顔合わせをするだけだから気楽に来ればいいと言われているけど、大丈夫だろうか。一応、最低限のマナーは政秀さんに教わったけど。

本来ならば、元日に誓紙を交わして猶子にするということはしないらしいけどね。信秀さんから、ゆっくり話をしたいから元日でどうだと打診されたので承諾した。

オレたちと会って以降、当たり前の慣例を見直しているので、その影響だろうね。

誓紙は恙なく交わされた。元の世界でいう契約書のようなものか。互いの家督には関与しない。当たり前のことだけど、簡単に言えばそんな内容が含まれている。

「これでよい。なにがあっても守ってやれる」

「大殿……」

署名が終わった誓紙を見て、ホッとした様子の信秀さんの言葉に驚いてしまった。

「そなたらとの関わりをいかにするか、随分と悩んだ。我らは一族、家として物事を見て世を考えるが、そなたらは違う。初めは家督のことで猶子を選んだが、今にして思うと、これが一番そなたらを縛らぬ縁となる。ひとりの人として世を見るそなたに与えるものは、猶子以外にあるまい」

やはり気付いているんだね。オレたちとこの時代の人では根本的に価値観が違うことを。それを理解しても、オレたちを守ろうとしてくれるなんて。

「一馬、そなたは神仏を信じるか？」

続けて問われた言葉に、オレはどう答えるべきか迷う。

「神仏は信じますが、神仏の名を騙る者は信じません」

宗教という言葉がこの時代では通じなかったことを思い出した。神仏を否定はしない。とはいえ宗教は信じない。まあ元の世界の日本人では珍しくない価値観だと思う。

「やはり、そなたらしいな。正直、羨ましくもある」

どういう意味だろう。この時代の人間からすると、オレは理解出来ない変人なのは確かだけど。

「一馬、エル、ケティ。今までと同じく好きに生きるがいい。なにがあろうと織田がそなたらを守る。たとえわしが死しても、三郎や子々孫々が必ずや守るであろう」

この場には信長さん、政秀さん、土田御前もいる。政秀さんと土田御前は、信秀さんの覚悟に僅かに驚いた顔をした気がする。

猶子となり、正式に織田一族となった最初の言葉としては異例なんだろうな。なにより格式や家柄を考えた猶子でないと明言するなんて、オレからしても驚きだ。

決して口にはしないけど、理解しているのだろう。オレたちが日ノ本を呑み込む動きをするということを。

その後、オレたちは信秀さんの家族と会うことになったんだけど……。小さい子が多いな。

正室である土田御前と側室や妾に、借りてきた猫のように大人しい信長さんもいるね。

信長さんと土田御前は、それなりに上手くやっている様子だ。

お互いに憎しみあっているわけではないからね。信長さんの立場が確立して織田家は安泰だと判断すれば、元の世界の俗説のように信行君を擁立するなんてことはないだろう。

肝心の信行君は数え歳で十四歳になるのか。うん。信長さんよりは大人しそうだ。普通の良家の子弟という感じ。次男的なやんちゃさはないね。

他に有名なのはお市の方だろうが、一昨年生まれたばかりで数え歳で三歳だったか。

乳母さんに抱かれているが、好奇心旺盛なのかオレやエルたちをじっと見ている。

他の子たちもエルのことは少し不思議そうに見ているね。黒目黒髪のケティは日本人だと言っても通じるけど、エルはさすがにね。

ただ騒がないのは、さすがに教育が行き届いているんだろう。

そんなお市の方、いやお市ちゃんか。彼女は乳母さんから離れると、こちらに歩み寄ってきた。

「けてぃ！」

「姫様、お久しぶりでございます」

開口一番でケティに声を掛けてきたことには少し驚いたけど、ケティは信秀さんの奥さんたちや子供たちと会うのが初めてではないからだろう。一昨年の流行り病の時とか何度か医師として診察と治療をしているから、ウチでは一番いろんな人に会っているんだ。

「える、かじゅま?」

嬉しそうにケティと挨拶を交わすと、エルとオレを好奇心に満ちた瞳で見つめて先ほど名乗った名前を口にした。

「はい、そうでございますよ」

乳母さんは少し不安そうな様子で見ているが、信秀さんや土田御前は微笑ましげに見ている。

「える、きれい。かみがとってもきれい」

オレの返事に名前を覚えたと言いたげに頷くと、ニコニコと笑みを浮かべるお市ちゃんはエルの髪に見入っている。まさか、初対面でそんなことを言われると思わなかった。エルも素の表情で驚いているね。

「姫様の髪もお綺麗でございますよ」

「いちもきれい？　えへへ……」

人見知りとかしないみたいだ。エルに抱っこをせがんで膝の上に座ってしまった。

「実はお土産を持参したんですよ」

おっと、みんなに用意したお土産を渡さないと。こういう時はお土産が一番だよね。貰って悪い気はしない。

「これは、書か？」

お土産は絵本だ。信秀さんは手に取ると、中身をペラペラとめくっている。

「なるほど、紙芝居を書にしたのか」

「ええ、紙芝居のお話を糸で綴じて草子となし、ウチの名付けで『絵本』にしました。絵巻物などと違い、気楽に幼い子でも楽しめます」

この時代、絵本という言葉は存在しないんだよね。

内容は元の世界の日本にあった昔話がベースだ。メルティ作の多色刷り版画による絵本となる。絵はデフォルメされた可愛らしい絵だ。このあたりは紙芝居で子供たちの反応を見ており、ウケが良かったみたい。

絵巻や御伽草子などはあるけど、幼い子供向けのものはあまり見当たらないんだよね。書物は高価な貴重品であり子供には難しいから、絵本なら贈り物にはピッタリだろう。

信秀さんが子供たちに見せると、みんな食い入るように見ている。反応はいいね。いずれは販売してもいいかも。

それにしても不思議な感じだ。元の世界でも養子縁組はあるけど、養子に行けばこんな感じなんだろうか？

そのまま、オレたちは信秀さんたちと交流を深めることになる。

公式の席ではないし、堅苦しさはない。親戚か友人の家に新年に遊びに来た感じか？

ウチの正月の過ごし方とか、そんな話をしながらみんなで楽しく過ごすみたい。

side：木下藤吉郎

おらが工業村で働き始めて二ヵ月になる。親戚の清兵衛殿が久遠様に召し抱えられたからと呼ばれたんだ。

ウチには田んぼもそれなりにあったが、おらは義理の親父とあんまり折り合いが良くない。もう少ししたら家を出ようとしていたところで、清兵衛殿に呼ばれた。前に手伝った時に、そのことを愚痴ったのを覚えていてくれたようだ。

なんでも身元の確かな者しか入れぬ村だということで、おらは清兵衛殿のところで働くことにした。飯を腹いっぱい食わせてやるという言葉に、返事をしてしまったんだ。

最初、いきなり滝川様のところに連れていかれて、ちょっとおっかない心得を諭された時には戸惑ったな。

清兵衛殿も偉い身分になっていることに驚かされた。

「ほら、藤吉郎。飲め。尾張でなきゃ、畿内だろうとお偉いお武家様でも飲めん酒だぞ」

年が明けて元日。この日は久遠様から頂いた金色酒やご馳走で職人衆の皆が宴をしていて、おらも同席を許されている。

見たことがないご馳走と酒だ。ウチはそんなに貧しくもなかったはずだけど、ここと比べるとむなしいほどの違いだ。

「うめえ」

「そうだろう？　これがここだと、仕事を上げさえすれば、日々、飲めるからな」

職人たちはご機嫌だな。清兵衛殿が言うには、ここの職人はほとんどが久遠様のお抱えなんだと。若い奴とおらみたいな小間使いは違うが、職人として独り立ちすればお抱えになるのも夢じゃないみたいだ。

特に清兵衛殿は下手な武士より禄がいいらしい。日を空けずに、おらのような下のもんにも酒を飲ませてくれるほどだ。

おらも今年から職人にならないかって誘われている。本当は武士になりたかったんだが、清兵衛殿を見ているとそれもいいかと思う。

今の尾張を動かしているのは久遠様で、清兵衛殿は久遠様と親しげに話せるほどなんだ。

「藤吉郎。女はまだだろう？　これで遊女屋に行ってこい」

「親方……」

酒も入り、中には寝てしまう者もいる中、清兵衛殿はニヤリと笑みを見せると、おらに遊女屋に行く銭をくれた。

早い奴は村でも済ませていたが、おらは手の指が六本あるから好かれなかったんだ。

「その指だがな。殿に少し話したら、気になるなら薬師の方様が痛い思いもせんで済むように秘術で切ってくれると言うていたぞ。わしは気にしなくていいと思うがな」

つい村での暮らしを思い出して六本指がある右手を見ていると、清兵衛殿が驚くことを口にした。もともと清兵衛殿はこの六本指を気にしなかったけど、まさか久遠様に話していたなんて。

「まあいい。今日は正月だ。楽しんでこい」

良銭の入った銭袋を貰い、おらは清兵衛殿に背中を押されて遊女屋に行く。

清兵衛殿の優しさに涙が出そうなのを堪えながら。

side：久遠一馬

この日は清洲城での新年会だ。

東は三河から西は美濃まで国人衆が集まっている。今年は三河と美濃の国人衆が増えたなぁ。この一年で織田の領地が驚くほど安定した成果だろう。

上座には斯波義統さんで次席に信秀さんだ。ちなみに美濃の土岐頼芸のところには、大垣城を任せている織田信辰さんの家臣が挨拶に行くはずだ。新年早々難儀な御役目、辛いだろうけど挫けないでほしい。

明らかに扱いが違うけど、すでに義理は果たしているし、リリーの件で疎遠になったのでこんなものらしい。ましてオレが猶子となったことで、処遇の優劣は織田の面目に関わる。

安易に妥協は出来ない。

「この度、一馬を猶子とすることにした」

「おめでとうございまする」

新年会に先立って、座っている席順で気付いていた人もいるようだが、オレが信秀さんの猶子になったことが発表されると、同席する織田一族や国人衆に祝福される。

一部には婚姻でないことに驚いている人もいるみたいだけど、全体的に驚きは少ない。この時代では当然のことなんだろう。

「これは、なんだ？」

まあ新年会だし堅苦しい挨拶もそこそこに宴となるが、席が近くなった信光さんから料理について興味津々な様子で聞かれた。

「肉を細かくしてまとめて焼いたものになります。黄金《こがね》焼きとウチでは言います」

この日の料理はおせち料理がメインであるが、他には雑煮と、誰も知らない料理が欲しいという信秀さんのリクエストからハンバーグもある。

料理名は黄金焼きにしようとエルたちと相談して決めた。金色酒とかあるから黄金焼きがいいかなとなってね。

おせち料理は去年と同じく元の世界にある日本のおせちとは違うものの、縁起物を中心に昆布巻きや栗きんとんなんかもある。あとは鯛や伊勢エビの干物なんかもあるね。

ただし、黄金焼きの肉は猪肉だけだ。牛はまだ食肉にするほどいないし、抵抗感があるかと思ってね。皆さん武士なので、そこまで気にしないかもしれないけど。

「おお！　なんと柔らかい！　初めての味だ!!」

これは箸で食べやすいのもポイントだろう。信光さんはさっそく箸を付けると満面の笑みを見せてくれた。

うん。おいしい。刺激が強すぎない程度にほどほどに香辛料を使っているから、肉の臭みとか苦手な人でも食べられると思う。

優しい味というべきだろうか？　この時代の調味料は塩とか味噌しか基本的にはない。尾張なんかだと塩辛い味が多いけど、複雑な味に慣れてない人を意識したんだろう。

口の中に広がる肉の旨味と香辛料は白いご飯とよく合う。

元の世界にあった豚のハンバーグと比べても遜色ないね。今日はエルが清洲城の料理人の助っ人として来ているんだ。

「このたれは、かけるのですかな？」

「そのままでもいい味にしていますが、最初は少し付けて食べてみてください」

タレは自家製のおろしポン酢だ。この時期は大根が旬だが、武士も農民も作付けする様な作物だと思っていない。それでも野生種はあったからね。それにこの時代の人はあまり脂の乗った料理を食べないから、さっぱりしたほうがいい。

　信安さんは黄金焼きを一口食べて驚くと、オレが勧めるままに、小皿で出されていたおろしポン酢で早くも二口目を食べた。

「これは、いいですな！」

　年配者も多いだけに、おろしポン酢は好評らしい。

「この澄んだ雑煮も美味い。鍋ごと食いたいわ」

「左様だ。いかにすれば、かような雑煮が作れるのだろうか」

　今年の雑煮は醤油ベースになる。当然ながら皆さんも食べたことなどないだろう。体も温まるし、つゆの染みたモチっとしたお餅の美味いこと。美味いこと。

　デザートに甘いお汁粉もある。ただ、お汁粉もこの時代にはないから、ウチの料理みたいな扱いだね。

　美味しい料理とお酒があればみんなご機嫌だ。金色酒とか清酒とか結構アルコール強いしね。今年はまだ一般には販売してない梅酒もある。

「いや～、梅の酒がかように美味いとは……」

「されど、さすがに高くて買えんな」

　お酒好きな皆さんに梅酒は好評だが、売値の予想を教えると顔を青くした。

　原材料の氷砂糖と焼酎が高いんだよね。金色薬酒のように薬扱いで売るしかない。そういえば北条の皆さん、全部自分たちで飲まないで、ちゃんと尾張に売ってくれるだろうか？

　ああ、三河とか美濃の国人衆の中には固まっている人もいる。金色酒でも尾張を出ると気軽に飲めないからなぁ。

　それに見たことがないご馳走なんだろう。これで裏切りとかが少しでも減って、素直に従ってくれるといいんだけど。

side：土岐家家臣

　正月だというのに寂しいものだな。幾人かの国人衆は本人が挨拶に来たが、あとは家臣が名代で訪れるのみだ。

　やはり織田を怒らせたのがまずかったのであろう。斎藤山城守も守護様に嫌われておるのが分かりきっておるからか、名代を寄越して、その名代もすぐに帰ってしまった。

　尾張では見たこともないほどの馳走が出されて、金色酒や澄み酒も好きなだけ飲めるとのこと。大垣どころではない。態度をはっきりさせておらぬ国人でさえ、織田の新年の宴に招かれ、清洲まで行ったと聞く。

　体裁としては土岐家を立てておるのだ。それに斎藤と和睦したこともあり、美濃の国人衆が行ってもおかしゅうない。

　左様な尾張と比べるわけではないが、土岐家では金色酒を出せなんだ。料理は守護家に相応しきものをなんとか用意したが、金色酒だけは尾張の商人から買わねばならぬが安くはない。守護様が銭を出し渋ったのだ。

所詮はご自身を見捨てて斎藤や織田に寝返った者たちなのだから、金色酒を出すなど勿体ないと申された。

この日は挨拶に訪れた者たちに料理と濁酒を出したが、守護様ご本人はすぐに気分が優れぬと、席を蹴ってしまわれた。

人が少なく面白うないのであろうが、来た者だけでも労い、温かく迎えねば、本当に誰もおらなくなってしまうというのに。

さらに少し前から数人の側近と、こそこそとなにやら密談しておることも気になる。

なにをなさるおつもりだ？　おかしなことをすれば、次こそ殺されてもおかしゅうないのだが……。

side：久遠一馬

新年会の翌日以降は、妻たちと熱田神社と津島神社に初詣に行った。この時代にはない風習だが、寺社への参拝は珍しくないからか、大きな騒ぎにはなっていない。

あと家臣のみんなや、牧場村の領民に孤児院の子供たちと宴を開いたりもした。

この日は、資清さんの屋敷で慶次の元服の儀式を行う。

準備は資清さんがしており、オレは参加するだけなんだけどね。

「北条からも祝いの品が届いているね。いつ送ったんだろう」

資清さんの屋敷にはあちこちから祝いの品が届いているが、驚いたのは北条氏康さん名義の祝いの品があることか。

確かに里見との戦のあとに、元服について今年の正月を予定していると教えたけどさ。

「商人が預かっていたようです。なかなかやりますね」

この時代に関東からこの日に合わせて送った方法が気になったが、エルいわく北条と取り引きがある商人が預かっていたらしい。

関東では慶次も活躍していたけど、陪臣の元服に祝いの品を送ってくるとは。やっぱり凄いなぁ。幻庵さんの手腕かな?

「本日はご足労いただき、恐悦至極にございまする」

「なに、この歳になると、かような役目は楽しみでの」

準備を終えると、資清さんは改めて政秀さんに深々と頭を下げた。尾張に縁が薄いのは滝川一族の強みであり弱みでもある。もちろん唯一の縁と言える池田家の勝三郎さんは来てくれている。

資清さんは慶次のことを心配しているんだよね。元服前から関東で大きな手柄を挙げて目立ってしまったこととか、武士らしくない振る舞いとか。

もちろんウチでは問題ないけど、余所では陰口もあるからなぁ。

それもあって、政秀さんが烏帽子親になってくれることに心底喜んでいる。

そんな元服の儀式は恙なく終わった。いつもと違い、この日の慶次は真面目でちゃんとしている。いつもこの調子なら、どこに仕えてもすぐに出世するんだろうに。

慶次は烏帽子親である政秀さんの名から一字貰い、滝川慶次郎秀益と名前が変わるらしい。

結局、前田家には行かなかったな。今の滝川家で前田家に養子を出す必要はあまりないしね。当然なんだけど。

ちなみにウチからは鎧兜を贈った。去年に試作して三河に送ってテストしていた、史実の当世具足に近い鎧兜の正式版だ。

ジュリアが派手なほうがいいと言うんで、赤で塗った上に派手な装飾を施したんだけど。いいのかね？　ちょっと傾奇が入っているよ。

その後は元服を祝う宴が開かれて賑やかに騒いで、この日は過ぎていった。

side：ジュリア

「尾張はよいの。つまらぬ争いもなく、珍しきものも多い」

年も明けて落ち着いたし、セレスと共に清洲城に滞在する塚原先生のところに顔を出している。慣れない地での正月だから気になったんだけど、楽しんでいるみたいでなによりだね。

「そういうのを目指しているからね。アタシたちは」

「武芸も学問も政も同じか。この歳で教わることが多い。それがなにより面白うてな」

年の功と言うべきだろうか？　立ち居振る舞いから人との関わり方など、アタシは先生からは武芸以外でも学んでいる。

ただ、そんな先生もまた尾張で多くを学んでいるんだね。

「厳しい道だけどねぇ」

「さもありなん。坊主ならば悟りを開いたとでも言いそうじゃからの。されどの、戦や武芸でかような国にはならぬと、わしは思う」

「塚原殿がそこまでおっしゃるとは……」

セレスが僅かに驚いた顔をした。武芸の道に生きる先生が、武芸の限界を語るとは思わなかったんだろう。

「諸国を巡ると面白きことに出合う。されど、長居したいと思える地は多くない。飢えぬようにと励む者はおるが、それでも戦をすると他国で刈田など平然と行う。それが新たな飢えに繋がると知りつつな。左様なことの繰り返しなのだ。この世は」

先生の話は、日頃、織田家の宴などで話してくれる他国の様子などとまるで違うものだ。批判をしている様子ではない。この世の無常を嘆いているように見える。

「己の道を貫く。難しきことよ。まして世の流れと違うとならばな。そなたたちの道、最後まで見届けたいものよ。この命ある限りな」

理解している。確実に。アタシたちがこの時代の人たちと違う道を歩んでいることを。

先生に見せてしまったモノはなにを生むんだろうね。ふと、そんなことが気になった。

いい方向ならいいんだけどね。それだけは願わずにいられない。

side：久遠一馬

まだ松の内だというのに会ったことがない人が訪ねてきた。土岐頼芸の家臣だ。

「年も改まりました。そろそろ我が御屋形様に寛恕《かんじょ》を願われて、和解なされてはと、思いましてな」

会いたくないいんだけど、美濃の守護なんだよね。あの人。門前払いも出来ないので会うことにしたけど、まさかの話に驚いた顔でも見せてしまったかもしれない。

「さて、私と美濃守護様が和解するようなことがありましたか？」

「奥方に刀を向けた者と共におった者は、我が御屋形様が罰してすでにこの世におりませぬ。美濃と尾張の安寧のためにも、ここは久遠殿から折れて頂きたく参上致しました」

土岐の名前が出たことで、前に来た人と同じく金色酒をたかりに来たのかと思ったが、違うようだ。とはいえ、あまりに唐突で勝手な話だ。

「このままでは弾正忠殿も久遠殿も、我が御屋形様を蔑《ないがし》ろにしておると言われかねませぬぞ」

オレが黙ったからか畳みかけるように和解を促す土岐家家臣だけど、随分と舐められているなとしか感じない。

「あの件は美濃守護様と、尾張守護である我が御屋形様の話し合いで終わった話です。私は尾張の者であり、尊しと仰ぐべき守護は美濃守護様ではありません。我が御屋形様がまとめた話を私が蒸し返しては、御面目を潰すことになります。私には左様なことなど出来るはずもございません」

理解出来ない。この人は、オレが恨まれ役になって頼芸の顔を立てろ。義統さん、信秀さんの顔を潰せと言っている。普通に考えてあり得ないんだけど。

確かに土岐家は困っているんだろう。ただ、オレは困っていないし、なんの義理もない。にもかかわらず、お前は氏素性も怪しい男だから、大人しく土岐家のために犠牲になれといいたいのか？

「ああ、私は先日、弾正忠様の猶子にしていただきました。どうしてもあの件を蒸し返したいのならば、猶父に話してください」

「猶子とは……、まさか……」

「ええ。いろいろと困るだろうからと、お声を掛けていただいたんですよ。もちろん尾張守護職であられる我が御屋形様のご了承も得ております」

話すだけ無駄だ。さっさと帰ってもらおうと猶子の話を伝えると、今までで一番驚いた顔をした。どうやら知らなかったらしいね。

あの件で話がしたいのならば、義統さんか信秀さんに言えばいい。それが筋だ。

「では久遠殿から弾正忠殿に、和解の件を頼むことをお願い出来ませぬか？」

「……なぜ私が縁も由縁もない土岐家に、そこまでしなくてはならないので？」

話も終わったかと思ったが、この男はまだ食い下がってきた。

これが氏素性の怪しい男の扱われ方だ。名門、力のある者相手に面目を立てるどころか筋を通すことすら許されない。温かく迎えて信じてくれた信長さんと信秀さんに改めて感謝しよう。

「恨み言を言うつもりはありませんが、土岐家にそこまで配慮する気はありません。わざわざ美濃から来ていただいたことには感謝致しますが、お帰りください」

土岐家家臣は多少不満げにしつつも、それ以上騒ぐことはなく帰っていった。

忍び衆の報告では、土岐頼芸は今もウチの悪口を言っているようだし。反省もしていない。

美濃から見ると尾張は都からさらに東に行った田舎だ。その田舎の守護代である織田家や氏素性の怪しいオレが折れて、美濃守護である土岐頼芸を立てろという考えか。

随分と都合がいい考えだが、この時代だとそんなものだろう。大騒ぎしないで内々に訪ねてきたことからも、あの男は穏健派に思える。

日を改めて信長さんに報告したほうがいいな。この調子ならあちこちで動いているかもしれない。

side：土岐頼芸

「守護様、やはり商人は大湊で捕まったようでございます」

使えぬの。わしの周りには、かような愚か者ばかりよ。この程度の謀も出来ぬのか。利政の奴めと比べるわけではないが、呆れて怒る気も失せるわ。

「そうか。よい。関わった職人どもを始末しろ」

織田と斎藤を潰し合わせるつもりであった時に、折よく織田が妙な手形を出したので同じものを造らせてみたが駄目であったか。

わしは、城に参った堺の商人が持ち掛けてきた話に乗ったまで。手形の出来はなかなかのものだと思うたが、初見で見抜かれるとは。使えぬ職人など始末してしまえばよい。仕損じた策にこだわるなど下策だ。これもわしが将の将たる所以《ゆえん》よ。憎き織田と下賤な久遠から銭を奪えなんだのは面白うないが、いずれにせよ、これで利政と織田をぶつけることが出来る。

信秀め、誰のおかげで大垣を手に入れたと思うておるのだ。わしが美濃の国人衆を動かしたおかげだということを忘れおって。恩知らずの輩に相応しい末路を用意してやるわ。

「利政の倅に繋ぎを取れ。この策で織田との婚姻を潰せとな」

「さすがは守護様。まさか策を二重にするとは、感服致しました」

「策を講じるとは、かようにするのだ。覚えておけ」

織田と斎藤の婚姻など認めぬ。守護はわしだ。奴らめ、わしをまた守護から追いやるつもりであろうが、そうはいかぬ。

これで織田と斎藤の婚姻を潰して、互いに争わせれば、双方とも疲弊するであろう。頃合いを見計らって大垣と稲葉山を落とせば、ようやく美濃から謀叛人どもを討ち払うことが出来る。

そのまま尾張になだれ込むのもいい。斯波も傀儡の分際でわしに恥をかかせおって。同じ守護の職故に助けてやってもよいと思うておったが、織田と一緒に叩き潰してくれるわ。

さて、あとは利政の不出来な倅が、いずこまでやれるかだな。

奴が上手くやっても下手をしても、いずれにしてもわしには関わりがないことだ。

織田は臆病風に吹かれておって動くまい。利政さえ消えればこちらのものよ。

今に見ておれ。謀叛人に恩知らずな輩、下賤な南蛮人や無礼な傀儡など、ことごとくわしが成敗してくれるわ。

side：久遠一馬

松の内も半ばになるので、ウチに関わりがある警備兵や遊女さんなど、年末年始に働いていた人たちに休みを与えた。

信秀さんに進言して、年末年始に働いた警備兵には特別な褒美を与えてもらう予定だ。オレからは餅や金色酒を褒美としてすでに出している。遊女さんに関しては、工業村内の遊女さんはウチが管理しているので、特別報酬と帰省の許可を与えた。

元の世界の価値観で考えると、さほど驚くことではないが、この時代だと驚いて喜んでくれたようだ。

すでに領民は三が日を過ぎると早くも働き始めていて、生きるのが大変な時代だなと痛感する。

「殿、大湊から文が届いております」

信長さんはまだ家族水入らずで過ごしているみたいで、この日も来ていない。

ストーブの前でのんびりとロボとブランカのブラッシングをしていると、大湊との仲介を任せた湊屋さんが少し慌てて入ってきた。

「なんか分かったの？」

「はっ、商人の素性が判明致しました。美濃の商人でございまして……」

隣で編み物をしているエルも手を止めて、湊屋さんの報告に耳を傾ける。

「さらに美濃斎藤家に出入りしておった商人でございました」

報告を聞くために資清さんと望月さんと太田さんも集まっているけど、みんな少し微妙な表情だ。

「裏は取ったのか？」

「はっ、大湊でも確認はしたようでございます。されど、会合衆はそのまま信じるのは危ういとも考えておるようで……」

斎藤家。道三と繋がるのは予想外だったのだろう。資清さんも裏があるのではと疑うものの、現時点ではそれ以上の確定事項はない。

大湊でも疑念があるらしく、緘口令を敷いてさらに調査しているようだ。

「それと、未遂で取り押さえたものの、その商人が自害を試みたようでございます」

疑念と謎でみんなが考えている中、湊屋さんの言葉は続く。資清さんと望月さんは、顔を見合わせてなんとも言えない様子だ。

「斎藤山城守様に今動く理由があるのでしょうか？」

疑問を口にしたのは太田さんだ。

「なかろう。織田との婚礼前に、何故かようなことをする必要がある？」

その問いに望月さんはすぐに答えた。確かに道三の風評はあまり信用出来ない。だけど、今動く理由は見えないんだ。家中の批判を抑えてまで織田と和睦している。仮に今、織田と斎藤が争っても道三にはなんの得もない。

「とすると怪しいのは織田と斎藤が繋がるのを望まぬ者。土岐か今川になりまするが……」

太田さんは考えつつも怪しい人物を思うままに口にすると、オレとエルに視線を向けた。みんな考えることは同じか。この一件は手形だけではない問題があるんだ。

「土岐家と今川家も探ってみるか。無論、斎藤家も。ただし深入りは不要で。証拠なんかは残っていないだろうし、残っていたら怪しいと思って一旦引くように」

「畏まりましてございます」

ここは無難に調べてもらうほうがいいだろう。

ただ、資清さんたちが部屋からいなくなると、思わずため息を漏らしてしまった。

「忍び衆はどこまで掴めるかな?」

「土岐頼芸の不穏な動きを、多少でも掴めば問題ありませんよ」

ブラシをかけられているブランカは、手が止まっているぞと言わんばかりに頭をグリグリと擦り付けてくる。ブランカのブラッシングを再開して、エルたちと今後のことを話す。

実は先日、シルバーンからこの件の報告が一足先に届いている。妻たちは休んでいるが、バイオロイドが虫型偵察機で調べてくれたんだ。

犯人は土岐頼芸と側近だった。目的はふたつある。ひとつは偽造手形で銭をせしめることで、もうひとつは道三に罪を擦り付けて織田家と斎藤家の婚姻を潰すこと。

　さすがに現状で織田と斎藤が婚姻を結ぶのは危険だと考えたらしい。この件は失敗しても道三に罪を擦り付ければいいと考えているみたいで、あわよくば一石二鳥を狙っていたらしい。ひとつ目の目的はすでに失敗したけどね。

　さらに問題はある。道三の息子である斎藤義龍が密かに頼芸と連絡を取っていることだ。斎藤家内部の反織田勢力もまた、頼芸を利用して織田家と斎藤家の婚姻を潰そうとしている。

「斎藤家の潜在的な争いは、この頃からあったということか」

「どこにでもあることだとも言えます。上手くいかない時は問題が表面化するものですので。織田家も他人事ではありませんよ」

　先日の土岐家家臣みたいに、織田家と土岐家の和解を望む人もいなくはない。和解の内容を考えなければね。ただし両家が事実上の手切れとなったことで、斎藤家内部も含めて美濃の支配を狙った争いが表面化しているか。

「美濃の人たちは織田の力を分かっていないのかな?」

「分かっていないと思います。この時代では領地の広さと、国人や土豪をいかに束ねられるかで考えますから。それに、織田は最近大きな戦をしていません。彼らからすると、資金と食べ物は奪えばいいんです」

　エルの言葉に苦笑いが出る。そこまで織田の力が伝わっていないのか。正直、織田は国人や土豪の取り込みを積極的にはしていないからだろうか。

要所とか力のある人とは接触しているけどね。信秀さんは愚か者など要らないって言うし。

「鍵は道三かな？」

「勝てませんよ。彼らでは。史実と違い斎藤山城守殿の立場が弱い分、隙もありませんから」

史実の道三は義龍に討たれて亡くなったけど、この世界の道三はまだ美濃すらまとめていない。エルにはその分、隙がないように見えるらしい。

確かに史実の道三の隠居と義龍の謀叛にはいろいろな説があったけど、はっきりしているのは道三には国人衆の支持がなかったことだけだからな。

「隙はないか」

「むしろ好機だと思うべきね。山城守殿は味方となりうる人だもの。これを機会に美濃をこちらに傾かせるべきだわ」

内乱かと少し考えていると、メルティが先を見越したように口を開いた。

「相手は守護だけどねぇ」

「もう限界ですよ。リリーの件がやはり大きく影響しています」

ジュリアとセレスも同意見のようだ。武芸大会で結んだ頼芸と斎藤家の和睦はもう駄目か。

一応、表向きな情報だけでも信秀さんに報告するか。でも、どうするんだろう。証拠もなく婚姻を取り止めにはしないとは思うけど。

しかし、松の内も明けていないのに世の中は動くね。

うん。ああ、今度はロボのブラッシングだね。ブランカばっかりやると拗ねるんだよね。

催促するようなロボのご機嫌を取りながら、美濃の問題を考えようか。

天文十八年、正月。久遠一馬が織田信秀の猶子になったことが『織田統一記』や『久遠家記』に記されている。

見届け人として織田側は土田御前、織田信長、平手政秀、久遠側は大智の方こと久遠エル、薬師の方こと久遠ケティ、滝川資清、久遠家本領から来た清十郎という長老であった。

当時の久遠家の力はすでに織田家中でも抜きん出ていて、交流があった北条家の資料では同盟者のようだったと残しており、遅かれ早かれ織田家との婚姻があるだろうと誰もが見ていたことが、同時代の資料に散見している。

信秀自身も随分悩んだようだという資料もあり、婚姻ではなく猶子を選択したようである。

また当時は力の大きすぎる家臣は警戒されたりするが、現存する資料では信秀が一馬を案じたとの記載はあっても警戒したとの資料は織田方にはまったくない。

まるで実の親子のようだと言われたほどの関係だと伝わり、『久遠家記』には、信秀がたとえ公方や朝廷と対峙しても、久遠家は守ると語って猶子の件を切り出したとある。

この場面もまた戦国時代のドラマや小説ではお馴染みのもので、この時信秀が天下統一をすると口にしたという場面としても知られるが、同時代の資料や言い伝えの覚え書きにはそのような記載は存在しない。

信長に関しては若い頃から天下統一を口にしていたとあるが、信秀が天下統一を口にしたという資料はなく、後世の創作であると言われている。

ちなみにこの時の誓紙は織田家、久遠家の双方が保管しているものが現存していて、織田博物館にて展示されている。

現在ではカレーやラーメンに続く国民食である黄金焼きは、この年の正月に行われた織田家の新年会のメニューとして残るのが日本最古となる。

箸で切り分けた時に溢れ出る肉汁の色と、あまりの料理の美味しさから黄金にたとえられて黄金焼きになったと伝わる。

レシピは料亭八屋に残るものを参考にすると、欧州のミートローフと近いものだったと思われる。はっきりとした経緯は不明であるが、久遠家には古代ローマ由縁の技術などがあることから、ミートローフがもとになったと思われる。

ただし、他にもドイツのタルタルステーキなど、起源については諸説あり、はっきりしていない。

皇歴二七〇〇年・新説大日本史

第二章　燻る不満と動く者

side：すず

「お方様、いずこに行かれるので？　供の者を付けませぬと……」

「ちょっと近くで修業をするだけでござる」

「心配無用なのです」

チェリーと一緒に屋敷を出ようとすると門番さんに止められた。なかなか優秀な門番さんでござる。感心感心。

ただ、供の者は不要でござる。門番さんが人を呼びに行った隙に抜け出すのだ！

「勝手に行動して、あとでエルに怒られるのですよ」

「職人さんを助ければ慈悲はあるのでござる」

実は暇なのでシルバーンのデータベースにアクセスしたら、大変なことを発見した。織田手形の偽物を作らせている土岐頼芸が、職人さんたちを後で殺すと言っていたのでござる。

司令やエルは慎重なので、この件に介入しない様子。ならば拙者とチェリーで助けに行くのでござるよ。

ふふふ、こんなこともあろうかと変装セットを用意してある。旅のお坊さんの格好でチェリーとふたり、職人さんたちのいる美濃を目指す。

『ちょっと、ふたりともどこ行くの⁉』

『人助けに行くのでござる！　バックアップは頼むのでござるよ』

すぐに司令室から通信が入るけど、年末年始ということもあって、今いるのはバイオロイドのヒルデたち。お願いしてサポートを頼んで、そのまま一路美濃へ急ぐのでござる。

『もう、あとで怒られても庇いませんからね』

大丈夫でござる。本当に危ない時は逃げるくらいは出来る。職人さんたちは悪くない。アンドロイドのみんなも拙者たちの味方になってくれるはず。

バレない範囲なら怒られるだけで済むのでござる。

side：久遠一馬

美濃が騒がしくなってきたものの、信秀さんは捨て置けという一言で終わった。せっかくいろいろと考えて報告に行ったのにちょっと悲しい。

戦の準備は普段からしてある。兵糧は秋の収穫で飢饉対策も兼ねて備蓄をしているし、火薬とか矢玉も備蓄があるんだ。

織田としては道三とどうしても組みたいわけではない。犯人が美濃か今川か分からなくても、去年ならいざ知らず、今年ならば防衛に大きな不安はないからね。

まあ信秀さんも、犯人は道三じゃないと思っているようだけど。

「これは使い勝手のいいものでございますな」

さて、この日は工業村に来ている。足踏み式旋盤の感想を聞きに来たんだけど、清兵衛さんは少し興奮したように感想を教えてくれた。

「ここじゃ鉄がいくらでも使えるからな。このようなものを使わぬ限り仕事が追い付かん」

旋盤を使って、早くも足踏み式旋盤二号機の製作に入ったらしい。職人のひとりは、ここならではの道具だとも語る。

この時代の鉄は貴重品だ。西国などでは『たたら』で鉄を作っているが、生産量がまったく違う。鉄の取り出しに炉を壊さなきゃならない時点で、手間暇が掛かりすぎだからね。

工業村では高炉で作った鉄を精錬する反射炉がすでに三基に増えていて、今も四基目と五基目を建造している。

工業村はその性質上、信用出来る職人でなければならないので、職人の数が簡単に増えないんだ。有り余る鉄をいかに効率的に、かつ、早く使うかを職人のみんなも考えてくれている。

あれ？　ふと気付いたんだけど、旋盤作りで分業しているね。

この時代でも分業はある。鍛冶職人は刀身を打つが鞘なんかは作らないし、そもそも鉄は買ってくるから当然だ。

「これ、部品ごとに違う人が作っているの？」

「いけませぬか？　同じものを作らせたほうが早いのでございますが」

「いや、構わないよ。そこまでしているとは思わなくて」

ただ、同じ鍛冶作業で分業までしているのは驚きだった。分業制までは教えていないんだけど。

ここの職人たちは、自力で効率化を始めている。

もともと職人にはあまり細かく指示はしていない。彼らの試行錯誤や創意工夫を潰したくないからだ。十分な報酬と有り余る素材と、最低限の知識を与えて自由にさせている。あとは過労にならないように気を付けているだけだ。

とはいえ、まさかこの時点で分業までするとは思わなかった。

「ああ、新しいもの作ってほしいんだ。手が空いてからでいいから」

「これは……」

「鉄で荷車を作るので？　しかも、棒の上を走らせるとは……」

驚いてばかりもいられない。今日は新しいもの作りも頼みに来たんだ。それはトロッコだ。レールの上を走る鉄道の原点とも言えるものだろう。歴史は古く、この時代でも欧州では一部で木製レールのトロッコはあるみたいだしね。

メルティに頼んだ図面と完成予想図を職人のみんなに見せると、不思議そうにしつつも、それぞれが意見を口にしていく。

工業村内では、鉄鉱石やコークスの運搬などに手間が掛かっている。今は動力まで教える気はないものの、馬や牛を使えるトロッコは今後のためにも作ってほしい。まあ最初は人力からだけどね。手漕ぎや足漕ぎのトロッコが作れるくらいになったら、オレも乗ってみたいかも。

「とりあえず、小さいやつを試しに作ってみるか」

「あの荷車も鉄で補強すればいいんじゃねえか？」

「確かにそうかも」

図面は職人魂に火を付けたらしい。図面を囲み、オレなんてそっちのけで話をする職人たちを眺めつつ、そういえば藤吉郎君はどうしたんだろうかと探してみる。

ああ、藤吉郎君は見習いたちと一緒に旋盤作りの手伝いをしているね。本気で職人になるんだろうか？　それも人生だね。

しかし、ここの職人たちは鉄をいかに有効に使うかも考えている。荷車って大八車のことだ。あんまり重量が増えると大変なんだけど。

まあ試行錯誤するのはいいことだ。頑張ってほしい。


工業村での用事も終わったし、村の外の銭湯町に足を延ばしてみる。

「おのれ！」

「やるか！」

すっかり宿場町のように店や旅籠が増えたのはいいけど、血の気の多い人も集まるみたいで、牢人が道の真ん中で喧嘩をしている。まったく。仕方ないなぁ。

「ここは某が……。己ら、止めぬか！」

警備兵もまだ来ていないので止めようとしたが、代わりにと出て行ったのはオレを見送るために工業村の中から出てきている滝川益氏さんだ。

　工業村の管理と間者対策を含めた警備は彼に任せている。管理職であり留守番役なので派手な活躍の場はまだないけど、出来る男だ。

「これは我らの話だ！」

「そうだ！　武士の沽券に関わるのだ！」

　止めに入った益氏さんに牢人たちは驚いた顔を見せるも、すぐに反発するように怒鳴った。この人たち、以前に桑名が集めたけど追放されて尾張に来た連中だな。

　一部は罪を犯して捕らえたりしたけど、今の尾張は仕事を選ばなければ働き口はたくさんあるんだ。用心棒とかで未だに残っている者も多い。

　ただ、牢人たちも刀を抜いたりはしない。それをやれば罰を受けると知っているようだ。

　それなりに尾張のルールを守っているが、血の気が多いのか喧嘩は絶えないんだよね。

「そなたら仕事はなにをしておる？」

「昨日、仕事を失うた。こやつのせいでな！」

「なに？　もとはと言えば、己が悪いんだろうが！」

　益氏さんはそんな血の気が多い連中に、いちいち怒ることもなく話を聞いていく。

　実は益氏さんは面倒見がいいんだ。荒くれ者が多い若い衆をよくまとめていて、セレスが褒めていたのを覚えている。

「分かった。分かった。そなたらに新しい職を紹介致す故、真面目に働け」

「おおっ！」

「まことでございまするか！」

どうするんだろうなと見ていると、益氏さんは仕方ないと言いたげな表情をしつつ仕事を紹介することで場を収める。ふたりは喧嘩をしていたのが嘘のように大人しくなった。

「たいしたもんだね」

益氏さんは牢人たちに多少の銭を渡すと、明日にでも銭湯町にある警備番所に来るようにと告げて一件落着だ。

「あの者らも食うに困らねば、安易に悪さは致しませぬ。ここの警備兵のもとで使いたいと思いまするが、よろしゅうございましょうか？」

「任せるよ」

考えているね。工業村の外は、中と違い秘密とかないしね。別に構わないだろう。実際、警備兵は需要が増えた分だけ人手不足でもある。

「相変わらず、人を使うのが上手いね」

文官とは違うが、荒くれ者とかを上手く使う益氏さんは縁の下の力持ちといった感じか。

「我らもほんの少し前までは似たような立場でございましたから。あの手の者らは荒事には慣れております。ここのような余所者が多い場所では役に立ちまする」

益氏さんは戦国時代っぽい人だね。ただ、ウチのルールを理解していて、それに合わせることが出来るのが何気に凄い。

史実の滝川一益が織田四天王とまで言われた理由が分かる気がする。一益個人の能力だけで四天王になれるほど世の中は甘くはない。当然、有能な親族や側近に部下が大勢いたはずだ。益氏さんも元の世界ではその内のひとりなんだろう。

工業村に手が掛からないのは益氏さんのおかげなんだ。一応虫型偵察機は配備してあるけど、出入りする人の監視とか問題なくやっていて隙はない。

「頼むよ。工業村とここは織田領の中でも特に大事だから。儀太夫殿にも次の戦では活躍する機会を与えるからさ」

「ありがとうございまする！」

あまり自己主張しない益氏さんが嬉しそうに笑った。

関東で慶次が思わぬ活躍をしちゃったしね。益氏さんにも活躍の機会をあげないとな。

禄は当然ながら益氏さんのほうが慶次より上なんだけどね。武士である以上は、やっぱり戦で活躍したいよね。武功がないと軽く見られる風潮があるし。

次の戦が、いつになるか分からないけどね。その時は、活躍してもらおう。

side：工業村の鍛冶職人

久遠様という御方は、とんでもなく優しいお方だ。病に罹れば祈るしか出来ねぇ者に薬と食べ物を与えてくださる。

しかも流行り病の時だけじゃねぇ。病院とかいう診療所に行けば、いつでもただで医師が診てくださるし、動けねぇと頼めば出向いてくださるんだ。

ここ工業村の者も、親戚や知り合いが助けられたって奴は多い。

そのせいだろう。オレたちが本来は他の者には教えねぇ、身内だけの技を皆で持ち寄っているのは。もちろん、村の外の者に伝えるのは許さぬ掟にしてあるが。

オレたちだって、あの薬や粥の値ぐらいは知っている。織田様や久遠様がいかに裕福でも、限度ってもんがあるのは分かるんだ。

それなのに、ここで作っている大量の鉄は大半がそのまま川舟で運ばれていっちまう。理由はオレたちがあれを使いきれないからだ。

あれをここで加工出来れば、どれだけの利を得て、尾張の益になるか想像も出来ねぇほどだ。

オレたちは決めたんだ。あれを余すことなく加工してみせるってな。

そうすりゃあ二度と皆が飢えねぇで、飯が食えて薬も飲めるようになるかも知れねぇんだ。そのためなら、身内だけの技のひとつやふたつくれてやる。

旋盤だったか。あれはすげぇ。あれさえあれば、それが出来るかも知れねぇんだ。だからこそオレたちは分業してあれを作ることにした。

ひとりであれを作れば、いつ出来るかも分からん。皆で技を持ち寄っていれば得手不得手も出てくるし、力量にも差があるのが分かるんだ。

先日、久遠様が訪ねてくださった時は、珍しく驚いた顔をされていた。

やっぱ分業にしたのは驚いてくれたらしい。誰も顔には出さなかったが、正直嬉しかったな。

「これはなんで棒の上を走るんだ？　穴でも掘れば棒は要らんだろう」

「いや、穴は駄目だ。土が入ってすぐに埋まっちまう」

ただ、久遠様はオレたちの先をいく。なんと棒の上に荷車を走らせる図面を持ってこられた。

その荷車自体も要所を鉄で作るってんだから驚きだ。

皆で分からねぇことや思いついたことを出し合い、やり方を決める。最後は久遠様と一番付き合いが長い清兵衛が決めるが、大体は皆の思いがひとつになる。

「まずは、大八車を作っている職人と、使っている奴に話を聞きに行かねえとな。オレたちは荷車なんてほとんど作ったことねえからな」

大八車はここ工業村にもある。たたらの奴らが使っているはずだ。前に壊れやすいとぼやいていた奴がいたからな。話を聞いてこねえと駄目だ。

「藤吉郎。ちょっと大八車を使っている奴に話を聞いてこい。これで差し入れでもすればすぐに聞けるだろう」

「はい！　親方！」

作っている職人はオレたちが聞きに行かねぇと話にならねぇが、使っている奴らから話を聞くだけならば若い奴でも十分だろう。

清兵衛は藤吉郎に行かせるらしい。藤吉郎は細かいことに気が利くし、話が上手い。清兵衛の甥っ子らしいが、いい奴を呼んだよ。

とりあえず旋盤の作り増しは遅らせられねぇ。さすがになんでもかんでも鉄で作る必要はねぇだろうし、話を聞いてから試しの段取りをするのがいいだろうな。

「されど、余所だと鉄は貴重で、刀とか鉄砲を造るのに……」

「そんなもん、外の奴らに任せちまえ。そもそも久遠様の鉄砲は、どの鉄砲でも同じ部品が使えるんだ。それを解決しねぇと気が済まん！」

工業村には他国の鉄砲の良し悪しを探るために集めた、堺や雑賀などの鉄砲と、久遠様の鉄砲がある。形が違うから見分けは容易いが、詳しく見てみると出来の違いに驚くばかりだ。

近頃、尾張には余所から来た職人も増えているし、奴らは鉄砲も造っているが、久遠様の鉄砲と比べるとかなり見劣りする。堺や雑賀などの鉄砲も同じだ。もちろん鉄砲としては使えるが、久遠様の鉄砲と比べれば粗悪そのものだ。

まあ、農具ひとつ取っても久遠様は鉄を贅沢に使うものを望まれる。勿体ねぇと思うが、仕事に使うならそっちのほうがいいんだよなぁ。

同じ形に揃えるなんて、ここに来るまで考えたこともねぇ。だが使う身になってみれば、それに越したことはねぇ。部品がひとつ壊れただけで、新しいのを作るなんて無駄だからなぁ。

旋盤もそれを意識して作っている。壊れた時は部品だけ換えればすぐに修理出来る様にしてある。

あの日々大量に出来る鉄を加工するには、そのくらいしないと無理なんだ。

なんとかまた久遠様を驚かせたいもんだ。

side：久遠一馬

この日、織田領内と大湊及び伊勢の自治都市は、悪銭の交換比率を定める布告を同日発表した。対象は一定額以上の商いを行う商人に限定していて、堺の大店を狙い撃ちにした形になる。一部の近江・美濃・駿河の商人も影響はあるだろうが、露骨に悪銭と良銭の交換をする堺以外は大きな影響はないだろう。

六角が少し気になるけど、この件で対立するほどでもないはずだ。

織田領内は事前に説明してあるし、大口の取り引き以外は今まで通りにするように言ってあるから、混乱はないと思う。

規定額以下の取り引きでも、短期に商いを繰り返すなどで、悪意ありと認められると処罰することも付け加えたけど。商人は網目を潜ってこそ、なんて考えがあるらしいから、イタチごっこと分かっていても、最初の網は一応仕掛けたんだ。

「利政から面白き書状が届いたぞ。読んでみろ」

清洲城に呼ばれたオレとエルは、信秀さんから一通の書状を見せられて少し驚いた。

「これはまた……」

内容は土岐頼芸と斎藤義龍に不穏な動きあり、織田と斎藤の婚姻を妨害しようとしているというものだ。まさか道三が知らせてくるとは思わなかった。

「いかに思う？」

「概ね事実かと。先日もご報告致しましたが、忍び衆の報告とほぼ一致しております」

忍び衆の報告では、義龍は母親である深芳野が土岐頼芸から下賜されたことを理由に、自身は道三ではなく頼芸の子だと周囲に言い始めていて、斎藤家中の反道三の者と連絡を取り合っていることは掴んできた。

露見したわけは多数派工作を始めたからだ。当然、道三にも露見したのだろう。

「利政はいささか旗色が悪いらしい。エル、そなたの言うた通りになったな。守りに入った奴に異を唱える者が多いようだ」

信秀さんはエルが以前に、道三に対して疑問を口にしたことを覚えていたらしく、その通りになったと笑っている。

まあ、史実の道三ほど不利ではない。美濃には反道三には賛同するものの、反織田には賛同しないという者が少なからずいるんだ。現状では、尾張の守護代家でもない織田弾正忠家の下などに付きたくないという者が中心となっている。

狙いは斎藤家が折れる形で結んだ婚姻の破綻だろう。

正直、道三は領主としてはあまり人気がない。信頼されていないし、国人衆にも領民にも厳しいからね。それでも美濃の守護代家、斎藤の当主だ。

「はい。ですが無謀ですね。私ならば今の山城守殿と織田を敵には回しません」

「であろうな、こちらへの敵意を隠さぬおかげで西美濃の大半は日和見だ。東美濃の遠山家なども動かぬであろう」

なんというか義龍は下手を打ったね。エルと信秀さんは反道三派の戦略の失敗を口にした。

史実では土岐家の旧勢力などが鳩合して義龍に味方したが、この世界では大垣を中心に織田と親織田の国人衆がいる。反織田で道三を倒して、そのまま織田と戦うつもりかもしれないが、大垣を中心とした織田の勢力はそう簡単には崩れない。このままでは鳩合ではなく、烏合になるし……。国人衆さえ味方に付ければいいと考えているんだろうけど、西美濃では賦役で国人や領民の反応もいい。

「助けるのでございますか？」

「そうだな。助けてもいいと思うておる。あの守護は駄目であろう？　正室は確か六角家の者。今は西が騒がしいからいいが、あまり好きに泳がせると六角が介入してくるぞ」

今しばらく頼芸には守護でいてほしいんだけどなぁ。ただ、思った以上に困った人で、道三以上に評判が悪い。土岐家を疎かにしたくはないけど、頼芸には仕えたくない人が結構いるらしい。信秀さんもなにも出来ないからと放置しているけど、確かに問題は土岐家と六角家が縁戚であることなんだよね。手を貸すのか野心をもって介入するのかは分からないが、隣国の混乱で動くなんて六角でなくともあることだ。

それにしても、和睦して半年も経たずに騒ぐとはね。少し堪え性がなさすぎじゃないか？

こうなると気になるのは、不破の関の場所を抑えている不破さんと西美濃三人衆だろうか。

不破さんにはすでに接触をしていて感触は悪くない。正月の新年会にも本人ではないが、一族の者が来ている。

他の西美濃三人衆もそうだけど、現時点では土岐家に従うという体裁を崩していない。とはいえ彼らも本人ではないが、一族の者や重臣が新年会には来ている。織田を無視したり、むやみに敵対したりすることは得策ではない、という程度には考えているのだろう。

当然、土岐家や斎藤家にも挨拶に行ったらしいけどね。

ただ、今回の主導権は道三にある。信秀さんはお手並み拝見といったところみたいだし、どうなるんだろうか。

side：チェリー

美濃に入り、一路目的の職人さんたちがいる場所に向かった私たちは、迫りくる敵をバッタバッタと倒し……ということもなく、なんのトラブルもなく目的地に着いたのです。

作戦遂行の前に目立つのは良くないのです。高性能アンドロイドの名が泣くようなことはしないのですよ。

職人さんがいるのは城の離れ。寝ずの番はいるものの、警戒は緩いと司令室から情報が入ったことで夜に忍び込むことにしました。

堀と塀を乗り越えて裏口の門番を倒すと退路を確保。そのまま職人さんたちの寝所に急ぐのです。

「助けに来たのでござる」

「ここにいては殺されるのですよ」

戸惑う職人さんたちにすずとふたりで説明をする。すでに彼らの仕事は織田に筒抜けであることや土岐頼芸は残忍な人だと教えるのです。

「証言するのならば、私たちが堺に帰してあげるのでござる。私は久遠すず」

「私は久遠チェリー。嘘は言わないのですよ。私たちの殿は織田弾正忠様の猶子となったのです」

職人さんたちは顔を見合わせて相談を始めました。ここまで侵入した事実と、すでに露見しているということから事態は深刻だと判断したようなのです。さらにここでの扱いもあまり良くなく、職人さんたちも本当に帰してもらえるのか不安だったみたい。

そのまま職人さんたちと一緒に城を抜け出して、夜が明ける前に可能な限り逃げるのです。

「チェリー！」

「下がっているのです。私たちに任せるのです」

隣の領地に入り、まずは第一関門突破したと思ったところで不審な集団が立ちふさがった。怯える職人さんたちを庇うように、すずと私は武器を手に持つのです。

「お待ちを！　お味方でございます！　某、久遠家忍び衆！」

すずと顔を見合わせると、思わず驚いてしまったのです。まさか見つかるとは思わなかったのです。

「お方様、後ろの者たちは……」

どうやらメルティが、私たちの生き先を多少ぼかしながら捜索に当たる忍び衆に教えていたことが判明したのです。ならば長居は無用。早々に説明をして先を急ぐ。

織田領に入るとミッションコンプリートなのです！

side：久遠一馬

松の内も明けると、新たな一年が本格的に始まる。

年末年始に尾張に来ていた妻たちも、それぞれの仕事のある場所に帰った。定期休暇として残ったのはエルたちを除く二十名ほど。

ローテーションを組んで常に二十人は尾張に滞在することにしているんだけど、そのふたりの姿が見えないと家臣のみんなが騒いでいたのが数日前だ。

「ただいまでござる！」

「ただいまなのです！　にんにん！」

オレたちは通信機で所在を把握しているし、心配はないと言ったんだけどね。夜になっても戻らないからと忍び衆の捜索隊が組まれ、捜索活動が行われていたんだ。申し訳ない。後で、褒美を出さないと。

そんなふたりが数日ぶりに楽しかったと言いたげな笑顔で帰ってきた。

『ござる』という時代劇っぽい口調なのは、戦闘型アンドロイドのすず。黒目黒髪でポニーテールにしている侍っ娘だ。スタイルは標準でポニーテールだからか、少し犬っぽい感じの容姿をしている。年齢は十八歳の設定だ。今は数えで二十歳か。

『なのです』という口調なのは、技能型アンドロイドのチェリー。薄いグリーン系の目と髪をした少し猫っぽい感じの娘だ。年齢は十六歳で設定していたので十八歳になる。

このふたりのコンセプトは侍と忍者だ。まさか戦国時代に来るとは思わなかったしさ。完全に偶

然なんだけどね。

ちなみにふたりは修業に行くと出かけていったんだよね。チェリーは技能型なんだけど。

「おかえり。まずは、みんなに謝ろうか」

途中で合流した忍び衆が少し疲れた様子で一緒にいる。資清さんや家臣のみんなに心配かけたことを謝らせないと。

「お二方がご無事でなによりかと。我らはそれだけで十分でございます。殿、それより後ろの者たちは……」

泥んこの子供みたいに楽しかったと言いたげなふたりに、資清さんは怒ることもなく帰還を喜んだ。慶次の扱いでこういうことに慣れているようだ。慶次もよく問題を起こしていたと聞くし。

そんな資清さんが戸惑っているのは、ふたりが連れてきた者たちだ。

「ふふふ。聞いて驚くでござる！」

「褒めていいのですよ！　にんにん！」

「この人たちは偽手形を造った職人さんでござる！」

「この人たちは偽手形を造った職人さんなのです！」

最高のどや顔でハモるふたりの言葉に、資清さんはポカーンとしている。ふたりのノリに付いていくには四百年以上早かったかな。

そもそも騒動の原因になっている職人を連れてくるなんて、オレも聞いていないんだけど……。

うん。これは確信犯だね。

話を聞いてみると、美濃の守護である土岐頼芸の揖斐北方城に忍び込んだら、職人を殺せと言っていたので、密かに別の場所で作業をしていた職人たちを助けてきたんだとか。

これ、あれだな。最初から助けるつもりで行ったんだな。一応、辻褄は合うが、さすがにおかしい。

肝心の職人たちは当然ながら怯えている。助けると言って連れ出したようだけど、こちらに敵対的なことをしていたからなぁ。罰を受けると恐れるのは当然だ。

「八郎殿。悪いけど事情を聞いてくれる？」

「はっ、すぐに」

資清さんはさすがだ。いろいろと聞きたいこともあるんだろうけど、すぐに職人から事情を聞くべく動き出す。

「職人さんたち堺から来たようでござる」

「帰りたいって言っていたのです！」

この件に堺が関わっていたのは偵察衛星と虫型偵察機で知っているけど、実際に証人まで出てくると話が変わるよね。

この場に残り聞いている、望月さんと太田さんと湊屋さんも一瞬で表情が変わった。

ただ、土岐頼芸に偽の手形造りをけしかけたのって、堺でも本当に一部の商人なんだよね。会合衆とは無関係の商人だ。堺にいる大半の商人には寝耳に水の話だろう。

そもそも今回の偽造に関わった連中も、織田やウチとの全面対立までする気はない。上手くいけば儲けるが、駄目でも適当に和睦なり謝罪で済むと思っている。

　要は自分たちを無視すると痛い目を見るぞ、と示したいらしい。舐められているなぁ。

「すぐに探らせまする」

「某も職人から銭の出どころを確認致します。また、大湊にも裏を取らせます」

　望月さんと湊屋さんは、ふたりの話の裏取りのために動き出した。ウチでは可能な限り裏取りをするように日頃から言ってあるんだ。しかしこの状況では、たとえ裏が取れなくても堺との本格的な交易が益々遠のくことになる。

「今日のおやつは～？」

「ふたりはしばらく、おやつは抜きです。みんなに心配をかけたんですから」

　動き出す家臣のみんなとは対照的に、すずとチェリーはあんまり反省していないね。ふたりはお風呂に入ってさっぱりしていて、次はおやつだとニコニコとしているけど、エルもさすがに今回の件は見過ごせないようでおやつ抜きを言い渡している。

　ガーンとあからさまに落ち込むふたりは、チラチラとオレを見ている。エルを止めてほしいんだろう。確かに人助けをしたことは評価する。ただし、明らかにやりすぎだ。反省が必要だろう。

　ひとつ間違うと、ふたりを捜しに行った忍び衆に犠牲者が出た可能性もある。オレも一緒におやつ抜きで付き合うから反省させよう。それからみんなに謝ろうな。

side：土岐頼芸

「まだ見つからぬのか！」

「申し訳ございませぬ」

何故、こうもわしの周りは無能者ばかりなのだ⁉　閉じ込めて働かせておった職人どもに逃げられるとは、呆れてものが言えん。

「追っ手を放ちましたが、依然として行方が知れず。誰かが手引きして逃がしておるとしか思えず……」

「愚か者が！　左様なこと分かっておるわ！」

おかしい。偽の手形造りは家臣でも特に口の堅い者しか知らぬ。それに職人どもは目の前のこやつの城に閉じ込めており、他の者には手が出せぬはず。奴らには三ヵ月で報酬を渡して帰らせると言い含めておいたのだ。何故逃げる？

まさか、殺されると知ったのか？　わしの他には、職人を隠しておるこやつしか始末する話は知らぬのだぞ。　誰が漏らした？　……そうか。

「誰が手引きしたか分かったぞ」

「まことでございますか⁉」

「ああ、己だ」

「守護様！　なにをおっしゃいまするか！　守護様‼」

裏切り者はこやつだ。それ以外にはあり得ん。織田か斎藤かは知らぬが、こやつは誰かと通じて職人どもを逃がしてわしを謀ったのだ。

「守護様ーーー!!」

最期まで忠臣のふりとは恐れ入った。手向かいもせず、わしに斬られたのは褒めてやろう。

「誰か！　すぐに兵を集めろ。こやつは利政と謀って偽の手形を造り、わしと織田を騙すつもりだったのだ！　手始めに、こやつの一族郎党を根絶やしにしてくれるわ！」

裏切り者を斬り捨てて、すぐに人を呼んだ。わしが自らの側近を斬ったことで、覚悟が家臣にも国人衆にも伝わるはずだ。

裏切りは許さん。なにがあろうともな。

少し策は変わるが、利政から始末するか。不出来だという体ならば、いかようにでもなる。

そもそも利政が裏切ったことが、すべての元凶なのだ。その罪は織田より遥かに重い。いや、わしへの罪はすべてにおいて、なによりも重いのだ。

あの欲張りな信秀のことだ。斎藤を討つ好機をお膳立てしてやれば必ず乗るであろう。仮にその気がなくとも守護の名において兵を出させてやるわ。

あとは堺の商人を使嗾《しそう》して織田を追い詰めればいい。堺の商人にとって織田と久遠が目障りなのは、見ておれば分かるというもの。わしの慧眼はすべてを見通すのだ。

久遠がいかほどの者かは知らぬが、堺には勝てまい。それに南蛮船があろうが、ここは海がない美濃だ。自慢の金色砲とやらも、噂ではかなり大きく重いと聞く。そう容易く美濃まで運んでこられまい。

美濃での戦を見せてやるわ！　奴らの最期を添えてな！

やっとだ。邪魔な兄を退け、父から受け継いだ美濃を取り戻せる。

side：斎藤義龍

「これは、いかなることだ？」

突然、守護様が側近を殺したと騒ぎになっておる。しかもその側近の領地まで攻め入って、一族郎党を根切りにしたとは穏やかではない。

今は国人衆の取り込みで忙しかろうに。それを理解しておらぬのか？

現に国人衆の動きは鈍い。父上は健在であり、皆が織田と父上が組むのを恐れておるのだ。

「なにやら例の手形の件が上手くいかなかった様子」

「隼人佐。やはり守護様と組んだのは、間違いではないのか？　父上にも織田にも見限られたのだぞ」

わしも織田如きに下手に出る父上は気に入らぬ。とはいえ、父上が当主のままでは、わしは廃嫡にされる故、無理にでも隠居させるべきだと言うてきたのは、ここにおる長井隼人佐だ。

母上が守護様から父上に下賜されたことを逆手に取り、守護様を御輿にして上手く立ち回るべきだと、策を講じたのもこやつなのだが。上手くいっておらぬ。

「されど、今動かねば織田に美濃を乗っ取られまする」

織田の力はそれなりに大きいのであろう。父上の専横に美濃の国人衆は不満を抱えておるが、織田と敵対することは嫌がる。

ろくに戦もせぬままに織田は尾張をまとめてしまった。清洲も一日で陥落させた織田の力を恐れる者がおっても無理はない。

無論、隼人佐の言い分も分かる。今動かねば西美濃は織田の手に落ちるかもしれぬのだ。されど、何故国人衆への根回しも済まぬうちに、おかしな騒ぎを起こす守護様を担がねばならぬのだ？

そもそも守護様は織田と斎藤を潰し合わせるつもりであろう。このままではまた朝倉も介入してくるぞ。いかがするつもりだ？

「もうよい。国人衆も集まらぬのでは動けぬ。守護様と父上では比べようもない」

駄目だな。あの守護様では駄目だ。尾張では和睦の席でさえ不満を隠しもせずに、家臣が騒動を起こすと不満げなままで帰ってきたというではないか。

西美濃の者たちはそれで愛想を尽かして、日和見をしておるのであろう。

「されど、守護様の後ろ盾なくば若殿は殺されまするぞ。織田は西美濃の大半を己のものとするはず。殿は誰憚ることなく若殿を廃嫡にして、正室のお子の誰かを跡継ぎにするでしょう」

「だが、あの守護様は駄目だ。もう家臣も国人衆も付いていくまい」

隼人佐は父上を憎んでおるからな。こやつは憎しみを秘しておるつもりのようだがな。同じ父の子でありながらその扱いは決してよくなかったと聞く。こやつも父上を追い落とすことで頭がいっぱいなようだ。父上の次はわしか？

父上とは一度話すべきだな。さすがにあの守護様には愛想が尽きた。

父上が追放して、織田が戦の口実を捨ててまで和睦を選んだのも、あの守護様と間を取りたかったのかもしれぬ。

不満そうな隼人佐には悪いが、あの御方は父上の次はわしを疎む。とても付いてゆけぬ

side：久遠一馬

「はっはっは。本当にそなたたちは飽きさせぬな」

すずとチェリーが職人たちを連れ出してきたことを報告しにエルと清洲まで来たんだけど、信秀さんに大笑いされた。周囲の皆さんの口元も歪んでいる。

修業に行くと抜け出して戻ったかと思えば、問題の証人を連れているんだから当然だろうね。

「やはり偽の手形は美濃守様でございましたか。堺は何故かようなことを……」

政秀さんはあまりに常識外れなすずとチェリーになんとも言えない表情をするも、あえてそれには触れずに話を進めた。優しいね。

問題は国人衆から距離を置かれている土岐頼芸よりも、堺になる。

犯人が堺の一部の商人とはいえ、それはウチも表沙汰には出来ない情報だ。普通は堺全体の関与を疑うよね。現状では表立って対立まではしていなかったんだけど。

まあ、堺は当面、放置するしかない。影響力は桑名の比ではないしね。やれるとしても、これを

口実にして当面は織田領内での商いの禁止くらいか。悪銭の交換比率と相まってダブルパンチになるだろう。こちらはひたすら堺の悪事を世間の目に留まるように積み上げるだけだ。

「そういえば美濃守様から使者が来たとか？　なにを言ってこられたのですか？」

「家臣が利政と謀り、織田と土岐家を敵対させようとしておる故、赦し難し。和睦を反故にされたので、婚姻を破棄して、斎藤家を討てとの命を下す。などと言うておったわ」

　政秀さんがスルーした頼芸に関しては、さっきオレと入れ違いで清洲に使者が来ていたらしいので、なんの用件かと思えば。

「討つのでございますか？」

「討つわけがなかろう。此度に限れば利政に非はない。稲葉山城に問うてから返答すると帰した」

　タイミングが悪い。こっちは偽の手形造りの証人を得て、頼芸が美濃の国人衆に道三を討つべく働きかけていることも掴んでいるんだから。

　ただ、これってすずとチェリーが動いたことで、状況が随分と変わった気がする。

　信秀さんは勢力圏の国人衆に迂闊に動くなと指示を出したみたいだ。頼芸が、織田が動くと勝手に国人衆を集めることもあり得るからね。

「それより、その荷はなんだ？」

「ああ、動物の形をした布製の玩具です。初めは人の形をしていたので、人形とか、ぬいぐるみとか私たちは呼んでいます。子供たちにどうかと思いまして。孤児院でも喜ばれているんですよ」

　なんか情勢がいろいろと動いているけど、信秀さんはあんまり動く気がないみたいだ。道三から援軍要請がくれば送る気はあるらしいけど。

　信秀さんの興味はあっさりとオレの荷物に移った。

　実は今日、動物のぬいぐるみを持参したんだよね。リリーが作って孤児院で大評判なものだ。信秀さんのところも小さい子供たちが結構いたからさ。

「これはいいな。さっそく持っていくか」

　ロボとブランカに似た犬のぬいぐるみや猫や熊なんかもある。大きさはひとつが二十センチくらいだろうか。元の世界ほど生地が豊富でないからリアルさや手触りは物足りないけど、デフォルメされていて可愛いぬいぐるみだ。

　信秀さんはそれを見て気に入ってくれたらしい。すぐにオレたちを連れて子供たちの住む奥の私邸へと行く。

「父上！」

「一馬がまた面白きものを持ってきたぞ」

　私邸の一室では、子供たちがこの前にあげた絵本を読んでいた。風呂敷みたいな包みからぬいぐるみを出して渡すと、子供たちの表情が一斉に変わる。

「すごい！　これは……犬ですか？　獣の形をした形代のようなものですか？」

「ええ。そうですよ。動物の形を布で作ったぬいぐるみと言います。ウチの手作りなんで、贈り物にするような上等な品ではないんですけどね」

　すでに歩き出しているお市ちゃんはさっそくロボとブランカのぬいぐるみに瞳を輝かせていて、

他の子とか信行君も驚いている。

　信行君は、話してみると素直でいい子だった。今日もぬいぐるみのひとつを手に取り、オレに質問をしてきている。

「わんわん！　かじゅま、える、わんわん！」

　いろいろなぬいぐるみを持ってきたんだけど、お市ちゃんはロボとブランカを模したぬいぐるみが気に入ったみたい。嬉しそうに両手に抱えて、オレとエルに見て見てとアピールしている。

「市、同じものじゃなくて、こっちと交換しましょ？」

「わんわん……、いちのわんわん」

　ああ、年上の子がせっかくだからと、違うぬいぐるみと交換しようと声を掛けたのに、お市ちゃんは悲しそうにして手放す気配がない。

「これ、喧嘩を致すな」

「ああ、申し訳ございません。また持ってきますから、どれがいいですか？　お望みのものを作って参ります」

　信秀さんが困った表情で止めている。こうして見ると本当にお父さんの顔をしているね。

　ただ、これはオレの責任でもある。きちんと話をして、みんなが喜ぶようにしてあげよう。でもまあ、なんかこういうのも楽しいね。本当に親戚が出来たんだなと実感する。

side：斎藤道三

愚かだと思うておったが、ここまで愚かだとは。新九郎と謀り国人衆に働きかけをしておったことまでは良かった。もし織田がわしを見限れば、あの愚か者の思う通りになっておったのであろう。使えぬ家臣を斬るのも構わぬ。されど、時と場合による。少しでも多くの国人衆を従えたい時に、数少ない家臣をよく分からぬ罪で斬って、いかがする気だ。

「父上。少し話がしたい。出来れば余人を交えず」

織田に助力を頼んだことは不要であったかもしれぬと考えておると、新九郎が単身でわしのところにやって来た。

「新九郎様、突然なにを言い出される。某たちに出て行けとは、あまりに乱暴ではございませぬか」

「すまぬ。父と子としてふたりで話したいのだ。他意はない」

突然、なんの先触れもなく、わしとふたりで話したいと語る新九郎に近習は声を上げるが、新九郎は謝罪すると刀ばかりか脇差も近習に渡し、再度、話したいという。

ふむ。謀叛を企む目ではないな。愚か者よりは状況が見えておるか。わしになにかあれば、帰蝶と他の子たちを連れて織田を頼れと近習に囁いて人払いをする。

松平の子すら助けたのだ。粗末にはするまい。

「何用だ？」

「何故、織田と戦わぬ。今ならば勝てるはずだ。美濃の国人衆たちも内心ではそれを望んでおる」

新九郎はやはり当主には向かんな。世を理解しておらぬ。いや、今の美濃の上辺しか見ておらぬ。

「国人衆はそうかもしれぬ。だが民は付いてこぬ。それに、戦の勝ち負けなど意味がない。信秀と久遠を討ち取らぬ限り、戦に勝っても数年の時が稼げるだけだ。美濃はいずれ織田に呑まれる」

戦に勝てばいい。美濃の者はまだ左様なことを考えておるのだ。一時の勝利など意味がない。それを理解せぬうちは美濃に先などないというのに。

「理解出来ませぬ」

「新九郎。これを見よ」

話しても理解出来ぬか。だからこそ、わしはこやつが跡取りとして駄目だと思うのだ。それでも我が子に変わりはない。こやつには織田から届いた書状を見せてやるか。

「これは……」

「守護殿とそなたたちの企みなど、すべて露見しておる。織田にとっては童の遊び程度でしかないのだ」

新九郎の顔が青ざめていく。織田はわしへの助力を約したが、同時に頼芸と新九郎が企んだ手形偽造のあらましと、偽造を請け負った職人がすでに織田の手中にあることを知らせてきた。さらに、偽手形発覚の発端となった商人の家族を助けるべく、わしに頼んできたのだ。

その者らは新九郎が人質に取った者だとまで、織田に知られておる。

「織田がそなたたちの動きを見て見ぬふりをしておるのは、従わぬ国人らが邪魔だからだ。まとめて叩いてしまえば後が楽だからな」

戦で勝つというが、こうも敵方に手の内が露見しては策も講じられぬ。戦になった途端、味方が大挙して寝返ってもおかしゅうないからな。

「そんな……、誰が……誰が裏切ったのだ……」

「新九郎よ。人とはかようなものだ。仏と言われ飯を与えてくれる。医師は銭を取らず診てくれる。左様な織田に力を貸してほしいと言われ、銭でも積まれたら誰もが寝返るはずだ。現に大垣周辺の国人衆は誰もそなたたちの側には寝返らなかったのであろう？」

　長井もこやつも理解しておらぬのであろうな。哀れにすら思えてくる。

「織田は今もあちこちで賦役をさせておる。それも、役と言いながら、働いた者には報酬を払うてな。今でも織田は戦支度に重きを置いておらぬのだ。さらに大垣城も堅固になっておる。攻めたところで信秀の本隊が来るまでには落とせまい」

　うつけとこやつらは、織田と己らの力の差が今ならまだ小さいと考えておるようだが、織田は国人衆を取り込むことに熱心でないだけだ。その気ならば、いつでも銭で取り込めるからな。

「そなたはそんな織田といかに戦い、今後いかに向き合う気だ？」

　今のやり方では通じぬ。堺もなにを血迷うたのか、うつけに手を貸したが、織田と久遠を怒らせただけであろう。桑名の二の舞いになりたいのか？　まあいい、わしには関わりなきことだ。

　新九郎は無言か。

　国人衆を束ねて国を治める。こやつに考えられるのはその程度だ。相手が織田でなければ、それでも良かったのかもしれぬ。

　ひょっとすると、わしよりも美濃はまとまったのやもしれぬな。されど隣におるのが織田では駄目だ。織田は必ず美濃に来る。当人たちが望もうが望むまいがな。

周りが織田を求めるのだ。口惜しいが斎藤家は織田の下に付くしか生き残る道はあるまい。

side：久遠一馬

うーん。南蛮暖炉ことストーブは暖かいね。今は今日のおやつに飲む甘酒を作っているんだ。

すずとチェリーのおやつ抜きは一昨日で終わった。本当はあと一週間ほど続く予定だったけど、一昨日、信長さんがおやつ時に落ち込んだふたりを見て、事情を話すと笑いながら、手柄だったのだから許してやれと言ったんだよね。

おかげでふたりの中で信長さんの株は爆上がりらしい。

「殿、大湊から文が届きましてございます。本当によろしいのかと」

「もちろんだよ。遠慮せずに商いに励んでほしい」

甘酒がそろそろ出来上がるかなという頃、湊屋さんが部屋に入ってきた。用件は美濃の問題だ。美濃の反織田派と中立を装う日和見派の国人衆が戦支度をしているから、大湊に儲けてくださいって文を送ったんだよね。

市江島の時のことがあったからか大湊は動かなかったけど、大湊が売らないと美濃や近江の商人が売るだけだ。大湊には配慮も必要だし、特に反織田からは銭を絞り取ってほしい。経済格差が広がると織田が有利だからね。

しかし美濃は無駄が多いな。秋には年貢をほぼ悪銭鐚銭ばかりの銭で徴収して、冬には戦だからと秋より高い値で米を買うのか。

戦国時代でも有数の統治体制の北条と比べたら駄目だけどさ。勿体ない。無策過ぎるよ。

「戦となりますので？」

「大掛かりな戦とか長々とした戦はないんじゃないかな。山城守殿の嫡男次第だけど、あのお方だとそんな力はないし。美濃国内に押さえ込む策は出来ているよ」

湊屋さんには味見を兼ねて甘酒を渡して、しばし世間話をする。湊屋さんは戦には詳しくないからね。先行きが気になるらしい。

「では米の値はすぐに下がるのでございましょうな」

考え込むような湊屋さんが口にした米の値についてだが、少し前までは値段が低くて対策をしていたのに、今度は戦だと値上がりしている。

尾張は信秀さんが年貢を米で受け取って各地の城に備蓄しているし、国人衆からも米を織田家が買い上げる代わりに、買い上げた米を備蓄させているから乱高下はしていないけどさ。

美濃からは米の値が安定していた尾張にかなり流れてきていた。そして年を越した途端に、この騒ぎで織田領以外の国人衆の多くが米を欲しがったから、米の値が爆上がりになっている。

尾張は不作のところに売る予定だった米を、一部美濃に売って儲けたけどさ。正直、隣国の米の値が乱高下って良くない。いい加減にしてほしいのが本音だ。

「美濃の者たちもこの騒動で我らがまた儲けたと知れば、驚くのでございましょうな」

「山城守殿は気付いているんじゃないかな？」

土岐頼芸は気付いていないだろうな。あの動きだと勝てばいいとしか考えていない気がする。

しかしまあ、問題は終わったあとだよなぁ。大垣を中心に西美濃はまとめたいが、道三もどこまで織田に従う気があるかは、さすがにその時にならないと分からない。

どのみち当面は美濃で本格的な改革は出来ないかも。ただ、検地と人口調査の準備はしておかないとな。出来れば、そのふたつは早めに実施したい。

天文十八年、一月。土岐頼芸による織田手形偽造が発覚した。

頼芸はこの前年にあった武芸大会の場にて、斎藤利政と和睦して美濃守護に返り咲いているものの、その場にて家臣が慈母の方こと久遠リリーと騒ぎを起こした一件で、後ろ盾であった織田と事実上の手切れとなっている。

尾張守護斯波義統の仲裁により一旦収めたが、彼はそれ以降もこの件の不満を隠さなかったらしく、織田手形偽造をしたと伝わる。

この時、織田は偽造に携わった職人を保護している。

事の詳細は分かっていない部分もあるが、刀の方こと久遠すずと忍の方こと久遠チェリーのふたりが、当時忍び衆と呼ばれていた者たちを率いて探っており、その過程で偽造に関わる職人を救出したのだと思われる。

ただ、頼芸の周囲には織田に通じていた者がいたというのが定説で、その者から情報を得た久遠家が、織田手形偽造発覚により証人となる職人を確保したのだという見方が現代ではされている。

この件の発覚に絡み頼芸は側近を謀殺して、その一族を攻め滅ぼしている。頼芸自身はその家臣が織田に内通していたと考えたようだが、この後も頼芸の動きが織田に筒抜けだったことから、少なくともこの人物以外にも内通者がいたと思われる。

織田手形偽造発覚は完全に斯波と織田を敵に回すこととなり、美濃土岐家の終焉へと繋がることになった。

皇歴二七〇〇年・新説大日本史

第三章　憎しみの果てに

side：久遠一馬

「那古野も賑やかになったね」

この日はエルと一緒にロボとブランカを連れて牧場までお散歩だ。いつの間にか通り沿いにあった空き地や田畑が減って家屋敷が立っている。

那古野はオレたちが来て一年足らずで、倍以上に人口が増えたんだ。

「清洲と那古野と津島と熱田は、今後も人が増えますよ」

城下町というのは、この時代においては一般的ではない。武士は領地があれば領地に住んでいるのが当然で、商業はどちらかといえば寺社の領地にある。いわゆる門前町だね。清洲のような交通の要所なら町もあるけど、こっちは宿場町の意味合いが強い。

清洲と那古野は城下町のモデルケースにしたいんだよね。

現に清洲と那古野では、移住者は上から下まですべて届けを出させているから、人口の推移を把握している。織田分国法で記した移動の自由が地味に影響しているんだろう。

町割りは主にエルが提言したものがそのまま採用されていて、将来的に車の普及も見越した広い道路を造り、地震や火事の被害を減らすために密集させ過ぎない町にしている。

人によっては道路や空き地が無駄に広いと難色を示すこともあるけど、将来の拡張性が必要という考えを信秀さんと信長さんは理解してくれた。

ふたりが攻められにくい城や町とか望まなくてよかったよ。

元の世界では、日本各地の古都や城下町由来の市街地は、迷路のような狭い道や密集した住居が問題になっていた。皮肉なことに第二次大戦の空襲で焼かれた町が、一から復興出来たことで発展したんだ。時代の移ろいに合わせて整理して変えたところもあるけどね。

この世界で第二次大戦があるか分からないし、なにより本土空襲なんてものはなくしたい。それを踏まえて将来を考えるのならば、今から災害に強く発展性のある町にしないと。

「あそこは公園だったたっけ？」

「はい。火除地になりますね。公衆トイレと井戸と花も植える予定です。春は菜の花ですね」

途中で通りかかったのは、この時代にはない公園が造られているところだ。そもそもこの時代に公園なんて概念があるはずもなく、寺社の境内が公園代わりとなっている。

まあこの時代だと自然はどこにでもあるし、人が集まる憩いの場というか集会所代わりが寺社の境内なんだ。このことが寺社の権勢基盤に繋がるのだろう。清洲や那古野ではエルの献策で、火除地名目で公園を設置しているんだ。寺社以外にも人が集まる憩いの場は欲しいからね。

この時代の畿内には特に多かったと言われる孤児も、尾張では孤児院に集めているからまず見ない。またスラムのようなところも今は出来ていない。

無論、細かな問題は山ほどある。とはいえ一歩ずつ進んでいることは確かだろう。

通り過ぎる領民に頭を下げられたり拝まれたりするのは未だに慣れない。ただ、こうしてみると土岐頼芸が勘違いするのも仕方ない気もする。

「へえ。美味しそうだね。人数分ちょうだい」

「ありがとうございます！」

ふと見ると面白い商売をしている人がいた。これって五平餅だよね？　道端で屋台というか露店というか、ご飯を潰したものをたき火で焼いて売っている。香ばしい匂いに誘われて、エルと護衛のみんなと一緒に買い食いをしてみた。

表面には味噌が塗ってある。うん。モチっとしているし、表面が香ばしくて結構美味しい。少し塩味が強いけど、労働者にはこのくらいが好まれるんだろう。

那古野はあちこちで町を拡張する賦役をしているし、家屋敷を建てている大工さんとかがいるんだよね。そんな彼ら向けの屋台や露店が結構ある。

ちなみに飲食物を含めて路上販売は許可制だ。那古野には那古野神社などがあるけど、話し合いで路上販売に関しては城で管理している。飲食物を扱う申請者には、許可する条件として病院での衛生指導の受け入れを命じているんだ。

食べ物はよく火を通すことや、手洗いなどの基本的な指導だけどね。この辺は看護師として働いているお清ちゃんたちが担当している。

ロボとブランカには味噌が塗ってないものを半分ずつあげた。自分たちも食べたいと瞳をウルウルさせるけどさ。そのままだと塩分高そうだし。

それにしても、五平餅って、確かこの時代にはなかったと思ったんだが。実際、屋台の人も焼き餅だと言って売っていた。どうも八屋のみたらし団子を参考に自分で考えたらしい。

餅米は高いから普通の米を使って、腹持ちがいいように作ったみたい。

地味にバタフライ効果で歴史が変わっているなぁ。でも、食文化が豊かになることは悪いことじゃない。

「ところでさ。みんなすっかり戦があると思っているんだね」

まあ五平餅はいい。問題は領民がみんな、戦があると思っていることだ。顔見知りには、兵の募集にはすぐに駆け付けると言ってくる人もいる。

「土岐家との戦は遠くないと思われていますので。世間では当家の無念を晴らすのだと盛り上がっています」

「無念？　誰も死んでいないけど？」

「リリーのことです。土岐家が謝罪もせず不満げに帰ったことで、殿と私たちが無念に感じているからと」

確かに頼芸のことは嫌いだけどさ。領民がそれで盛り上がるなんて思わなかった。

「現状でも土岐家と織田が対立していることになっているの？」

「武士から領民に至るまで、誰も土岐家のために斎藤家と戦うなど思っていませんよ。美濃守様が乱心したと評判ですから」

領民が好戦的過ぎる。噂を流さなくても勝手に流れているし。

出来れば道三になんとかしてほしいんだけど。どうせ西美濃は経済的な繋がりで、遠からず織田の勢力圏に組み込めるんだし。

「あっ、ロボとブランカだー！」

少し複雑な心境になるけど、牧場に到着すると子供たちに囲まれた。今日はみんなで春に畑にするところに肥料を与えていたみたいだ。

子供たちの笑顔がなによりだね。

side：土岐家家臣

土岐家はいかがなるのだ？　守護様が乱心したと、巷ではかような噂をされておる。

守護様は近習だった者が斎藤山城守と謀り、織田の偽手形を造っておったと言われておるが、おそらくは守護様が造らせておったのだろう。

織田と国人衆には守護様の名で斎藤山城守討伐の出陣を促したが、色よい返事は皆無。織田に至っては稲葉山城の斎藤に問うという事実上の不承知だ。

織田が動かねば国人衆は誰も動かぬ。仮に織田が動いたとして本当に守護様に従うのか？　僅か数ヵ月で和睦を潰したのだぞ？

「守護様！　長井隼人佐殿が戦の折には内応するとのこと！」

「よし！　織田と国人衆に出陣を急がせろ！」

ああ、斎藤にも困った者がおるわ。長井隼人佐。山城守憎しで、山城守の倅の新九郎に謀叛をけしかけておった男だ。

いつの間にか新九郎ではなく己の名で文を寄越しておるが、新九郎はいかがしたのだ？

山城守憎しで戦をするなど愚かとしか思えぬが、守護様はやる気だ。織田が後詰めを出さぬ状況で勝てるか？　無理であろうな。

一戦交えての和睦も怪しい。織田も斯波も二度目の和睦など取り持ってはくれまい。まだ見込みがあるのはお方様の繋がりで六角だが。家臣が勝手に和睦の根回しをするなど激怒して許すまい。

思えば、このお方は昔から思慮に欠けておった。よくある話と言えばそうだが、実の兄と家督を巡って争い、実の兄が亡くなると甥と争う。

そこに朝倉や六角や織田を巻き込むのだから始末が悪い。

斎藤山城守は好かぬが、土岐家が巻き込んだ他国から必死に美濃を守ろうとしておったとも見える。随分不利な条件で織田と和睦を結んだのも、これ以上戦をしても得るものがないと考えたとすれば同情するほどだ。

今、御家はふたつに割れておる。最早、後戻り出来ぬと戦を望む主戦派と、守護様を押し込めて隠居させ、新たな守護で織田と斎藤との和睦を図るべきだという和睦派だ。

聞けば織田は久遠を猶子として迎えたらしい。尾張では、これで安泰だと武士から民に至るまで喜んでおると聞く。強すぎる久遠を織田がいかにするのか、内心案じておったのだろう。

織田と久遠の関わりこそが尾張の胆だからな。仮に守護様ならば猜疑心にとらわれて久遠を罠に嵌めようとするか、逆らえぬように無理難題を命じよう。

織田弾正忠は久遠を我が子のように扱っておると聞く。やはり器が違うのであろうな。

さて、いかがする？

押し込めて隠居させるのならば後ろ盾が欲しい。少なくとも織田に認めさせねば、戦となりかねぬ。厄介なのは主戦派だ。

守護様は奴らを気に入り、我らのことは臆病者とでも考えておるご様子。

我らは、せめて土岐家を守護家として存続させてやりたいだけなのだが……。

side：久遠一馬

一月も末になった。信秀さんのところには早くも土岐頼芸から二度目の催促が来たらしいが、斎藤家に嫌疑なしと認めたので美濃攻めはしないと追い返したみたい。どのくらい偉そうな催促だったんだろう。その話をした時の表情が少し不機嫌そうだった。

この日は信秀さんと信長さんと、ウチのこたつでゆっくりとしている。なんかふたりの戦国大名らしさが、どんどんなくなっていくね。それだけ気を許してくれているんだろうけど。

「この状況で婚礼の支度を進めるとは思いませんでしたよ」

信長さんの正式な婚礼の日取りが決まった。日程は奇しくも史実と同じ二月二十四日だ。

「斎藤に嫌疑がないのならば、進めるべきであろう。諸将諸衆にあの守護の無能さを知らせるいい機会だ」

さすがは尾張の虎とも称される信秀さんだ。敵には容赦がない。頼芸は、戦だ、道三討伐だと騒いでいるが、信秀さんと道三は問題ないと婚礼の日取りを決めちゃったんだから。

ここまで頼芸を無視したことには、美濃の国人衆も驚いているだろう。

「利政から文が届いた。家中の謀叛人が頼芸を煽っておるらしい。嫡男の新九郎は手を引いたそうだがな」

義龍は手を引いた。エルの報告では道三と義龍の関係は思ったほど悪くない。どうもふたりの関係を険悪にしていたのは、斎藤家内部の争いと隼人佐を称している長井道利の個人的な恨みらしい。

考えてみれば、この時代は公私を分けるなどという価値観はあまりない。個人の好き嫌いがそのまま世の中に影響する。オレも偉そうに人のことは言えないけどね。

「そういえば、かず。随分と儲けたようだな。この騒動もそなたの策だと評判だぞ」

「ええ、多少は。米の値が乱高下していますからね。ただ、狙ったわけではないですよ」

尾張でも戦の支度をしている国人衆はいるが、信長さんに巷の噂についてからかい気味に指摘された。

なぜか一連の事態がオレの謀のように言われている。酷い風評被害だ。

美濃の頼芸を筆頭に反織田には大湊が兵糧や武具を売っているが、兵糧はほとんど織田が大湊に高値で売って、大湊はその兵糧をさらに高値で売った。

大湊がウチと織田に気を使ったのと、近場から仕入れたほうが早いからだろう。

ウチも少しは儲けたけど、どちらかといえば織田家と尾張の商人たちに大儲けをさせたのにな。信秀さんも念のため、大垣城と織田領の国人衆には兵糧を送っているが、勝手なことをしたら助けないという書状も送っている。

戦をすればまず勝てるだろう。でも楽勝出来ると浮かれて抜け駆けされても困るんだよね。出来れば尾張や美濃の織田領からは軍を出さずに終えたい。つまり傍観したいんだ。

「そろそろ儲けも終わりであろう。美濃守と斎藤家中の謀叛人のことは利政が決めること。あやつのことだ、直に収めよう」

「すでに事後の支度に取り掛かっています。事態が終わったら、米を一気に美濃に流して米の値を下げます。領民はそれで織田に従うでしょうし、国人衆の力も一時ですが大きく下げられます」

困ったことに尾張でも戦だと盛り上がる野心剥き出しの国人衆がいるけど、オレたちも信秀さんも大規模な遠征などする気はない。戦抜きで美濃での影響力を確保する策はエルが立てていて、美濃国内の米の値をまた暴落させることで領民には米を与えて、国人衆が高値で買った兵糧の価値を落とすことで力を削ぐことにしている。

「美濃が落ちるか」

信長さんは、美濃取りの王手とまでは言わないものの、挽回を許さない容赦ない指し手であることに、少しなんとも言えない表情をしている。戦もろくにしないで、美濃を事実上の支配下に置けるかもしれないんだからね。

鍵を握る道三は、むしろこの先を見越して自身の力を見せたいようなんだ。そういう意味では、頼芸と斎藤家内部の謀叛人はいいカモに見えるのかもしれない。

あと問題の発端となった商人の家族は義龍に人質にされていたけど、すでに尾張に向かっているらしい。当の商人もそれを聞き、家族の命の保証を条件に、加担した経緯をしゃべった。今は恩赦にて商人の命を助け、大湊で働かせる方向で調整している。

「そういえば、堺の職人はいかがした？」

信秀さんは思い出したように、ウチで預かっている堺の職人たちのことを口にした。

「よく働いておりますよ。職人としての腕は悪くないので。頃合いを見計らって堺に返すか、家族を呼ぶことになると思います」

すずとチェリーが救出した職人たちは、問題が解決するまでは証人として確保が必要だが、職人としての腕は悪くない。むしろ優秀だろう。ただで待たせるよりはと、処遇が決まるまでウチで仕事をさせることにした。報酬を払うと言ったら喜んでいたね。そもそも彼らは罪人だから、打ち首かとびくびくしていたくらいだし。

彼らも知る限りの背景や経緯を話すことを条件に、司法取引的に恩赦にしたし、問題が解決したら自由放免にする予定だ。

「これはまた、面白きものを作ったな」

「彼らが作りました」

話の流れついでに、信秀さんにその職人たちが作ったかわら版を見せた。頼芸の非道と悪辣ぶりを絵入りで紹介したものになる。絵は少し悪意を感じるが……。気のせいということにしておこう。

試し刷りしたものになるけど、信秀さんも信長さんも微妙な表情をした。メルティの原画では、ある人物の凶悪な人相がよく出ていたけど、堺の職人が版を彫って刷った試し刷りは微妙に歪んで、醜さが上乗せされている。

「かようなものを巷に流布されれば、武士の沽券に関わるな」

「殿のお許しが頂けたら、頃合いを見計らって領内と近隣に流したいと考えています」

体裁とか面目を気にするこの時代だと有効だろう。これはメルティの策だが、畿内の幕府とかが土岐側の言い分だけで一方的に加担しないように真相を周知させるんだ。

美濃の国人衆と領民に土岐家の真相を知らせる意味もある。いろいろと噂にはなっているが、真相を知らない人も普通に多い。

美濃土岐家の政治生命は今回で終わらせたい。

side：斎藤義龍

父上と和解をして、わしの周りは随分と変わった。まず、あれだけ姿を見せておった長井隼人佐が、まったく姿を見せなくなった。

他にも、父上の苦言を述べておった者たちは皆おらぬようになった。結局、父上が憎いのであって、わしでなくともよかったということなのであろう。

一方、父上はわしにいろいろと教えてくれるようになった。織田がすでに守護様など眼中にないことや、妹との婚礼の支度を恙なく進めておること。

そしてなにより驚いたのは、この騒ぎで兵糧や武具を売って大儲けしておることか。斎藤家を含めて皆が戦に備える中、織田はさらに力を付けておるとは。

「ふふふ。仏の弾正忠殿も敵には容赦ないの。敵には尾張の虎のままか。新九郎よ。これが謀というものだ」

そんなこの日、織田から新たに届いた書状を見て、父上は面白そうに笑うた。

織田はこの件の終局が見えれば、美濃の米の値を一気に下げると、父上に文で伝えてきた。しかも、そればかりではない。守護様を糾弾するような紙を尾張や美濃に流布致すらしい。

米の値は大変なことになるぞ。国人衆は軒並み戦があると高い米を買い求めたのだ。それが二束三文になる。まさか、それを狙っておるのか？

「民には米が行き渡り、国人衆は力を失う。美濃は一気に織田のものとなるな」

「戦など意味がないと？」

「そこまでは言わぬ。いずれにせよ、長井と守護殿は片付けねばならぬからな。一戦交えることにはなる。だが、それはこちらの都合だ。織田からすると大差ないはずじゃ」

戦をする前から負けるとは。勝てぬ。織田に従うことに思うところがないとは言わぬが、守護様がさらに権威を失い、民にそっぽを向かれては勝てぬ。父上はこれが分かっておった故に織田との和睦を進めたのか。

「まあ、悪いことばかりではない。米の売り時さえ分かればこちらも損はせぬ。信秀も配慮してくれたのであろう」

　仮に織田の策を逆手に取っても、まだ織田の有利は変わらぬのであろうな。なによりあの守護様では駄目か。

「織田はかようになることが分かって、守護様を戻したのでしょうか？」

「さてな。久遠殿の奥方と揉めた時に見切りを付けたのは確かであろうが」

　あの件か。その気になればいつでも潰せると。恐ろしい。これが尾張の虎、仏の裏の顔か。

side：土岐家家臣

　織田は守護様のご下命に対して、事実と違い道理にそぐわぬと突っぱねた。さらに、なんと斎藤との婚礼をそのまま進めるらしく、国人衆に日取りを知らせておる。

　ここで守護様に従うたとて先はないと、双方が覚悟を決めた様子。

　結局、守護様の陣触れに応えた国人衆は数えるほどしかおらぬ。大垣周辺の織田方はおろか西美濃の国人衆ですら言葉を濁されて終わりだ。

「なっ、なんだこれは!!」

「はっ、先日、旅の行商人が領内に持ってきたものでございます」

　なんとか守護様をお止めしようと思案しておると、また守護様の怒声が聞こえた。

　今にも乱心しそうなほど顔を真っ赤にしてお怒りだ。長年仕えて、守護様が自制とは無縁なお方と知ってはおるが、それでも初めて見るほどのお顔になる。

何事かと驚くが、此度はそれも致し方ないことであろう。先ほど守護様の近習が持ち込んだ一枚の紙。これが原因だ。

紙には守護様の昨年秋からの所業と謀が書かれておる。

守護様の家臣が、必死に働く幼子を着物が汚れたからと殺そうとしたこと。またその家臣は幼子を庇った久遠の奥方にまで刀を向けたこと。そんな家臣を連れて他国に行ったことを悪いとも思わぬこと。

逆に恥をかかされたと織田と久遠を逆恨みし、織田の手形を偽造したこと。事態が発覚すると手形を偽造させた職人を殺そうとしたこと。その職人に逃げられると忠臣に罪を着せて斬殺の上、一族郎党皆殺しにしたこと。

謀の内容は、長井隼人佐と共に先の手形を偽造し織田から銭を奪うこと。その後、職人を殺して手形を偽造したのは斎藤の仕業とし、斎藤、織田の仲を険悪にして争わせ、共倒れにするとある。

わしも知らぬ話があるものの、守護様のご面相を見れば概ね事実なのだろうな。

間に合わなかったか。守護様の隠居と引き換えに事態の収束を織田に嘆願するために、ようやく使者を送ろうとした矢先に。

「何奴の仕業だ!!」

「分かりませぬ。すでに美濃国内に出回り流布されておるのは掴んでおりまするが……。内容から織田か斎藤が出どころと思われまする」

まるで鬼のような守護様が家臣を斬り捨て、織田と斎藤を謀で共倒れにしてやるわと笑うておる絵まで描かれておる。

　これでは誰が悪いか、幼子でも一目瞭然だ。

「ぐぬぬぬ……。兵を集めろ！　国人衆にも従わねば滅ぼすと言え！　斎藤と織田をまとめて叩き潰してやるわ‼」

　挙兵していかほどの兵が集まるのだ？　名指しされた長井隼人佐はいかがする？　稲葉山城も大垣城も容易く落ちぬぞ。それに織田も斎藤も守護様のご性根を理解しておるはず。

罠ではないのか？　されど、言うても聞かぬのであろうな。

side：土岐頼芸

「兵はまだか！」

　戦支度を急がせておるが、一向に兵が集まる様子がない。何故、わしの家臣は命に従わぬのだ。

「申し訳ございませぬ。しばしお待ちくだされ。守護様が御出陣なさる以上、相応の支度と兵を集めねばなりませぬが、馳せ参じる者は少なく……」

「かような屈辱に、いつまで耐えねばならぬのだ！　まさか、そなたは織田か斎藤に内通しておるのではあるまいな⁉」

　言い訳など聞き飽きたわ。美濃どころか近隣にも流布されておるという、あの紙の出所も未だ分からぬというばかり。家臣とて、まことにわしに従うておるのかすら定かではない。

「何卒、今しばらくの猶予を……」

「そなたら、わしの面目を潰そうと思うてはおるまいな？　すでに和睦などあり得ぬぞ。織田と斎藤の者らの首を取るのだ。それ以外はあり得ぬ。そう心得よ‼」

名ばかりの守護など惜しくもないわ。守護と呼ばれるだけで怒りがこみ上げてくる。わしが土岐家当主であり美濃守護なのだ。何人たりともそれを覆すことは許さぬ。許さぬからな！

side：土岐家家臣

「致し方ないか」

守護様の下命に従いつつ、主だった臣下で集まり策を考えるが、もう打てる手がない。

馴染みの者や主だった国人に守護様の命を伝えるも、言葉を濁すばかりで動く者はおらぬ。

「信秀ばかりではない。斯波武衛様もお怒りなのだろう」

和睦を仲裁したというのに、半年も経たぬうちに謀を巡らして反故にしようとした。

織田手形の偽物のことも、山城守の仕業だと言うておられるが、肝心の山城守は自らの娘を織田に差し出すのだぞ。同盟とも言えぬ条件で。

それを反故にするような真似を信じろというほうが難しい。

「では……、やはり」

戦を望む者、望まぬ者。立場も思いも違うが、あの気性の守護様の下で挙兵は出来ぬ。それだけは一致した。

「守護様は急な病で身《み》罷《まか》られることとなる。致し方あるまい」

支度は密かにしてある。今宵は寝ずの番も我らと思いを同じくする者。やるしかあるまい。

夜も更け城内は静まり返っておる。今宵は守護様が好む金色酒を多めに出したおかげで、よく眠っておられよう。臣下として最後の務めだ。

「皆々様、かような機会を設けていただき、ありがとうございまする」

長年仕えておる我らは最後まで迷いもあるが、すでに決意を固めておる者がひとりおる。斎藤に内通したとの嫌疑で守護様に手討ちにされ、一族郎党殺された者の生き残りだ。庶子のひとりだけが他家を継いでおったことで難を逃れたのだ。

この者の仇討ちとすることで、露見しても我らは謀叛ではないと言える。

すでに周囲は固めておる。障子から漏れる僅かな月明かりを手掛かりに、その者が守護様の寝所に足を踏み入れた。

「死ね！　頼芸！　無実の罪を着せられた父と殺された一族の無念を晴らさん！」

亡き父からもらった形見だという刀を抜いた男は、夜着の上から守護様を斬りつけた。

「ぐっ！　何奴！　曲者じゃ！　曲者じゃ！」

「己に最後まで忠義を尽くしたというのに！　一族郎党皆殺しにしおって！」

「そっ、そなたは……⁉　誰ぞ！　おらぬのかぁー‼」

守護様が寝ずの番を呼ぶ声に目を背けた者がおる。良き主君と言えなんだが、かような最期はさすがに堪えるものもある。

「わ……しは……美濃……守護ぞ……。不忠……者が……」

「ううっ、ちちうえ、ははうえ……」

事切れた守護様の前で男は泣いておる。仇は討ったが、一族の者は帰らぬ。また家の再興も今は難しい。なんとも、やりきれぬな。

side：久遠一馬

「土岐美濃守様。家臣に殺された模様。先日、織田手形を偽造したと手討ちにされた一族の生き残りが仇を討ったようでございます」

二月も半ばとなり結婚式まであと少しとなったこの日、望月さんから美濃の騒動の呆気ない幕切れを告げられた。

きっかけはウチか。シルバーンからの情報では、自身の悪行が書かれたかわら版に激怒した頼芸が挙兵を決断するも、国人衆は従う者がほとんどおらず家臣たちは困っていたらしい。

相談して頼芸を殺すことにしたが、後のことを考えて仇討ちという形にしたわけだ。

「跡目でございますが、嫡男は廃嫡にされており仏門におります。廃嫡後に生まれた次男は未だ幼少の身であり、いずれにするのか決めかねたようで。さらに以前から山城守殿が美濃から出て行けと求めておったこともあり、元嫡男ともども近江六角家を頼り美濃を離れるようでございます」

また跡目争いになるのかと思ったけど、そうはならなかったか。

これに関して動いていたのは道三だ。頼芸が亡くなる前から、頼芸と家臣に美濃から出て行けと圧力を掛けていた。名目は織田手形偽造だ。その犯人にされたことで、頼芸が和睦を反故にしたとして動いたんだ。あちらは守護代家だからね。そういう名目があれば動ける。

廃嫡にされた嫡男とは土岐頼栄。次男は史実の頼次であり、彼は五歳だ。頼芸の正室と頼栄、それと一部の家臣が相談して、正室の実家である近江六角家に落ち延びるらしい。

頼芸は史実よりだいぶ短い人生になった。史実のように道三が有利になっていれば諦めもついたのかもしれない。

信秀さんが強く、なまじ守護に戻したのが仇《あだ》となったんだと思う。一度手に入れた地位や富はそう簡単に手放せないからな。

美濃には絶対的な統治者がいないことで期待させてしまったんだろう。

「そう。ご苦労様。近江に入ったら忍び衆は引き上げていいよ」

「はっ」

出て行く土岐一族に関しては、美濃から出たら監視は不要だろう。美濃への返り咲きを狙ったところで、数年は掛かる。その時間があれば美濃に土岐家の居場所なんてもうないはずだ。

残る家臣たちがどうするのかは分からないけど、挙兵も出来なかったことを鑑みると大きな動きを出来るとは思えない。

あとは頼芸と組んで反道三の動きをしていた長井道利だが、こちらは斎藤家の問題だ。史実から考えるとそれなりに有能とはいえ、義龍が道三ときちんと話が出来ているからな。明確に反道三の動きをしてしまった以上は、討たれるか責めを負わされるだろう。

これで斎藤は織田との婚姻で安泰だろうね。

「そういえば伝書鳩はどう？」

「はっ、恐ろしきものでございます。当面は慎重に試してみまする」

それと望月さんには、少し前から伝書鳩を試してもらっている。リリーが以前から訓練していた一部が使えるようになったことで、望月さんに頼んで信頼出来る人で実証テストをしてもらっているんだ。

初めての成果が頼芸の訃報というのは、なんとも言えないけどね。

「エル、美濃の騒動は終わりかな？」

「そうですね。ただ、国人衆は当面は織田と斎藤の動きを注視しつつ動かぬでしょう」

上がりに上がっている米の値は、いつでも下げられるように準備を整えてあるので、すぐに美濃国内に売って下げよう。この手の問題で一番難しいのはタイミングだけど、ウチは虫型偵察機とかあるからね。そこを間違えることはまずない。

今回は大湊と斎藤家と織田家の共同での取り引きだ。指揮はエルが執って政秀さんと湊屋さんが各方面と上手く調整してくれた。

結果、美濃からは大量の銭が尾張や大湊に流れるだろう。代わりに米は美濃に残るものの、価値は秋よりも低い。美濃の商人は損をした分を少しでも取り戻すために、米を尾張に売りにくるだろう。

織田は大量の銭を得ることになるけど、これがまた悪銭と鐚銭が多いのだろうね。島に運んで鋳造し直す必要があるだろうなぁ。

美濃の平定は、織田として準備が整うまで先延ばしにしたい。道三はいずれ臣従する気のような態度だけど、それだって今日明日の話ではない。今されても逆に困る。

戦がなかったのはいいけど、ほとんどの国人衆がそのまま残ったのはマイナスとも言える。斎藤家も残り、戦で勝っていないので、国人衆の領地や統治に過剰な口出しは余計な不和を生むだろう。

現状では経済的な植民地がいいところで、織田の動きに関わらず美濃がまとまるには時間もかかる。何事も完ぺきとはいかないものだ。

side：大湊の会合衆

「いかがだ？　儲かったか？」

「ああ、儲かったな」

美濃の守護様が身罷られた。流行り病と聞くが家臣に仇討ちされたようだ。その件と関わりがあるのかないのか定かではないが、此度は本当に儲かった。

兵糧や武具を美濃に売ったばかりか、米の値を落とすために皆で一斉に美濃の商人に米を売ったのだからな。売った米は美濃の商人に泣きつかれて、半値以下で数日もしないうちに買い戻すこととなったが、恐ろしいほど儲かった。

「それで、織田様にはいかほどお納め致せばいいのだ？」

「儲けはわしらの取り分だそうだ」

「まことか⁉」

これだけ儲かったんだ。矢銭を要求されるかと思うたが、尾張にいる湊屋の隠居の話では、こっちの儲けは大湊の取り分だそうだ。気前がいいと言えばそうだが、むしろ恐ろしいとさえ思う。現に湊屋からは、今後も頼むという一言があったとか。米の売り買いで値を動かすなど、敵国には脅威となるだろう。わしらは今後もその片棒を担がねばならぬということだ。

これが良いことか悪いことか分からぬ。だが此度のことではっきりした。

仮に南蛮船がなくても、久遠様は武家としても商家としても生きていけるだろう。絶対に敵に回しては駄目なお人だ。米を転がすだけで儲けたばかりか、美濃者の生き死にを握っておられることを示してしまったのだからな。

大湊とて、尾張や伊勢の海を統べるあのお方のご不興を買えば……。

「今川様と縁があるところは覚悟したほうがいいな。次は駿河だろう？」

織田様は長年の懸案だった敵を減らした。和睦の証として斎藤様は織田様に娘を輿入れさせる。見返りらしい約もなしにな。実質は臣従と受け取られても文句は言えぬ条件だ。

同盟ならば織田様からも娘を出すはずが、左様な話はない。だから和睦なのだろう。斎藤様は織田様に臣従することになっても和睦を欲したが、織田様はそこまで和睦を欲しておらなんだ。力の差が大きいということであろうな。

さらに美濃を揺るがし力を削いだというのに、織田様は銭や糧秣の損もなく、兵を失うこともない。それどころか逆に儲けたのだからな。かような話は聞いたことがない。仮に今すぐに今川様が攻めてきても、なんの憂いもないはずだ。

「そういえば堺の件、まことらしいな」

「やはりか」

「ああ、織田様と久遠様が気に入らんと、幾人かの商人が美濃の守護様に肩入れしたらしい」

美濃の件で一番慌てておるのは今川様か、それとも堺の会合衆か。

偽の手形造りに堺が関与しておったと湊屋から知らせがあったが、こちらでも堺の商人から確認が取れたか。堺も大湊も決して一枚岩ではない。互いにそれなりの内情は聞こえてくるからな。

堺も桑名の件を知らぬはずもなかろうに。久遠様は不正を嫌う。始末を間違えると桑名の二の舞いぞ。

そういえば湊屋が偽の手形造りに関与した、職人の家族を欲しがっておったな。なんでも久遠様は捕らえた職人を許す代わりに手元で働かせるそうだ。大湊で偽の手形を使うた商人まで許すのだ。なにも知らずに利用された者、弱き故に脅された者には慈悲深いお方だ。

ただし、人質になる家族は必要か。それくらいはこちらで堺と交渉して手に入れ尾張に送るか。

我ら大湊の商人の力も織田様と久遠様に見せねば。

童の使いではないのだ。堺はまだ我らのほうが繋がりもあるのだから、交渉は早いだろう。

side：久遠一馬

「不問としたのでございますか」

「これから姻戚になるのだ。慶事の前の小事に口を挟むことではない」

斎藤義龍が自ら出陣して、長井道利を筆頭に反道三の者たちを討ち取った。

史実では義龍を担いでいた者たちであるだけに、それを知っていると複雑な心境になるが、道三は義龍に関しては自分の監督不行き届きだったと謝罪をし、責めは自分が負うと、信秀さんに書状を寄越したみたい。

信秀さんとしては、今回の件は斎藤家家中の問題であり織田家が口を出す問題ではないと、処罰は求めなかったようだ。斎藤家がこれからどうなるかは知らないけど、頼芸と距離を置くタイミングで判断したんだろう。

信秀さんは愚か者を嫌うから、時勢が読めただけでも生かす価値はあるとみたんだろうね。道三が庇ったのも大きそうだけど。

一方、美濃では早くも検地と人口調査の準備が始まっている。昨年には分国法と一緒に尾張全土と三河安祥や美濃大垣などの織田家直轄領は検地をしたが、美濃の国人衆には土岐家に配慮して検地も人口調査も出来なかったんだ。

信秀さんのところには、早くも土岐家に臣従していた国人衆や日和見をしていた国人衆が挨拶に来ている。今後、正式に臣従を受け入れるには、基本的に分国法の受け入れと検地と人口調査を前提としたようだ。

美濃の国人衆は戸惑っているみたい。ただ、織田からは臣従を求めてはいない。

挨拶に来た国人衆は米の値段の暴落で損をした者も多い。裕福な織田に従えば領地安堵のうえに援助が無条件で貰えると勝手に思って、先に銭の無心をする人もいるからなぁ。

勝ったほうにそのまま付いて、自分たちの既得権を認めさせる。この時代ではよくあることだ。ただ、織田はすでにそういうことを認めない方針なんだ。無論、戦で勝ったわけではないから強く出過ぎることもないけど。

織田に臣従するには、これからは先の条件を基本とすると信秀さんが決めたものの、現時点では友好的な関係まで否定はしていない。いわゆる中立での独立領としての存続は認めるらしい。

このあたりはオレやエルたちの意見もかなり入っている。統治体制の組織化は以前から提言していたからね。

もっとも、形式は変わっても、尾張ですら現状ではそれほど以前と変わったわけではない。

先に分国法を制定したけど、守っていない国人衆はそれなりにいる。特に三河や美濃との国境が近い国人衆とか。自分の領地は自分のものという価値観は変わっていないんだ。

信秀さんはとりあえず放置している。悪意があって守ってないならばともかく、大半は単純に新しいやり方を理解出来ていないだけだし。

まあ、独立意識が強いところはちらほらとあるが。瀬戸に近い品野城の桜井松平家とか。あそこは相変わらず織田を利用して三河が欲しいみたいだし。ただ、現状ではわざわざ討伐するほどでもない。尾張の改革が進んだら飼い殺しになる可能性はあるけど。

少し話が脱線したけど、主題は美濃の話だ。頼芸のいた揖斐北方城だが、土岐家の家臣だった者が今も占拠している。

「そういえば揖斐北方城は、いかがするのでございますか？」

「利政はこちらに寄越すそうだ。森越後守に任せようと思うておる。尾張者よりはよかろう」

道三は手を出さないのか。形としては斎藤家で押さえるべきなんだろうけど。こちらとの争いを避けたのか？　結果として斯波家と織田家の和睦を潰した迷惑料として、揖斐北方城をくれると受け取っていいんだろうね。こちらと争う野心はない。和睦を反故にしたのも追放も本意ではないと示したんだと思う。

信秀さんは、森可成さんの父親である可行さんに任せるつもりのようだ。

「なるほど。確かに揖斐北方城は遠いですからね」

しかし、そうなると城の接収は織田でする必要がある。土岐家の家臣は立場を明確にしていない者がまだいるからな。従わないのならば、こちらも兵を挙げなければならない。

ただ、今回の挙兵は小規模になると予想されるので、尾張から派兵する数は少数になると思うし、信秀さんや信長さんの出陣も要らないかもしれない。火薬などは尾張から運ぶ必要があるけど。

道三は織田の力で美濃を落ち着かせたいのかもしれないな。彼の人望だとまだまだ時間が掛かりそうだからなぁ。そういう知恵は働く人なんだろう。

ウチからは益氏さんを派遣するか。大きな戦にならないと思うけど、実戦経験も大切だしね。武功の場を与えると言ったから、楽しみにしているし。

「ああ、新しいぬいぐるみか？」

「前に約束したので、頼まれた分を持ってきたんですよ」

さて、小難しい話も終わったし、エルとケティと信秀さんの子供たちにぬいぐるみを渡しに行こうか。前に取り合いになった時にリクエストを聞いたから、いつ持ってくるのかと楽しみに待っているらしいんだ。

嘘つきおじさん扱いされても困るから、あげにいかないと。パンパンに膨らんだ包みを背負って、信秀さんの後を付いていく。すれ違う人たちは信秀さんに礼をして、その後に続くオレに不思議そうな顔をする。荷物の大きさと自分で持つことが不思議なんだろう。

ふふふ、今日はみかんゼリーのおやつ付きだ。みんな喜んでくれるかな？

side：ケティ

「かじゅま！　える！　けてぃ！」

司令とエルと一緒に大殿のお子たちに会いに来ると、市姫様が嬉しそうに歩み寄って来た。

私とパメラは医師という立場もあって、司令やエルよりも先にお子たちと会っている。一昨年の冬にあった流行り風邪の前から診察をしていて、市姫様のこともそれなりに知っている。

大殿のお子に限らず、子供というのは個性があり、個人差がある。市姫様に関しては物怖じせず好奇心が強い子だという印象だ。

「先日、お約束したぬいぐるみを持参致しましたよ」

「うわあぁ」

「頂いてよいのでございますか？」

「ええ、必要とあらば、また持参致します。皆で仲良くしてください」

男女年齢に関わらず喜んでいる。玩具ひとつとっても、この時代ではそこまで普及していないからだろう。

「けてぃ。ごしごし、ごしごし」

みんなの笑顔に司令もエルも嬉しそうだ。そんな中、市姫様が私のところにきて手を洗う仕草をしてくれた。予防医学というほどではないが、手洗いうがいは常に指導をしている。市姫様はちゃんとやっているよと言いたいようだ。

「はい、それが大切です」

「える。ごしごし」

「ふふふ、お上手でございますね」

周りにいるみんなに手を洗う仕草を見せていく市姫様に、私たちばかりか乳母たちや市姫様の兄や姉たちも微笑ましげに見ている。

私は衛生関連、エルは子育てについて、大殿と土田御前と幾度となく話をしたことがある。

大殿は私たちに習うということを恥と思う考えはないようだ。僅か一年と少しだけど、貪欲に新しい知識を欲している。

孤児院と学校の影響も大きい。あそこの子たちを見て、大殿は子供たちの教育と環境を一から考えている。古い慣例の意味、ひとつひとつの常識の在り方。どれも変えるとなると悩み苦労をするものだ。

ただ、それでもすでに変えていることがあり、子供たち同士、兄弟や姉妹が一緒に過ごす時間を増やしており、成果は出ている。

史実の江戸時代のような武家の在り方には、この世界ではならないのかもしれない。

ただ、それでも市姫様たちの笑顔を見ていると良かったと思える。

side：久遠一馬

揖斐北方城に居座った土岐家の家臣が少し面倒なことになっている。主戦派だった者たちだ。彼らは美濃土岐家を自分たちで存続させるつもりのようだ。

和睦派は城を離れており、織田に臣従したいようだけど、人口調査と検地と分国法に驚いているらしい。一方の美濃大垣周辺の国人衆は反発らしい反発がほぼない。

彼らは武芸大会や新年会で織田の力を理解しているし、基本的な臣従条件が尾張と同じことで、多少の不満や戸惑いはあっても、道三よりはマシと割り切っているようだ。

この時代だと本国・本領と属国・属領では露骨に扱いが違うことも珍しくはない。戦に負けると重税を掛けるなんて可愛いもので、酷いところだと男も女も奴隷として売り払われるのも珍しくないからね。甲斐の武田なんかがいい例だ。

他の国人衆は予想通り様子見が多いかな。土岐家残党の様子から、揖斐北方城への遠征準備はすでに始まっている。兵糧は値崩れした美濃で確保して大垣や織田方の国人衆のところに保管しており、矢玉なんかは尾張から大垣に送る。尾張からの出兵は六百人ほどになりそうだ。効率の問題から少数でいいんだけど、志願者が多いみたい。みんな武功が欲しいんだ。

尾張からの出兵は、志願者と軍監目付役などの管理者だけになる。ウチからはやはり益氏さんと石舟斎さんなどと忍び衆から志願者があったので、三十名ほどの派兵となる。

今回の遠征では、益氏さんに鉄砲と木砲と焙烙玉を持たせることにした。金色野砲は陸上運搬を考慮したものだが、それでも重量がそれなりにあるからね。基本使い捨ての木砲が候補に挙がった。そもそも揖斐北方城攻めに金色野砲はオーバースペックだし。

あと信秀さんとも相談をして、今回も織田家からの報酬と引き換えに、乱取りを禁止する予定だ。戦後統治が楽になるのは清洲や市江島で実証済みだ。また、今回の出陣は補給と軍規遵守のテストも兼ねている。

信秀さんが出陣しないことが決まり、他国での戦でどこまで乱取り禁止や軍規が守られるか。それと荷駄隊についても従来の国人衆主体の領民動員による輸送から、専門の部隊を置くことを進言したこともあり調整をしている。

「だいぶ港になってきたね」

「はい。重量物の搬出入も考慮に入れております。ガレオン船が直接接岸しても大丈夫でしょう」

今日はエルと蟹江港の建設現場に来ている。臨時の港が一部完成したとの知らせを受けたためだ。

オレたちが来ているからか、周りの工事関係者が緊張しているのが分かる。水深を確保した港に浮き桟橋を設置して、船の接岸係留が可能となったんだ。もちろんこの時代では大型船の括りになる南蛮船、特にガレオン船が接岸係留出来る桟橋は尾張では初となる。

岸壁は一部だがローマン・コンクリート製だ。埋め立ては長島や伊勢の人にも頼んだが、ローマン・コンクリートは工業村の職人を呼んだ。まあ土台とかは岩なんかを利用したみたいだけど。みんなよく頑張ったなぁ。

「やったぞ！」

「やったー!!」

オレとエルが桟橋を歩いていき、試しにと呼んだキャラベル船に乗ると関係者たちは喜びの声を上げた。大変だったんだろうな。経験がないことだったろうし。抱き合って喜ぶ人たちに見ているほうが嬉しくなる。

無論、まだ港の部分に関しても埋め立てすら終わっていない。港の隣には造船所として乾ドックの建設も予定しているが、こちらもまだほとんどが手付かずだ。

とはいえ、船が使えるようになると工事の進捗は今まで以上に進むだろう。今のままでも和船ならば岸壁への着岸も出来たんだけどね。今回、南蛮船の桟橋での接岸が出来た。次のステップは岸壁での着岸を目指そう。

「津島と熱田の屋敷からお酒を貰ってきて。今日はみんなにお酒を振る舞おう」

「はっ、すぐに！」

うん。頑張ったみんなには褒美を出さないと。銭の褒美は後日にしても、お酒くらいはすぐに持ってきてもらおう。夜にはみんなで宴会でもしてほしい。

那古野に戻ると、政秀さんたちと信長さんの婚礼の打ち合わせをする。ウチでの婚礼とは違い、信長さんの婚礼は仕来りとかいろいろとある。

ただ、料理はエルたちが頼まれていて、ケーキは絶対に欲しいとのリクエストがあった。

「殿、茶などいかがでございますか?」

「うん。もらおうかな」

細かい打ち合わせはエルや資清さんたちにお任せだ。一通り話が終わると、ロボとブランカと一緒に庭の散歩に出たが、戻ると千代女さんがお茶を点ててくれた。

そういえば千代女さんたち、相変わらず浮いた話がないんだよね。一時期よりは数が減ったものの、千代女さんとお清ちゃんには甲賀や織田家中からの縁談が今でも時々くる。ただ、本人たちが他家に嫁に出るのを望んでいないようなので断っているんだ。

ふたりは今も対外的にはオレのお妾さん扱いされている。結構な身分の家からも縁談がきても断っているからね。勝手に理由を察して誤解が広がっているんだ。

誤解を受ける理由は彼女たちの生活にもあるのだろう。ふたりともよく働くから禄もそれなりに出している。そんなに贅沢はしていなくても、暮らしが裕福なのは見れば分かる。他家から見れば、普通の侍女の待遇とは明らかに違うんだよね。

裕福な生活＝妾だと思う人が多いみたい。少し気になるけど、下手にお妾さんじゃないとこちらから広めると、また縁談が山のようにくるだろうな。

オレとしては、結婚に関して、もう少し時間を掛けて自由に考えてほしいと思う。勉強も仕事も恋もしていいんだ。

「頃合いを見て、男衆には婚礼の候補くらい探してあげないと駄目かなぁ」

正直、結婚に関しては男衆のほうも、きっかけくらいは必要なんだけどね。慶次に一益さんに益氏さんとか、みんな独身だ。

「……私の輿入れ先が決まったのでございますか？」

つい男衆のことを愚痴るようにこぼしたら、お茶を点てていた千代女さんの表情が固まった。

うん？　慶次たちにも千代女さんたちにも自由に相手を決めていいと言ってあるんだが。ただ、出会いのきっかけがあまりないようなので、合コンというか、家中にいる若い未婚の男女の食事会でもしようかと考えている。彼らが交流するような機会が日常だとあまりないんだ。

あれ？　千代女さんが今にも泣きそうなんだけど⁉　変に察しないでほしい。

こんな時に限ってエルたちが誰もいない。まるでオレが泣かせているみたいじゃないか。ロボとブランカは我関せずと言った様子でのんびりしているし。

「いや、千代女殿には好きな人を見つけていいって言ったよね」

「変わっておらぬのでございましょうか？」

「うん。なんかあったの？」

「織田の大殿様のご猶子となられ、御家でも織田のご家中との縁組をするのではとの噂がありましたので……」

　言葉を選びつつ優しくわけを聞くが、また根も葉もない噂か。

「そんな話はないよ。正直さ、嫌いなんだよね。そういうの。本人の望まない婚姻とか。大殿も若様も理解してくださっている。ウチでは家の都合で縁組はさせないから」

　元の世界の人間として、オレの一番のこだわりだろう。基本はこの時代に合わせて生きるつもりだが、やっぱり政略結婚とかウチじゃさせたくない。

　現実を見ていないとか、子供っぽいと言われるかもしれないが。これはオレのわがままを通させてもらうつもりだ。

「左様でございますか……」

　よかった。あからさまにホッとした表情で笑ってくれた。泣かれたらどうしようかと思ったよ。

side：望月千代女

殿の前で取り乱してしまうとは。申し訳ないことをしてしまいました。ただ、織田家中との縁組があるのではという噂があることも事実でございます。

「千代女殿。殿から伺いました。家中で他家との縁組を案じている者は多いのですか？」

翌日、エル様に呼ばれ、昨日のことを問われました。

「それほど多いというわけではございません。ただ、同じ家中では血縁を持つのが当然でございますので、そろそろと思う者が多いのは事実かと思います」

なんとお答えすべきか迷いましたが、知ることをそのままお伝えするのが私の役目。エル様は共におられるメルティ様と顔を見合わせて思案しておられます。

「若い者たちにはきちんと話したほうがいいわね」

「殿はこの件で譲るつもりはないわ。皆が己の人生を考え、相手を見つける時を与えたいという考えは変わらない」

メルティ様とエル様のお言葉に、驚きと納得するところがあります。

皆の話をよく聞き、出来る限り皆が納得、あるいは妥協出来ることをしようと心掛けているのが殿でございますが、己の信念のようなものは確とお持ちのお方でございます。

「千代女殿も案じなくてもいいわ。縁組がなくても、私たちは織田家において上手くいくように努めているから」

「はい、畏まりました。皆にもそう言うておきます」

安堵したというのが本音でしょうか。いずれはその時が来るのかもしれませんが、今しばらくは殿のお傍でお仕えしたい。殿やお方様がたと共に変わりゆく尾張を見たいのです。それが今の願いでございます。

美濃騒乱。

美濃土岐家最後の守護である土岐頼芸による騒動である。

天文十七年の和睦で守護に返り咲いた頼芸であるが、尾張での第一回武芸大会の際に土岐家郎党が騒ぎを起こしたことで織田家と対立することとなった。

頼芸は仲介役である尾張守護斯波義統には謝罪をしたものの、慈母の方こと久遠リリーに刀を向けたことに対する謝罪はなく、織田信秀が激怒したと伝わっている。

久遠一馬もまた、縁も由縁もない土岐家の不誠実な態度に不信を抱いたらしく、和睦こそ成立したものの、織田家は土岐家に義理は果たしたと、事実上の絶縁に近い間柄となり頼芸は後ろ盾を失ってしまう。

一方で、頼芸自身も義統や織田への不満を周囲に漏らしており、織田家と斎藤家を争わせて美濃での実権を取り戻そうと、いろいろと画策をしたようだ。

しかし、このことは織田家には筒抜けだったことから、犬でも恩を忘れぬのに、土岐はもう恩を忘れたらしいと尾張では周知のことだったと伝わる。

頼芸は日本初の兌換《だかん》紙幣とも言える織田手形の偽造を図るも失敗。しかも、その罪を家臣と斎藤家に擦り付けようとするなど策略を巡らすが、織田家と斎藤家のやり取りの中で、それらの目論見が織田家に筒抜けであったと判明しているため、土岐家には織田家への内通者がいたというのが定説になっている。

結果として頼芸の謀は、争わせるはずだった織田家と斎藤家の手を結ばせることになり、頼芸は織田手形の偽造の罪を擦り付けた一族の生き残りにより、仇討ちとして殺害された。

残る土岐家では頼芸の子に家督を継がせて守護職も継承しようとしたものの、斎藤利政により追放されてしまい、頼芸により廃嫡にされ仏門に入っていた土岐頼栄や頼芸の正室らは、近江六角家を頼って落ち延びている。

なお、この際に織田家は、戦を期待して高値になっていた米を大湊や斎藤家と協力して大量に売るという手法で大きな利益を得ている。

これは大智の方こと久遠エルの策だったと『織田統一記』にあり、土岐家亡き後の美濃での勢力拡大を狙ったものと記されている。

米の値を下げることで庶民の支持を得て、美濃の国人衆や商人の力を削ぐのが目的と伝わっており、経済力での国盗りの最初の事例とも言われている。

皇歴二七〇〇年・新説大日本史

第四章　信長さんの結婚　前編

side：斎藤道三

明日はいよいよ帰蝶の婚礼か。思えば、いろいろとあったな。

土岐家が家督継承の争いのために安易に他国を介入させたせいで、美濃に騒乱を与え疲弊させた。わしも決して褒められる男ではなかったが、なんとか他国から美濃を守ろうとしたのも事実だ。

結果として美濃は尾張に呑まれてしまうことになるのであろうが、それもまた天命であろう。

血で血を洗うようなこの世は、誰かが終わらせねばならぬ。それがわしでなかったことは残念だが、腹に抱えた陰の気が抜ける心地もする。

「父上……」

帰蝶に声を掛けられて我に返った。もう、おいとま請いの式の刻限か。居並ぶ親族や一門の顔ぶれも先日の一件でだいぶ変わった。

新九郎も少しは一国を差配する意味を理解したようだ。この婚礼に異を唱える者は最早おらぬ。織田の力を皆も理解したのであろう。

頼芸の起こした騒ぎにて、織田は最後まで動かなんだ。守護を討つという外聞を気にしたのか、あの男にはそれすら必要ないと思うたのか分からぬがな。

動いたのは奴が殺されたあとだ。米を大量に売り儲けを出すとはな。おかげで美濃の米座の商人と国人衆は大きな損をした。

武家ならば常ならずとも、やらぬ手だな。だが武家が戦で力を見せて国人衆を従えるように、織田は米の値で美濃の民を従えようとしたのだろう。国人衆にはあまり重きを置いておらぬらしい。

思えば新九郎が国人衆を集めようとしておった際も織田の動きはなかった。敵に回りたければ好きにすればいいとでも言いたげであったな。

織田は邪魔な国人衆を減らしたかったのかもしれぬ。そう考えると織田は此度の結末が最善ではないということか？

静かだ。帰蝶もなにも言わぬ。ただ別れの盃を交わすのみ。

「帰蝶よ。そなたにはこれをやろう」

おいとま請いの式も終わり、帰蝶が下がろうとした時、わしは呼び止めて一振りの懐刀をやる。

「これで織田弾正忠を殺せと？」

「そなたが本当にそうしたいのならば、やるがいい」

帰蝶だけはまだ納得しておらぬようだな。あまりに危うい言葉に同席する者の表情が強張る。だがやらぬはずだ。帰蝶は聡明だ。尾張に行けば織田の力を理解するであろう。

「承知致しました」

「帰蝶よ。そなたはわしの代わりに見届けるのだ。織田の行く末を。わしはもう歳だ、最後までは見届けられまい」

惜しいな。男ならば帰蝶に家督を継がせたいところだ。噂の久遠家の女にも帰蝶ならば負けまい。

織田がいずこまでゆくのか、日ノ本を制するところまで行くのか。見てみたいものだ。

「どうぞ、お体に気を付けて。ご自愛ください」

懐刀を手に、凛とした表情で別れの言葉を口にする帰蝶に涙が溢れそうになる。

案じてはおらぬ。他に嫁がせるよりはいい。織田の民のように帰蝶には笑うて生きてほしい。

side：久遠一馬

「落ち着かないんですか？」

「まあな」

信長さんの結婚式、婚礼の儀の準備は着々と進んでいる。ただ、信長さん本人はあまり落ち着かない様子だ。まあ、顔も見たことない人との結婚だからね。結構デリケートな人だから。

「そなたたちは、いかがだったのだ？」

「オレたちは一緒に育ちましたからね。相手の気性とか考え方は知っていましたので」

十代半ばでの結婚って、元の世界で考えると早いよね。この時代だと普通だけど。

信長さんは家庭らしい家庭で育った記憶が少なく、夫婦、家族というものが身近でないのかもしれない。ただ、オレにアドバイスを求められても困るんだよね。

別に元の世界で童貞だったとかでもないけど、結婚歴はないし、正直、女性と一緒に暮らした経験はない。ひとり暮らしが気ままでよかったくらいだ。

「あまり深く考えないほうがいいと思います。誰もが初めてのことですから。みんなひとつずつ学んでいくのだと思いますよ」

　こたつに入り背を丸くして悩む信長さんに、エルはクスッと笑うとアドバイスを送る。万能アンドロイドはこの手の相談にも乗れるのか。ちょっと新鮮だ。

「だが、そなたたちや親父たちは上手くいっておろう？」

「一緒にいる時が長いですから。良いことも悪いこともありましたので」

　うわっ、酸っぱい。手持ち無沙汰だったんで、こたつの上にあったみかんを食べたら酸っぱかった。うーん。もう少し甘い品種が欲しいな。尾張だと知多半島がいいか。佐治さんのところで試験栽培してみるか？

　ただ、あそこは土地の広さの割に人口が多くないし、植林とか漁業とかやることが結構ある。

　しかし改めて見ると、信長さんとエルの関係って主君と家臣の妻に見えないね。ちょっと反抗期の生徒と先生に見えてくる。いかん想像したら笑いそうだ。

「そなたたちが家の都合での婚姻を嫌うのも分からんではないな。妻くらいは己で選びたい」

「帰蝶様は大変お美しいと評判のお方でございますよ」

「気が強いとも聞くではないか」

「気が弱く、めそめそと泣く女がよろしいのですか？」

「それも困るが……」

マリッジブルーってやつかな。まあ信長さんがウチで愚痴をこぼしている間は平和でいいってことだろう。人間あまり溜め込むとろくなことがないし。

「かず、そなたはいかにして上手くやっておるのだ？」

「私は……、よく話を聞いて、自身の考えや気持ちを伝えることですかね？　特に話を聞くことは大切だと思います。武士同士の関わりも実際に話してみれば分かり合えることもあるように」

オレに女心とか聞かれてもね。ウチはエルに頼っているから。ただしコミュニケーションはしっかり取るようにしている。人の気持ちや本音なんて言わないと伝わらないからね。

まあ、この手の知識は元の世界だと普通にある常識だけどさ。

ただ、この時代の夫婦のことは知らないんだよね。そこまで考えなくてもいい気もする。この時代だと親兄弟を皆殺しにして、娘を無理やり嫁になんてこともあったはずだし。誰とは言わないが。

そういえば史実で織田信忠を生んだ生駒吉乃さんはどうなるんだろうなぁ。調べたところ、彼女は土田弥平次という美濃の国人衆に嫁いでいるらしい。

歴史では今一つはっきりしない吉乃さんの最初の夫だが、ほぼ俗説通りだったわけだ。歴史が随分変わっているしね。彼女が尾張に帰ってくるかは分からないけど。

「外が賑やかだな」

「みんなで遊んでいるようですよ」

少し信長さんが沈黙すると、外から子供たちの賑やかな声がする。今日は家臣とか忍び衆の子供たちが集まって勉強する日だからね。

今では学校での勉強にも参加させているが、それだけでは将来的にウチの仕事に携わってもらうには足りないので、ウチの屋敷とか牧場でも勉強をさせたり外で遊ばせたりしているんだ。

ロボとブランカの声もするから、鬼ごっこでもしているのかな？

信長さんはそんな声に少しうらやましそうな表情をした。まあ、信長さんも結婚の責任を背負うには少し若い気もしないでもないね。

それに寿命すら超越出来て、長いことプレーヤーとアンドロイドだったオレたちには、理解出来ないこともあるのかもしれない。

side：斎藤義龍

「では父上。行って参ります」

「よう尾張を見てくることだ。そなたが尾張をいかに見るか、楽しみにしておるぞ」

織田からのお迎え役と共に、わしは見届け人として尾張に行くことになった。尾張は直に行かねばその力を何人《なんぴと》も理解せぬという父上の考えと、先日の件で二心がないことを織田に理解してもらうためだ。

婚姻の内容は臣従と言われても仕方ないほど織田寄りだ。長井隼人佐たちもそれに異を唱えておった。わしも心底納得したわけではない。

蝮が仏に毒を抜かれた。毒の抜かれた蝮に美濃が守れるのか？　左様な噂や疑念が家中にあった。

だが、正しくは毒を抜かれたのではない。織田に通用せぬとみた父上が毒を内に秘めただけだ。

それに気付かぬだけでも、わしは未熟だったと痛感した。

現に父上と織田は土岐家を追放したばかりか、商人や国人衆から銭を得て、米の値を下げたことで美濃の民の信を得た。謀叛人という言葉も聞かれぬこともないが、民は概ね喜んでおると言えよう。

此度、尾張に行く兵は五千だ。嫁入り道具を運ぶ者と警護を含めた数だが、斎藤家の権勢を尾張に示すのに必要な数であろう。まだ家中も国人衆もまとまっておらず、この数を集めるのは苦労をしたが、先日の米の売買で得た銭が役に立った。

まさか、織田はここまで読んでおったわけではあるまいな？

少し考えを巡らせておると、輿に乗る前に稲葉山の城をじっと見ておった帰蝶の表情が気になった。本当に弾正忠殿を殺す気ではあるまいな。婿の三郎殿ならばともかく弾正忠殿は無理であろうが。

side：久遠一馬

稲葉山城、元の世界では岐阜城という名で呼ばれていた城は結構近い。清洲からだと直線距離にして三十キロもなく、舟で川を下ってくるとすぐに尾張だ。故に軍事的にも経済的にも影響が大きく、史実では稲葉山城の攻略戦は織田信長がもっとも苦戦した頃とも言える。

お迎え役として織田からの使者が稲葉山城に今日行っているはずだ。道中の国人衆には警備をさせているし、忍び衆も多く派遣している。

花嫁行列を襲いそうな勢力は近隣にはいないものの、用心に越したことはない。ウチも人工衛星での監視と虫型偵察機を近隣には多めに配備してある。最悪の場合は、織田家にも内緒で襲う者を暗殺してでも花嫁行列は守らないと。

清洲と那古野では、花嫁と斎藤家からやって来る見届け人と、嫁入り道具を運ぶ兵などの受け入れ準備が進んでいる。総勢五千人になるらしく、彼らのもてなしの準備も楽ではない。

「暇だねぇ」

みんな忙しく働いている時に暇そうなのはジュリアだ。料理とかしないし、今日は訓練とかもないからなぁ。オレもどっちかといえば暇なんだけど。戦国時代の結婚式の準備なんて知らないし、料理も今日は人が多くて手伝う場所がない。

散歩にでも行きたいけど、家臣がみんな忙しいんだよね。昔テレビで見た再放送の時代劇なんかだと暴れん坊な人とか普通にひとりで出歩いていたが、それを実際にやったら大騒ぎになるしさ。

政から一歩引いたスタンスのジュリアですら、お供を連れて歩くくらいだ。守るより、守られるほうが強いが、体裁は大事だ。

「牧場でも行けばよかったかもね」

婚礼の儀は明日からだ。今夜は一晩休息するみたいでオレの出番もない。まあ明日も基本的には参加するだけで、特に役目なんてないんだけど。

ただ、各地の屋敷と牧場村などでは、領民に振る舞うお菓子を作っているんだ。婚礼の儀を祝い、今日から三日間は賦役を休み、関係者には祝いとしてお酒や米にお菓子を配ってある。

他にも清洲と那古野では、今日から領民に限らず、訪れた者に振る舞い酒と振る舞い菓子を盛大に配っている。

菓子は金平糖と焼き菓子だ。焼き菓子のほうは元の世界でいうクッキーになる。金平糖は船で運んできたが、焼き菓子は牧場とか工業村にあるオーブンで作っているんだよね。

「暇そうだな」

「孫三郎様。ウチは料理が主ですからね。エルたちは料理をしていますし、八郎殿たちは那古野のお城に行っていますけど。オレたちはやることがなくて」

ジュリアとのんびりしていると予期せぬ来客が来た。信光さんだ。この人も暇そうだなぁ。

「そんなもんだ。わしもやることがない」

美濃から五千の兵が来るので、清洲と那古野には織田領の各地から二千ほど兵が集められている。信光さんも兵を率いて那古野に来ているけど、立場上やることないんだろうな。

斎藤家を疑うわけではないが、常識として五千に対抗出来る兵を集めている。兵となる下級武士は農民でもあるから、そうすぐに集まらないからね。他国の軍勢を迎えるのに必要なので仕方ない。

結局、三人で久遠絵札ことトランプをやって暇つぶしをする。この時代は囲碁や将棋もあるが、小難しくないトランプは人気だ。関東に行った時に遊んだ人から頼まれて贈っているから、織田家ではじわじわと人気が出ている遊びだ。

「これで美濃も時勢満つるは間もなくか？」

「斎藤家次第でしょうか。国人衆もすぐには臣従しないでしょう。正直、織田としては大垣から東山道沿いが敵にならなければ構いません。それに、織田から臣従を求めれば、国人衆が優位に立ったと考えると思いますので。それはあまり好ましくありませんから」

「動きが鈍いと思うたら狙いだったのか」

　ババ抜きをしながら信光さんは美濃の件を聞いてきた。慶事の最中と言うことで、この人にしては珍しいことに、ちょっとだけ迂遠な表現だ。信光さんもそうだけど、気の早い人は美濃を制するのも時間の問題だと考えている。こちらとしては急ぎたくないんだよね。あまりにも急速に領地が拡大し過ぎている。

　どのみち経済格差で、遠くないうちに勢力圏に収められる可能性が高い。それに美濃も賦役などで改革が必要なんだ。従うからと利益だけを欲するような勘違いはさせたくない。

　信光さんは美濃への調略が手ぬるいとでも考えていたんだろう。実際、本気で調略をすればもっと臣従が増えるのは確かなんだけどね。

「大殿は愚か者を好まれませんから。こちらから声を掛けるほどでもない人は、今は放置ですね」

「六角と朝倉は出てこぬのか？」

　信光さんは六角と朝倉を警戒しているのか。

「六角は畿内が騒がしいようですから来ないでしょう。朝倉は先年に代替わりしていますからね。はっきりとは分かりませんが、朝倉単独ならば大きな懸念はないかと。あそこは隣に一向衆がいますから美濃に総力を挙げては来られませんし」

　六角はないな。全盛期の三好と対峙しているし。朝倉は昨年に、史実で最後の当主となった義景こと延景が当主になっている。ただ、宗滴がまだ健在なんだよね。

　延景は史実だと内政向きな人だったはず。外交と戦に関しては少し疑問符が付く。宗滴に関しては、彼のおかげで朝倉は全盛期を迎えたと言われるほどの人だ。幕府からの要請で何度も戦に出向いているし、加賀の一向衆から越前を守ったのも彼の功績が大きいと言えると思う。

　史実から見ても、幕府が余計なことをしない限り朝倉は動かないだろう。だが逆に、幕府が動けばどうなるか分からないけど。

　ただ、エルはあまり心配していなかった。道三が健在で織田と上手くやっていれば朝倉は来ないだろうと言っていたね。肝心の幕府は三好長慶による三好祭りが始まって美濃なんか見ていないし。

　なにより宗滴も若くはない。隣に加賀一向衆を抱えて新たに戦線を増やす歳ではない。本当か分からないが、史実で織田信長を評価したという逸話もある。ただの戦馬鹿ではないだろうし、朝倉にとって美濃攻めはリスクが大きすぎると理解しているはず。

「領地が広がれば敵が増えるか。まだまだ国を固める時が必要ということか」

「はい。私たちはそう見ておりますよ」

　信光さんはオレの見解に少しため息を漏らした。本質的に理解しているんだよね、この人。

　この先も領地が広がれば敵が増えていく。それに織田が対応するには準備が足りない。

「そういえば、此度は見届け人として斎藤新九郎殿も来るみたいですよ」

「あまりいい評判は聞かぬが？」

「評判なんてあてになりませんよ。織田の大うつけ様がいい例です」

「違いない。蝮の倅をしかと見極めてやるか」

歴史って面白いね。史実と変わって三好祭りと美濃のゴタゴタが重なったんだから。

信光さんは婚礼の儀にはあまり興味なさげだが、義龍のことを教えると少し興味が出てきたのか笑顔を見せた。

オレも義龍と会うのが楽しみだな。

side：斎藤義龍

思えば他国に来たのは初めてだ。尾張に入ると道中では多くの民がわしらを見物しておる。

「凄い賑わいだな」

清洲の町は大賑わいだ。もう夜になるというのに、あちこちでかがり火が焚かれておって、まるで祭りでもあるかのように人が集まっておる。皆がわしらを歓迎して騒いでおるようだ……。

美濃では考えられぬことかもしれぬ。父上は成り上がり者の謀叛人だと陰で謗られておるし、美濃から出て行った守護家も決して民から好かれておったわけではない。そもそも他国との婚姻は民にはなんの関わりもないことだ。

「清洲の町は変わりましたな」

戸惑うのはわしだけではないらしい。供の者らも驚いておる。

「左様なのか？」

「はっ、街道が集まる要所故、以前から栄えてはおりましたが、町の様子は様変わりしております」

年配の者はかつて来たことがあり、当時のことを語ってくれた。

昔と比べると町は広がっており、道が随分と広くなったそうだ。城を改築しておるとは聞き及んでおるが、城下の町もそれほど変えたのか。

されど、随分と広く真っすぐな道だな。攻めやすいというのによいのか？

そのまま清洲城に辿り着くも、ここはまだ改築中のようだな。平城で稲葉山と比べると心もとない。だが、あれは石か？　堀の壁や城の周りに大きな石を積み囲んでおるのが見える。さらに城を囲む城壁も漆喰で固めており堅固のようだ。

攻められぬこともないが、それなりに考えてはおるのか。

嫁入り道具を運ぶ先は那古野城だ。婚礼の相手である三郎殿の城は那古野だからな。ただ、婚礼の儀は清洲で行うらしく、見届け人のわしと輿入れする帰蝶は清洲に留まることになる。

「たいしたもてなしは出来ませぬが、ごゆるりと休まれよ」

清洲城でわしを迎えたのは平手殿か。三郎殿の傅役を務め、今はその筆頭家老となり、久遠家の後見役とも言われておる織田家中では随一の者だ。

出された酒は金色酒だな。当然といえば当然だが。

「まるで婚礼のような馳走ですな」

「確かに……」

　わしと共に美濃から来た者たちは出された膳の料理に驚く。鮭の焼き物に椎茸と凍り豆腐の煮物、他にも刺身や野の菜の和え物などもある。

「若殿、毒見を致しましょう」

「不要だ。ここで毒など盛るまい」

　供の者が毒見をしようとしてくれたが、わしはそれを制して料理に箸を付ける。まずは汁物からだが……。

「なんだ、この味は？」

「若殿、味がおかしいのならば……」

「違う。おかしいのではない。なんというか、今まで食うたことのない味だ。そなたたちも食えば分かる」

　塩で味付けした、すまし汁のように底が透けて見える汁なのに、今までに食うたことがないほど美味いのだ。塩辛いのではない。それにもかかわらず濃厚な風味で、なんと言うていいか分からぬほど美味い。

「これは……」

「なんと美味いものだ……」

　他の者も恐る恐る同じすまし汁を飲むと、驚き顔を見合わせる。そういえば昨年秋に和睦をした際に父上の供をした者が、尾張の料理はまるで極楽浄土のようだと言うておったことを思い出す。

長井隼人佐が尾張に内通した愚か者と罵っておったが、あれはこのことだったのか？

金色酒も美濃で飲むより濃いかも知れぬが、これがまたよく合う。

「これは……、なんだ？」

次に箸を付けたのは白身の刺身だ。稲葉山城は尾張には近い故、刺身も食えぬことはないが、これもまるで味が違う。

「恐らくは噂の久遠醤油かと思いまする」

「いや、醤油ではない。この魚のほうだ。なにか味が付いておる」

醤油の味が違うのは分かっておる。美濃では醤油自体が滅多に手に入らぬ。尾張で噂を呼び、幻とも言われる久遠醤油などわしも初めてだが、気になったのは魚のほうなのだ。

臭みが一切なく、なにも付けなくてもいいほど味がある。いったいなんの魚にいかな味付けをしたのだ？

刺身に少し醤油を付けて食すと、これがまた初めての味になる。口に広がる旨味と醤油が魚をまったく別物の味にする。こりこりと新鮮な歯ごたえも相まって本当にいい。

ああ、野の菜の和え物も煮物もまた別格な味だ。酒が進むが気をつけねばならぬな。さすがにここで酔うて失態を演じるわけにはいかぬ。土岐家の家臣と同類となるわけにはいかぬからな。

それにしても織田は京の都から料理番の者を召し抱えたのか？

正直、世の中にこれほど美味いものがあるとは思わなんだ。

だが、負けてはおられぬ。美濃に帰ったらさっそく京の都から召し抱えるか。斎藤家とて晴れの日くらいはかような馳走を用意出来るはずだからな。

side：帰蝶

とうとう清洲なのですね。

美濃を出る前に父上と兄上が和解したのは本当によかった。ここのところの父上は、らしくないほど変わられてしまいましたから。

すべての元凶は織田です。蝮が仏に毒を抜かれたなどと言われるほど。あれほど苦労して美濃をまとめたというのに、織田が大垣を治めることを黙認し、私を出してまでも和睦を求めるなんて。

ただ、織田の力は私も分かっているつもりです。輿の中から見えた織田の民の表情を見れば尚更のこと。されど勝てぬほど力の差があるとは思えません。

私は……、私は男に生まれたかった。男ならば、父上も家も守ってゆけたのに……。

でも私は女。ここからが私の戦。斎藤家と織田家が共に栄えるようにしなくては。

「姫様」

共に美濃から付いてきてくれた侍女である雪の言葉で私は気付きました。いつの間にか夕餉の支度が調っております。

随分と贅沢な夕餉ですね。織田は見栄を張ったのでしょうか？

今宵はひとりでの夕餉にもかかわらず、武家にあるまじき行為です。武家というのはいつ戦があってもいいように、質素倹約で備えるべきなのに……。

近頃の織田は勝ち戦続きのうえ、南蛮船を手に入れたことで驕っているのでしょうか。驕れる者の末路など決まっています。

「姫様？」

……でも美味しい。

こんな贅沢は身を滅ぼしてしまうかもしれないというのに、美味しいです。

そういえば父上も織田の料理を大層気に入ったらしく、料理番に命じて同じものを作らせようとして出来なかったとこぼしておられましたね。

それにしても、まったく口にしたことがない味です。なにかよからぬ薬でも入っているのでしょうか？

「おいしゅうございましょう？」

「はい」

「本日は大智の方様がお作りになりましたから。織田家でも特別な日でなくば食べられませぬ。雪殿の分もあります。あとで食されるといいですよ」

静かな夕餉が続く中、私の心境を察してか織田の壮年の侍女が柔らかい口調で声を掛けてきました。

その話には興味があります。大智の方殿の噂は美濃にも届いておりますので。久遠家の正室にして稀代の知恵を持つ者と。なんでも戦にも通じていて殿方を凌駕するとか。かの者は料理も自ら作るのですか。

「それほど違うのでございますか？」

「ええ、近頃では料理番の者も学んでおるので美味しゅうございますが、やはり大智の方様の料理は別格でございます」

雪が少し驚き違いを尋ねると、壮年の侍女は嬉しそうに教えてくれました。

久遠を召し抱えて以来、朝夕の食に供される料理が変わり、侍女から下働き者までもが喜んでいるとか。贅沢な暮らしをしているようです。

やはり織田は少し驕っているのでしょう。私が引き締めてやらねばならぬのかもしれません。嫁ぎ先が贅沢をして滅ぶなどとなれば末代までの恥です。

でも……、出されたものは残さず食べねば。明日はゆっくり食べられぬかもしれませんから。

美味しいものは美味しいのです。

side：美濃の兵

尾張は随分と賑やかなところだなぁ。斎藤様の姫様が織田様の若様に輿入れなさるというんで、故郷の村から集められて尾張に来た。

重い荷を運んで那古野城というところまでやっと着いたな。褒美に酒でも振る舞ってくれねえかなと思うが、あんまり期待はしてねえ。五千もの数で来たんだ。飯を配るだけでも大変だろう。

辺りはすでに夜だ。かがり火が焚かれる中、荷を下ろしたおらたちは城の中で一息つく。さすがに皆が入りきらねえみたいで、入れねえ奴はどっか別の場所に行くらしい。

腹減ったなぁ。戦なら乱取りに行けるんだが、婚礼だからまかりならぬと命じられた。

「皆の衆、ご苦労であった。酒と飯を用意した。遠慮なく飲んで食うてよいぞ」

なんか食わせてもらえねえかと待っていると、お膳が次から次へと運ばれてくる。

飯だけじゃなく酒もあるのか？　さすがは織田様だなぁ。斎藤様とは違う。仏様の化身だって噂だからなぁ。

尾張では飢えずに飯が食えるってのは本当なのかもしれねえ。

「こいつは美味そうだ」

膳には飯椀、汁椀、菜皿に盃があって、まるでお殿様の膳みてえで、飯椀には玄米の飯が山盛りになっているじゃねえか。味噌汁は具沢山だ。春が近けえから採れ始めた野の菜に魚まで入っている。他に干物じゃねえ魚と漬物に肉を焼いたものまであるとは……。

「これはなんの酒だ？」

「ああ、麦酒だな。近頃尾張で出回っているやつだ」

甕のまま出された酒は、濁酒の他にも知らねえ酒がある。隣の奴に聞いてみると、ここんとこ尾張で出回っている酒らしい。柄杓で軽くすくって、盃に受けて舐めてみる。

うん？　なんとも言えねえ味だな。だが悪くねえ。酒が飲めるなんて久々だ。

飯もうめえ。去年は豊作だったんで米を食えたが、ほとんどの米は売ってしまって雑穀を食っていたからな。雑炊以外の飯なんて正月以来だ。

それにしても、どれも味がちゃんと付いていて美味い。塩と味噌ならおらも食ったことはある。だが、いつもはやっぱり味が薄い雑炊くらいしか食えねえ。

腹いっぱいになって酔いが回ってくると、気分が良くなったのか誰からともなく歌いだした。腹いっぱい飯が食えるなんて滅多にねえ。正月とか秋の取り入れの時に食えればいいほうだからな。


翌日、おらたちは美濃に帰ることになった。帰るだけだというのに、朝からまた飯を腹いっぱい食わせてくれたばかりか土産まであるとは……。

「これはなんだ？」

「それは甘い菓子だ。我ら織田のお殿様がそなたたちに与えてくださったのだ。感謝しろよ」

土産は酒と菓子だった。甘い菓子だなんて食ったことねえ。本当に菓子か？　毒でも入っているんじゃねえだろうな？

「あめえ……」

気の早い奴がトゲのある玉みたいな菓子をひとつ口に放り込むと、周りの目が集まった。

「干し柿より美味いか？」

「ああ、うめえ」

驚いたような顔で菓子を食うそいつに、誰かがどんな具合か聞くと、ぽつりと一言答えた。思わず生唾を飲み込む。食いてえ。どんな味がするのか食ってみてえ。

だが村に残してきた、おっ母と子たちの顔が浮かんだ。おらは昨日と今朝は腹いっぱい飯が食えたが、おっ母と子たちは食うてねえんだよな。

酒ももらったんだ。我慢しよう。二度と手に入らねえもんだ。家に帰って皆で食おう。

ほとんどの奴は菓子を大事そうに懐にしまっていて、その場で食うた奴はまずいなかった。

ああ、おらも尾張に生まれたかったなぁ。そうすれば……。

帰ろう。おっ母と子らの待つ村に……。

side：久遠一馬

今日は婚礼の儀だ。始まるのは例によって夜からだ。平安の公家の流れを武家が真似たようだけど、個人的にはもう少し早い時間でもいいのではとも思う。

三三九度とか儀式を行うと、一族や一門の集まる宴になる。オレの出番はここからだ。まあ、本当に出席するだけだけど。

お隣は信広さんだ。オレの織田家中での序列は真ん中よりは上か？　義龍さんも見届け人としているね。なんというか、普通そうな人だ。

しかし、信長さんの結婚式に義龍さんが来るとは、歴史が変わっているなぁ。

「おおっ⁉」

「なっ、なんだあれは⁉」

お膳で料理が運ばれてくるが、ざわめいたのは漆塗りのテーブルの上に載せられたウェディングケーキが運ばれてきた時だろう。

三段重ねの立派なウェディングケーキだ。ホイップクリームによる純白のケーキになる。果物とかで飾ることも考えたんだけど、信長さんが純白のままがいいと言うのでこうなった。ただ、ホイップクリームで装飾はしてあるから地味な感じはしないけどね。

蝋燭の明かりに照らされるウェディングケーキは、どこか神秘的に見えるから不思議だ。帰蝶さんと義龍さんも驚き見入っている。

「これはケイキという久遠家に伝わる祝いの席で出す菓子でございます。今宵は今までにない立派なものになっております」

あれはいったいなんなんだと騒ぐ皆さんに、政秀さんが説明をする。ケイキじゃなくてケーキなんだけど。まあ、いいか。

「私たちが切り分けさせていただきます」

そこでケーキと一緒に部屋に入ってきた、エル、ケティ、パメラ、リンメイ、シンディたちが、ケーキナイフで切り分けていく。

この作業は城の料理人たちは慣れていないからね。失敗したら首が飛びかねないと皆さん戸惑っていた。

そこでエルたちなら安心なので、この役目をすることになったんだ。オレが猶子になったことで、みんなも織田一族の嫁ということになるので立場的にも問題ない。

元の世界のウェディングケーキは張りぼてだったりする場合もあるが、当然ながら今回はすべてが本物だ。

帰蝶さんと義龍さんは信じられない様子でケーキとエルたちを見つめている。エルたちを初めて見るとみんな驚くからなぁ。

切ったケーキをそのまま出席者たちは食べることになるが、やっぱりご飯の前にケーキって違和感があるよな。変に前例を作って、ケーキの作法になっちゃったな。

ああ、大きいケーキだから切り分けて残った分は、信秀さんの子供たちとか城のみんなで食べることになっている。

静かだ。いつの間にか静かに食べるのがルールになっているせいで、みんな静かに食べている。クリームのケーキは当然ながら初めてなので、驚いて言葉が出ない人も結構いるみたいだけど。白無垢姿の帰蝶さんは箸でゆっくりとケーキを食べている。帰蝶さんやみんなはどんな味に感じているんだろう？

ケーキを食べ終えると少し空気が緩む。何人かはお代わりしたい感じだけど、そんな雰囲気じゃないんだよね。残ったケーキが運び出されていくのを寂しそうに見ないでほしい。祝いの菓子だから城のみんなに配るんだよ。

まだ秘密だけど、来賓のみんなにはクリームではない別のケーキをお土産に用意しているから、今は我慢してほしい。

さぁ宴だ。今夜の料理は鯛の塩釜焼きに鶏肉の照り焼き、豆腐と湯葉の湯豆腐、山菜と海産物の天ぷら、伊勢エビの味噌汁などお膳がひとりに三つもある。

料理は信長さんのリクエストとか風習を考慮して決めたが、困ったらウチの伝統とか健康長寿の薬だと言い抜けることにしたらしく、この時代だと奇抜な料理かもしれない。

最近はウチのやることは先進的なことだと考えているみたいで、家中では反発とか少なくなったね。

お酒は毎度お馴染みの金色酒と清酒に、金色薬酒と梅酒、今回初の芋焼酎もある。なんか目新しい酒があったほうがいいかなと思ってね。

「これは……」

「ああ、木槌で叩いて割ってください。外側は塩で出来ていて、中に魚が入っています」

ウェディングケーキに続いてインパクトは大きいみたい。

隣の信広さんが塩釜焼きにどうしていいか分からない様子で固まっていたので、食べ方を教えると、周りのみんなも真似してこんこんと塩釜を叩いていき、中の鯛を見ると驚きの声を上げた。

お酒はアルコールが結構強いものばっかりだからなぁ。薄めて飲むのを勧めたけど、無理して潰れる人が続出しそうだ。

まあ、それも宴の醍醐味なのかもしれない。

時刻は深夜になっている。撃沈した人たちが次々と宴の部屋から運び出されて消えていった。新郎の信長さんまでもが撃沈しちゃったよ。お酒が弱いのに頑張って飲んでいたからな。

顔見知りで残っているのは、信秀さんと信光さんくらいで義龍さんも残っている。

義龍さんは見届け人の立場を考えて控えたんだろう。真面目そうな人だし、斎藤家を代表してきた見届け人が醜態を晒すわけにもいかないしね。

オレも酔っているけど、どうもこの体はアルコールに強いらしい。元の世界のリアルの体だとそこまで強くもなかったんだけどね。生体強化が関係しているんだろうか？

「新九郎殿、貴殿は見事だったな」

人が減ったので残った人が席を寄せる形で飲んでいると、物静かな義龍さんに信秀さんが声を掛けた。

「兄者、見事とは？」

突然のことに義龍さんは驚くも、返答をしないうちに信光さんが言葉の真意を訊ねていた。

「国を守ろうと動いた志と、駄目だと分かり、引く決断をした頃合いが見事だった。心情は分からんでもない。だが、あのお方では無理であった」

オレが考えていた以上に、信秀さんは自身に対抗しようとした義龍さんを評価しているみたいだ。

「和睦をしておきながら、申し訳ございませぬ」

「よい。若いのだ。そのくらいの気概があるほうがいい。前《さきの》美濃守殿はわしも持て余しておった。直にお会いして、山城守殿が追放したわけが分かったわ」

予想外に褒められた義龍さんだが、その場で膳から少し下がると深々と頭を下げて謝罪した。思うところはあるのかもしれないが、嫌々謝罪した様子はない。和睦を一方的に破ろうとしたことは良くないと思っているようだ。

「実はな、前美濃守殿の家臣が一馬のところに来て、非がなくても折れて謝罪をしろと迫ったのだ。我が御屋形様が収められたことを蒸し返すなど、わしであっても出来ぬことだというのに」

信秀さんは白磁の盃に入った金色酒を飲むと、頭を上げた義龍さんに、以前オレが内々に報告したことを打ち明けた。

「左様な話、わしも聞いておらぬぞ⁉」

ああ、あの件も教えちゃうのか。あれは本当に秘密にしていたので、信光さんも知らなかったみたいで声を荒げた。

「一馬が内々に済ませたからな。家中に知られれば戦になりかねなんだが、土岐との戦は不要だ。あのお方に今の美濃は治められぬ」

美濃からの接触は二度あった。いずれも土岐家家臣だ。一度目は金色酒を献上しろというもので、二度目はオレが泥を被って和睦を願えというものだ。どちらも家中にも明かさなかったので知られていないことだが、義龍さんも知らなかったらしく驚いている。

まあ、当然か。信秀さんは先を見越して表沙汰にしなかったことを認めてくれたけど、織田家としては許せることではない。

織田は斯波家の家臣であって、土岐家の家臣ではないんだ。必要以上に土岐家に折れる必要はどこにもない。まして主家である斯波家の名で収めたことを、僅か数ヵ月で反故にするような真似が露見したら、斯波家の面目が潰れてしまう。織田としては主家の面目を保つために戦をするしかない。

「土岐家は名門でございますが……」

美濃に土岐家は不要だと言いたげな信秀さんに、義龍さんは少し戸惑う様子で名門と表現した。

「兄、甥、嫡男と身近な血の繋がった者でさえ、片っ端から気に入らぬと排除しようとする者に先があると思うか？　六角も表向きは見捨てることはないのであろうが、歓迎まではしておるまい」

そんな義龍さんの心中を察してか、信秀さんは土岐頼芸の過去を語り、あの男では人が付いていかないと諭すように語る。

美濃守護家として、土岐家の価値はある。ただ、それでもやり過ぎたということだろう。

六角か。すでに頼芸が亡くなっているとはいえ、いつまでたっても落ち着かない幕府を西に抱えて、東まで敵には回したくはないはず。

「新九郎殿も覚えておかれるがいい。世の中とは常に変わるものだ。それを拒んだところで誰にも止められぬ。いかにして生き残り、いかに次の世代に繋ぐかだ」

みんな土岐家の没落には思うところがあるはずだ。信秀さんの話を神妙な面持ちで聞いている。

世の中は変わる。この時代の人も理解していることだ。過ぎた時は戻らないんだから。でもその中心にいるはずの信秀さんが口にすると、言葉の重みがまったく違う。

史実と違う形で織田と関わる義龍さんは、信秀さんの言葉をどう受け止め、どう対応するんだろうか。

天文十八年、二月二十四日。織田信長と帰蝶姫が婚礼を挙げたことが、『織田統一記』などに記されている。

この婚礼では、斎藤家からの見届け人として斎藤義龍が自ら尾張入りをしている。当初から織田との同盟や婚礼に反対していた義龍であるが、情勢を見極め、自ら父である斎藤利政と話をして容認したのだと斎藤家の家伝にある。

嫡男である義龍が自ら見届け人となったのは、織田側がそれを掴んでいたことと関係があったと思われ、疑念の払拭のために出向いたようである。

もっとも、利政は尾張を己の目で見てこいと送り出しており、すでに対等な関係が難しくなっていた両家の立場を義龍に教えるために、見届け人としたという理由もあったようだ。

義龍自身も、尾張の変わり様と織田の婚礼に大いに驚かされたという逸話が残っており、また織田信秀が義龍に世を生きるという意味を教え説いたという内容が残っている。

信秀は家や国を守ろうとしながらも時勢を見極めた義龍を評価し気に入ったらしく、後に織田家の中核として活躍するきっかけとなったとも言われている。

これ以降、義龍は力の差が歴然とした織田との関係や斎藤が生きる道を模索していったと伝わる。

皇歴二七〇〇年・新説大日本史

第五章　信長さんの結婚　後編

side：斎藤義龍

婚礼の儀、一夜目が終わった。刻限はすでに丑三つ時を過ぎておろう。

「若殿、いかがでございましたか？」

「ああ、恙なく終わった」

他の者も起きて待っておった。話を聞く限り、こちらにも宴と同じケイキと料理が振る舞われた。

「父上が織田には勝てぬと考えたわけが、分かったかもしれぬ」

ふと障子を開けると星が見える。ああ、恐ろしかった。心底震えがくるような相手は父上以外では初めてかもしれぬ。織田弾正忠という男は自らに刃を向けたにも関わらず、童の過ちでも許すかのようにわしを許した。

それにしても、土岐家家臣が久遠殿に謝罪させようとしたとは聞いておらぬ。誰の謀かは知らぬが、斯波家と織田家の面目を潰すようなことをしていかがするというのだ？

背筋に冷たいものが走る。織田は初めから戦をする気がなかったとは。前守護様が勝手に自滅することまで読んでおった様子だ。

「凄まじい料理でございましたな。堺や京の都でも同じものは食せぬはず」

「そうなのか？　京の都に行けば、ある料理ではないのか？」

「いえ、残念ながら。京の都というのならば、我が斎藤家の料理番は京の都で学んだ者。織田の料理は明や南蛮の知恵がある久遠の料理だと聞き及びました。清洲には久遠料理を出す店があるようでございますが、他では食べられませぬ」

　なんと。城の料理番は京の都で学んだ者だったとは。会うたこともないので知らなんだ。

　家臣たちに織田の料理が別格だと教えられねば、また父上になにも知らぬと呆れられるところであったわ。

「確かに味噌汁ですら味が違ったからな」

　あのケイキという見たこともなく大きな菓子も凄かったが、味噌汁ですら初めての味だった。海老は食うたこともあるが、なんというか根本にある味の深みに違いがある。

　酒にしてもそうだ。金色酒は分かるが、知らぬ酒が当たり前のように振る舞われておった。美濃では金色酒ですら年に幾度も飲めぬというのに。

「あのケイキという菓子を持ち帰れぬか？　母上たちにも食わせてやりたい」

「はっ、某も少し聞いたところ、いかにもケイキは日持ちがせぬらしく無理な様子。なにか別な菓子を頼んでおきましょう」

「ああ、礼は言い値で構わぬ」

　わしの母と帰蝶の母である小見の方の土産に欲しい。織田でしか手に入らぬと言われれば尚更。ふたりは織田に輿入れする帰蝶の身を案じておったからな。

「こちらの兵にまで豪勢な飯を振る舞い、菓子と酒を土産に寄越すとは……。若殿、亡くなった前守護様と長井殿は、織田をいかに押さえる気だったのでございましょう？」

ああ、わしらを一番驚かせたのは、嫁入り道具を運んできた兵たちに与えた飯と酒だ。さすがに金色酒はなかったらしいが、酒と飯を余るほど出したかと思えば、土産に酒と菓子を寄越したと慌てて知らせが届いた。

五千だぞ？　五百はわしらが帰るまで残すが、僅か一夜の滞在で高価な菓子を雑兵にまで振る舞うとは聞いたこともない。いかほど銭を使うたのだ？

美濃での米の売却で織田も相当儲かったはずだが、それを考えてもあまりに桁が違いすぎる。

「なにも考えてはおらなんだはずだ。わしも聞いたことがないからな」

長井隼人佐か。あの男は、ただわしが起てば国人衆も付いてくると、根拠のないことを言うておっただけだ。織田が来る前に父上を討ってしまえばいいと言うてな。織田をいかがするかなど、考えておらなんだはずだ。

弾正忠殿はそのことは言及されなかったが、あの様子だと知っておられたのであろうな。織田が本腰を入れて兵を寄越せば、西美濃は織田に味方したであろう。東美濃はよくて中立か。本当にいかがする気だったのだ？

婚姻にしても同じだ。仮に同盟として織田から妻を迎えたとて、婚礼の内容で大恥をかくではないか。いずれにしろ格の違いを見せつけられたのであろうな。

父上が何故あの条件で収めたのかよく分かった。力の差があり過ぎる。

弾正忠殿ですら、生き残ることを考えておるのだ。美濃すらまとめられぬ斎藤家では織田に従うのは仕方ないことなのかもしれぬ。

side：リリー

ここ牧場の屋敷と孤児院では、この日もお祝いに配る焼き菓子を作っているわ。

領民に菓子を配るなど前代未聞のこと。金平糖は保存が利くので船で運んできたけど、焼き菓子は尾張で作る必要がある。

那古野・津島・熱田にあるウチの屋敷や工業村にもオーブンがあるので作っているけど、孤児院は多くの子供たちがいることで、オーブンも多くあって大量に作れるわ。そのため、ここしばらくはみんなで協力して焼き菓子を焼いている。

「おいしそうだね。若様、よろんでくれるかな」

「ええ、きっと喜んでくださるわ」

若様はここにもよく来られて、子供たちの遊び相手にもなってくださるわ。そんな若様の婚礼を盛り上げたいとみんな張り切っている。

「薪持ってきたよ～」

「小麦の粉、持ってきた！」

子供の学習能力は凄い。必要なものを把握すると不足する前に運んでくれて、在庫が足りなくなったのも教えてくれる。火加減の調整などは大人がしているけど、調理や出来上がったものを竹の皮で包む作業などはみんなでやっているわ。

他には、年長さんたちが町で配るほうを手伝ってくれている。

司令の元の世界よりも、みんなで助け合いながら生きるというのは上かもしれないと思うわ。

「さあ、もう少しよ。みんなお願いね～」

「はい！」

ああ、この子たちの笑顔がなによりも嬉しい。みんなの成長が私の幸せ。一緒に笑い、一緒に悩み、一緒に成長する。そんな日々がずっと続いてほしいとさえ思ってしまうわ。

side：久遠一馬

婚礼を見届けた義龍さんは美濃に帰った。史実の織田との関係を思うと波乱のひとつでもあるかと思ったけど、普通に義統さんや信秀さんに挨拶をして帰った。

お土産は日持ちするシュガークラフトケーキと金色酒、鮭や昆布などの縁起物、それと白磁の徳利と盃のセットにした。徳利と盃は織田の家紋入りだ。織田は白磁の什器をオーダーメイド出来ると、斎藤家に示す意味もある。

ウェディングケーキは元の世界だと、イギリス式は三段に意味があり、シュガークラフトの部分があったりしたが、そこまで真似する必要もないので、すべて生のケーキにした。

一番上は宴で食べて、二段目と三段目は清洲城と那古野城の女性陣や働く人すべてに配った。これはウチの日頃の様子を見ていた信長さんの意向で、身分や立場よりも身近な人を優先したとも言える。

信秀さんもそうだけど、ウチの待遇と働きなんかを参考に、地道に改革しているようだ。まあ家柄を誇っていた大和守家の旧家臣たちが、思った以上に素直に従ってくれなかったこともあるけど。

戦国時代のこの頃は、一般的に国人や土豪や寺社などの諸勢力をいかにまとめて家臣として使えるかが鍵となるが、織田家は直接領民に働きかけることにより、中間層の諸勢力を過剰に優遇する必要がなくなっているからね。

「盛況だなぁ」

この日も夕方から家臣へのお披露目と宴があるけど、夕方まではやることがない。それもあって、一昨日と昨日と今日行われている、領民への振る舞い酒と祝いの菓子の配布をジュリアと手伝っている。

本当に大勢の人が集まっていて、警備兵と美濃兵への備えとして各地から集まった兵たちが急遽、行列を整理している。

「そりゃあね」

あまりの混雑ぶりにオレは驚いてしまうが、ジュリアは当然だろうと言いたげだ。

意外なところではお坊さんもいる。確かに制限は付けなかったけどさ。

告知は立て札やかわら版と紙芝居で織田領内に知らせてある。遠くから来た人もいるみたいだ。

「どうぞ！」

「美味しいよ！」

那古野で実際に配るのは孤児院の子供たちだ。無論、大人の武士が、二度貰ったり子供を脅したりして多く貰う人がいないか、監視しているけどね。

一昨日や昨日も、なんだかんだと理由をつけて多く貰おうとした人とか、タチの悪い人だと村人なんかを動員してお菓子とお酒を貰って、その場で取り上げる奴もいたみたい。

監視していた武士たちが、信秀さんの名前で取り上げるのを止めさせたみたいだけどさ。予め懸念されていたからルールを決めていた。

多分、那古野や清洲では取り上げなくても、村に帰ったりして目の届かないところで取り上げる奴はいるだろう。こちらも対策はしてある。虫型偵察機と忍び衆でちゃんと監視しているからな。後日になるが聞き取り調査もする。

別に村のやり方を否定まではしないけど、織田家が領民に配布した祝いの品を取り上げるのは許さない。メルティの策として、指示に従わない反抗的な人間のあぶり出しも兼ねているんだ。

織田領でもまだまだ年貢の徴収は、方法も額もばらつきがあるからね。謀叛を起こした林通具とか大和守家の旧臣とかは、あの手この手で領民から絞り取っていたらしいし。同じように力関係で奪う人は、武士に限らず領民同士ですら多くいるだろう。

領民も馬鹿じゃないから、他に頼る寺社などがあればそちらに頼るし、自分たちで武装して対抗もする。とはいえ境遇や力関係で対抗出来ない弱者は相応にいるし、村の中で弱者となると声も上げられない。

　まあ細かい税の問題を変えるのはまだ無理だ。今回は織田の祝いの品を横取りした不届き者をあぶり出して対処するためでもある。

　少しずつでも新しいやり方に慣れていってほしい。

side：斎藤道三

　新九郎たちが戻った。婚礼の儀は恙なく終わったらしい。これで一息つけるな。こちらが裏切らぬ限り、今の織田が婚姻までした相手を自ら滅ぼしにかかることはあるまい。

「いかがであった？」

「信じられぬほど力の差があったかと。仮に同盟を結んでおれば、当家は婚礼の違いで負けて大恥を晒したかもしれませぬ」

　やはりそうか。先に戻った兵どもが、織田から酒と菓子を貰ったと騒ぎになっておった。武士でも口にしたことがない南蛮の菓子を、雑兵すべてに配った織田に皆が驚いておるわ。

　同盟となれば対等な婚礼にせねばならぬ。だが、織田に合わせるなど出来ぬのは明らかだった。まさか当家に合わせて抑えてくれとも言えぬ。下手に意地を張れば大恥では済まなんだ。

「父上に伺いたい。父上ならば弾正忠殿と対峙することが出来るのでございましょうか？」

「数年でいいのならば出来るやもしれぬ。されど、いずれ呑まれてしまうであろうな。その時は斎藤家が終わる時であろう」

　随分と物分かりがようなったな。なにかあったか？

「織田に降って潰されませぬか？　織田には勝てなくとも、家臣としては大きすぎると思うのでございまするが」

「今のところは不要であろう。あそこには久遠がある。わしの見立てでは斎藤家より向こうが上だと見ておる」

「なっ……」

「あれだけの南蛮船を月に数度も寄越すということは、それだけの力がある証と言えよう」

　新九郎め、織田が恐ろしゅうなったか。それもまたいい。根拠のない自信や意地を張るよりも、恐れて慎重な者のほうがいいわ。

　久遠は信秀の猶子となったが、それにしても大きすぎる。常ならば、そんな家臣は警戒して討つことすらあるというのに、あやつは久遠にさらなる権限と儲けを許しておる。

　以前から一族には甘い男であったが、久遠を信じると決めたらしく、あそこまで好きにさせるとはな。わしには出来ぬことよ。

　素破の報告では信秀はよく久遠の屋敷に行くらしい。噂ではあるが、飯を食っておると聞く。あの明や南蛮渡りの料理の味を考えれば心情は理解するが、毒を盛られる懸念もあるというのに頻繁に行くとはたいした度胸よ。

「某のことも一向に気にした様子はなく、理解すると言われて逆に褒められてございます」

ほう、信秀は敵対しようとしておった新九郎を褒めたか。やはり器が違うということか。国人衆の謀叛は厳罰に処したらしいが、新九郎に信秀は気を使うたのか、それともなにかを見たのか。いずれにしても、これで実質臣従の縁戚で当面は様子見だな。

臣従は早いほうが価値はあるが、今臣従すれば美濃の国人衆は荒れるかもしれぬ。所詮、織田の力ですぐに落ちるのであろうが、織田は無駄な戦を嫌うようだからな。

「新九郎よ。織田は国人衆の臣従に、検地と人の数を明らかとすることと、織田の分国法を守るように言うておる。当家は正しくの臣従ではないが、検地と人の数を明らかとすることはするつもりだ。その件はそなたが差配致せ」

「はっ」

わしももう若くはない。以前のこやつでは当主は無理だと思うたが、尾張に行き、素直に織田を見てとった今の様子ならば悪うない。

斎藤家は今から織田のやり方に合わせていかねばならぬ。遅れれば、またおかしなことを言う者が現れかねぬからの。

所詮、美濃は織田の銭の力には勝てぬ。すでに大湊は実質軍門に下ったようなものだ。だからこそ銭の歩合も合わせることにした。特に稲葉山城と周辺は尾張が近いのだ。悪銭ばかりが集まっては困る。

織田には検地の仕方を教えてほしいと頼んである。落ち着けば誰か人を寄越すであろう。

ともかく斎藤家は力を蓄えねばならぬ。西美濃の国人衆は織田に臣従するであろうが、東美濃や北美濃はまだこちらが従えることも、出来るやもしれぬからな。

side：帰蝶

兄上が美濃に戻りました。私は今日より織田家の女として生きねばなりません。

ただ、織田家は斎藤家とはまったく勝手が違います。まずは食、料理ですが、斎藤家では父上が京の都で学んだ者を召し抱えておりましたので、私はその味で育ちました。

一方の尾張は塩辛いだけの料理だと聞き及んでおりましたが、実のところはまったく違います。味に深みがあり塩辛くなどないのです。

どうも変わったのは、ここしばらくのことのようですが。噂の久遠料理を学んでいるということです。塩辛いのはあまり体に良くないと、これまた久遠家の薬師の方殿が教えたらしいことも理由だと聞きました。

今日も朝から料理が豪華でした。焼き魚に玉子焼きというものに、豆腐ともやしを明の技法で賄った炒め物と呼ばれる焼き物。それに味噌汁とお漬物がありました。

侍女の雪が織田家の侍女に聞いたところによると、これが織田家では常のことのようです。

他家ではご馳走と言えるものを、日々食しているなんて……。

婚礼の料理もやはり驚くほどの味ばかりでしたが、さすがに日々これを常と致すのは、少し贅沢が過ぎるのではないでしょうか？

それとあの四角い夜着。あれはなんなのでございましょう。柔らかく温かいあんな夜着は初めてです。あれもまた久遠家からもたらされたものだとか。なんでも南蛮伝来の夜着と窺いました。あれのせいで起こされるまで起きられませんでした。

「これは……、美味しゅうございますね」

「紅茶というお茶でございますよ。茶の湯と違い、飲みやすいと評判でございますから」

昼、午の刻時、織田家では軽い昼餉をとるらしく、蕎麦を麺にしたものを頂きました。なんとも深い味わいの汁と蕎麦の風味がとてもよかったです。

そして食後に出されたのが紅茶なるお茶。これも香りといい、さっぱりした味わいといい、なんとも言い難いものがあります。

織田家はなんと贅沢をしているのでしょうか。戒めるべきかもしれませんが、輿入れしたばかりの私が口を出すのは少し早いですね。

織田家は美濃から来た兵にも、酒と菓子を褒美の土産にしたようです。いかほどの銭を使ったのでしょう?　蔵が空になってないかと案じてしまいます。

side：久遠一馬

正式にはお披露目の儀と言うらしいが、家臣からの挨拶とか形通りのことはある。ただ、早く宴がしたいのが大半の人の本音だろう。

この日の宴の参加者は、織田家の重臣と信長さんの直臣が中心となる。ちなみに明日には尾張国外の来賓が主で、大湊と願証寺と西美濃の国人衆などを招待しての宴だ。

面目や体裁とか気にする時代だし、友好勢力を招いての宴は明日になるようだ。

オレ自身はこの時代の仕来りにまだ詳しくないから、教えられた通りにしているだけになるけど、こういう気遣いは必要なんだろう。覚えておこう。

それと最後に、帰蝶さんと織田一族と重臣の奥方たちだけの宴が明後日に予定されている。これは今までにはない試みだが、オレが信秀さんに提案して決まった。なんというか、もう少し女性の皆さんが親交を深める場が必要だと思うんだ。

土田御前が家中の女衆を集めていろいろと試しているからね。今回もそれに合わせた。

さて、今日のウェディングケーキは、和風の抹茶を使ったケーキになる。いや、昨日と同じだと飽きるかと思ってさ。連続で参加している人もいるし。

「緑のケイキですか?」

「はい、お茶のケーキです。美味しいですよ」

なんか噂が噂を呼んでいるらしくて、みんなケーキを楽しみにしているんだよね。白くないケーキに予想と違ったからか少しざわめきが起きたけど、これも美味しいよ。元の世界の魔改造大好きな日本が生んだ抹茶のケーキだからね。

うん、クリームもスポンジケーキも甘さは控えめで、抹茶の風味が生きて、甘さとのバランスがいい。柔らかい食感も最高だ。

「南蛮にも茶があるのですかな？」

「あっ、いえ。これはウチで少し前に考えたものですよ。茶は明にはあるらしいのですが、南蛮では聞きませんね」

　やっぱり静かに料理の前に食べるんだね。この日もお隣の信広さんはお茶とケーキの組み合わせに驚いている。ケーキですら初見に近いのに、そこにお茶を混ぜちゃうんだからなぁ。

「婚礼で南蛮ゆかりの縁起物の菓子を食べられるとは。なんと贅沢な……」

「これは八屋にもありませぬからな」

　立派な髭を生やしている大人の男性たちが、ケーキで感動する姿は不思議な光景だ。

　もちろん今日もウェディングケーキを切り分けているのはエルたちだ。重臣の中には隣の人のケーキと比べて、どっちが大きいとか気にしている人もいるね。

　八屋はすっかり有名な店になっちゃったなぁ。ただ、ケーキの作り方はまだ教えていないんだよね。クリームは冷蔵庫がない時代なだけに少し大変だし、難易度が高いからな。

　手間とか考えると当面は無理だろうね。八屋は今でも混んでいるし。なんというか高級な店じゃない、時代劇にある庶民の飯屋みたいな店だからな。


　料理は、鯛の甘酢あんかけと伊勢エビのチリソース、猪肉ともやしの中華炒めとフカヒレのスープとアワビの姿煮など、明風の料理ということになった。

　あくまでも明の料理をウチが再現したものだと説明している。特にエビのチリソースは中華料理をもとに、元の世界の日本で生まれた料理だからね。

あと食べ慣れていないこの時代の人に合わせて、全体的に辛さや刺激と油分は控えめにしてある。

「これはまた珍しい料理ですな」

「初めて見ましたぞ」

ウチの中華を食べたことがあるのは、信長さんとか信秀さんを筆頭にごく一部の人たちだけだ。基本的にウチのご飯時に便乗出来るのはいつものメンバーくらいだからね。重臣の皆さんは楽しみにしていたみたいで、待ちきれないと言わんばかりの表情で料理に箸を付ける。

今夜の料理もエルたちが主体となって作っている。

なんというか料理の匂いがまったく違うね。調理法や調理器具からして日ノ本の料理とは違うし、香辛料も調味料も違う。織田家ではこの時代では貴重な香辛料も日頃から使うことはあるけど、ここまで本格的な異国料理はまだエルたちでなければ無理だ。

「これは美味い。なんと甘い酢ですな。かような食べ方があるとは……」

料理で皆さんの目を一番引いたのは、立派な鯛を油で丸ごと揚げて、甘酢のあんをかけたものだ。表面はカラッと揚がっていて、中はふんわりとした鯛に甘酢のあんがよく合う。

佐治さんも一口食べると、その味に驚きつつ酒をくいっと飲んでいる。

「ちちうえ」

場の雰囲気が一瞬止まった。宴をしている部屋の障子が開いたかと思うと、ロボとブランカのぬいぐるみを両手に抱えたお市ちゃんが部屋に単身で入ってきたからだ。

「市か。いかがした？」

周囲は驚くけど、信秀さんはあまり気にしないで声を掛けている。ははーん、どうやら乳母さんの隙をついてこっちに来ちゃったみたいだね。

「けいき、おいちぃ」

とてとてと歩いて信秀さんのもとに行くと、ぬいぐるみを置いて膝の上に乗って甘える。どうもケーキを食べておいしかったことを伝えにきたらしい。お祝いということで夜更かししているんだろうか。楽しそうな宴の声が聞こえたのかもしれないな。

「ハハハ、そうか。ケイキは美味しいか。ならばこれも食うてみるか？　美味いぞ」

「うん！　おいちぃ！」

お父さんの顔をする信秀さんに周りも微笑ましげに見ている。お市ちゃんに鯛の甘酢あんかけを一口食べさせている姿なんて、時代は違っても親子の本質は変わらないなと感じさせられる。

「申し訳ございません！」

「よいよい」

微笑ましい光景だが、すぐに乳母さんがやって来て顔を真っ青にして謝罪しているのが戦国時代だ。場合によっては乳母さんがお叱りを受けることもあり得る。お市ちゃんは理解していないみたいだけどね。結局、そのまま乳母さんに抱かれて退場のようだ。

「わんわん、わんわん!!」

「すぐに持っていかせる。案ずるな」

お市ちゃんは抱きかかえられた後に、両手に抱えてきたぬいぐるみを置いたままであることに気付いて慌てるけど、信秀さんは苦笑いを浮かべて答えている。

ああ、出て行く時にこちらに気付いたみたいで、嬉しそうに手を振ってくれた。

まあ、幼子が元気なことはいいことだ。


「この汁はまた初めてですな！」

「この透明で細いものはなんだ？　麺ではあるまい？」

お市ちゃんがいなくなると、再び賑やかな宴になる。元の世界だと高級中華になるだろうフカヒレのスープは、この時代の日ノ本ではやはり未知の汁になるらしい。ああ、フカヒレやアワビは知多半島産だ。明への輸出品として生産してもらっているからね。

まあフカヒレはそのものには味がないので、宇宙要塞産の金華ハムと鶏がらベースのスープなんだけど。

アワビは日ノ本でも縁起物であり食べられている。ただ、こちらも柔らかく煮て、味付けが中華風だ。独特の食感も相まって美味い。

帰蝶さんは大人しく食べているね。口に合わない様子ではないな。でも、周りが初対面の人たちばかりの中でお披露目の宴って地味に大変そうだな。完全にアウェーだよ。

オレの場合は普通の結婚すらしたことがないから実感はないけど、結婚式って大変だね。

side：織田信長

女を知らぬ童でもないが、妻を迎えるのは初めてだ。

帰蝶は利政の娘にしては似ておらぬな。

親父や一馬は幾人もの妻を迎えておるが、それぞれに様子は違う。親父のところは母上たちが一歩下がった様子であるが、一馬のところはのびのびとしておる。かような差異は一馬のところが武家らしくないからであろうな。日ノ本に来る前は武家ではなかったのだから当然か。

こちらから声を掛けねば、帰蝶はなにも言わずに座っておるのみ。なんと言うか話が続かぬな。息が詰まると感じるのは気のせいなのであろうか？　まあ、考えても仕方ないのだが。

「薬師の方様、参りました」

「通せ」

ちょうど帰蝶の診察を頼んであるケティが来た。常ならば具合が悪うなったら医師を呼ぶが、ケティはそれでは遅いと言うからな。

「この者、名はケティ、尾張では薬師の方と称されておる。薬師如来の変化と崇める者がおるほどよ。一馬の奥方のひとりで医師だ。そなたたちも診てもらうがいい」

話が続かぬといえばケティも同じか。とはいえケティは息が詰まる感じはないのだが。ともかく帰蝶を診せねば。輿入れしたばかりで具合でも悪うなったら要らぬ噂となろう。

「前から気になっておったが、それはなにをしておるのだ？」

ケティの診察は、他の医師とも薬師とも違う。素肌を晒すので男どもを下がらせて診察をさせるが、奇妙な道具を使うておる。

「これは心の臓の音を聞く道具。これを使えば、よく聞こえる」

心の臓の音を聞くか。それがなんになるかまでは聞かぬ。前に医術について違うことを問うたが、医術の心得のないオレには理解出来なかったからな。

今では親父から母上たちや弟妹たちまで診ておるが、評判がいいのは母上たちだという。同じ女故に話しやすいようだ。

帰蝶も素肌を晒すことに少し戸惑うたが、拒絶まではせなんだ。ケティの噂は美濃でも知られておるのだろう。

「特に懸念はない。ただし虫下しの薬は出しておく」

帰蝶と美濃より連れてきた侍女を診るに、いつもの診察より少し時がかかったのは気のせいか？　まあ懸念がないのならばよいか。

「会話はしてる？　お互いに思いは伝えたほうがいい」

診察も無事終わり、胸を撫で下ろしておったが、ケティはオレと帰蝶を見て、遠慮せず意見を述べた。帰蝶の侍女らは驚いておるが、ケティはいつもこんな感じだ。親父や母上にでさえ必要とあらば意見をする。

「人は話さねば伝わらぬか」

「そう」

ケティやエルにオレが常々言われておるのは、言葉に出さねば、人は相手を理解出来ぬこと。そして言葉に出したからといって、それがまことか分からぬこと。相手のことを理解したと思うた時が一番危ういのだと、よく言われる。

かずもそうだが、ケティもまた考え方が武家のものではない。だが……。

「帰蝶。尾張は、織田の家はいかがだ？　不便があれば言うがいい」

オレもかずたちのように、帰蝶と共に在りたいと思う。そのためにはオレのほうから、もっと声を掛けてやるべきであろう。

「いえ。不便ということはございませぬ。ただ……」

「言いたいことがあるのならば、遠慮せず申すがいい」

「では……ひとつだけ。随分と散財なされているようですが、よろしいのでしょうか？　私のことならば気にせずとも構いません」

ケティに促されて帰蝶に声を掛けるが、返ってきたのはオレの考えていたこととまったく違ったものであった。

「ははは。なるほど、確かに話さねば理解出来ぬな」

遠慮がちではあるが、まさか輿入れしてきた帰蝶に銭を案じられるとは思わなんだ。考えてみれば当然か。宴席に出る数々の美味なる馳走に美酒、酒や菓子を美濃兵や民にあれだけ施せば案じたくもなるか。

ケティの言うた通りだ。オレは帰蝶のことを分かっておらなんだ。

「銭は案ずるな。蔵にはまだ山ほどある。そなたには教えねばならぬな。かずから教わった織田の国の治め方を」

銭を使い、銭で戦をする。織田のやり方はオレが思うより、周りは理解しておらぬようだな。ちょうどよい。帰蝶に教えて、いかに思うか問うてみるか。

side：帰蝶

殿となったお方は繊細なようです。床入れの日に酔い潰れてしまった時には少し案じてしまいました。このお方に大きくなった織田家を治められるのかと。

父上は大器だと語っておりましたが、美濃では遊び惚けている織田の大うつけと評されているとのこと。

あまり口数も多くなく、ここ数日の贅沢な暮らしもこのお方の見栄かと思うと案じてなりません。息が詰まる。つい先頃までは敵方だったのです。仕方のないことかと思うておりました。

そんな息詰まる思いが変わったのは、先ほど薬師の方殿が来たことがきっかけです。

薬師の方殿は、明や南蛮の医術を会得しているという久遠殿の奥方。失礼かもしれませんが驚くほどに若い。

武士から僧侶や民に至るまで、万民に治療を施すお方だとか。美濃でも知らぬ者はいないでしょう。一度会うてみたいと思っていましたが、こんなに早くに会えるとは。

私も医師に診ていただいたことはありますが、薬師の方殿は他の医師とはまったく違います。なにより殿に堂々と直言していたことが驚きです。

家臣の、しかも妻の身分で、主君の奥向きのことに口を出すなんて……。

ただ、殿は薬師の方殿の直言を受け入れ、不便はないかと問われました。言うべきか言わざるべきか。私も迷いましたが、薬師の方殿は私にも思いを口にするようにと促すかの如く見ておりました。

「面白きものを見せてやろう」

先日からの懸念を素直に伝えた私に、殿は面白そうに笑みをこぼされ、織田の政についてお教えくださるようです。

織田家は銭で国を治め、国を広げるのだと語った殿に、薬師の方殿と私が連れてこられたのは滞在している清洲城の金蔵でした。

「これは……」

広い蔵にところ狭しと置いてあるのは、銭と金銀の入った木箱です。どれにも銭や金銀がいっぱいです。稲葉山城にもこれほどはないでしょう。これはいったい……。

「ここの他にも那古野城や久遠の屋敷にも銭はある。あの程度の婚礼をしたとて織田は困らぬ」

ここが織田のすべてではない。あの程度の婚礼？　あまりの豪華さに兄上が大人しくなったほどの婚礼が？

「帰蝶。覚えておけ。銭を使うて国を富ませることで、織田は大きくなった。ああ、ケティの医術もあるがな」

銭を使って国を富ませる？　そんなことが出来るの？　近くに控えている侍女の雪に視線を向けますが、分からないと首を横に振られました。

　無論、兵糧を買うにも武具を買うにも銭が必要なことは分かります。でも富ませるとはいかなることでございましょう。

「裕福な者が増えれば、多くの税が入る。だから税を増やすには多くの人を裕福にさせる必要がある。そのためには、まずは飢えないようにする。賦役で民に銭を払い、田畑を整えて、食せるもの、売れるものを増やす。織田家が今やっているのはここになる」

　私が戸惑うのを感じたのでしょう。薬師の方殿が殿の言葉を補うように教え説いてくれますが、そんなことが出来るのでしょうか？

「そして民が豊かになって、品物を買う人が増えれば、商人も商いの儲けが増えて、織田家もさらに豊かになる。それを実行するために銭は使うべき」

　飢えないようにする。それは分かります。義父となった大殿がしておられることですから。

　正直まだ十全には理解出来ませんが、織田家は今までとまったく違うことを始めたということなのでしょう。

「それで織田が豊かに……」

「金色酒に続くものを増やすのだ。あれで織田は莫大な銭を得たからな。近頃は鉄も売れておるが」

　私としたことが、戸惑いを見せてしまいました。殿はそんな私に金色酒を例えとしてお教えくださりました。

口数は多くありませんが、お優しい方なのですね。

父上が織田家に降る決断をしたわけが、やっと分かりました。

織田家の力はすでに斎藤家を遥かに超えています。織田の商いを止めぬ限りは、織田の力は衰えないのかもしれません。

少なくとも銭を案じることは不要のようです。

side：久遠一馬

婚礼の儀、三日目の今夜は尾張国外の来賓が主の宴になる。

伊勢大湊の会合衆、長島の願証寺、西美濃からは織田に臣従していない大物を中心に呼んでいて、不破光治さんと、俗に言う美濃三人衆の稲葉一鉄さん、安藤守就さん、氏家直元さんも来ている。

それとわざわざ関東から挨拶に来てくれた北条綱成さんもいる。綱成さんは鎌倉・岡本沖の海戦の時に、ジュリアと共に里見水軍に切り込んだ猛者だ。

あとは去年の秋から清洲城に滞在している塚原卜伝さんとか、津島神社の宮司さんと熱田神社の宮司さんとか寺社関係者も結構いるね。

三河の本證寺は招いたけど来なかった。こちらは武芸大会に続いて来なかったけど、どうも今回は織田による三河攻めを警戒していることが原因らしい。

織田の影響力が強まっていることで、三河攻めの協力を求められたら困るとの判断があるみたい。

虫型偵察機の情報だけどね。織田が勝とうが今川が勝とうが関係ない、自分たちのところには手を出させたくない、というのが彼らの現状だ。

あそこは織田領と接しているけど、格差で上手くいっていないからね。少し神経質になっているようなんだ。

まあ来なかった人たちはいい。今夜に関しては、出席者が来賓の皆さんなのでオレも参加しないんだ。織田家からは接待役と信秀さんが参加するから、ウチからは湊屋さんが接待役で参加する。

ただ、今日もエルたちが料理を作りに清洲城に来ている。オレも手伝おうと思って一緒に来たけどあまりやることがなく、城の台所で雑用をしていたら、土田御前に誘われて信長さんの弟妹たちとお茶をすることになった。

その後、みんなで遊ぶことになったんだけど……。

近くに字の練習に使った紙があったので、何気なく折り鶴を折ってあげると子供たちが騒ぎ出した。

「これ、なに⁉」

「えっと、鶴ですね」

もしかして折り鶴ってまだ一般的じゃないのか？　そういえば、以前、紙飛行機を作った際も騒がれたなぁ。

まあ、いいか。紙を折るくらい教えても問題はないだろう。

ただ、小さい子たちには難易度が高いみたい。お市ちゃんに至っては完全に無理だ。仕方ない。

オレが折ったのをあげよう。一応、自力で折ろうとしているが、紙がくしゃくしゃになるだけだ。

土田御前とか乳母さんたちは、少し不思議そうにオレが折り鶴を教えているのを眺めている。そんなに珍しいかな？

でも困ったな。オレは紙飛行機と折り鶴くらいしか知らないぞ。

「それは、いかなるものになるのですか？」

「えっと、紙飛行機とウチでは呼んでいますね。ただ紙を折って飛ばすだけなんですが」

うん、教えるものがなくなったから紙飛行機を折って飛ばすと、子供たちの目が輝き、驚いた表情の土田御前に戸惑ったように声を掛けられた。

行儀が悪いと怒られるかと思ったけど、そうでもなかったらしい。

「凄いです！」

うん。これは信行君の反応がいい。やっぱり男の子だからかな。

「まて～」

「ああ、姫様。走られると危のうございますよ」

女の子も負けていないね。お市ちゃんはとてとてと、一番に走って取りに行っちゃったよ。乳母さんがすぐに止めるけど、お市ちゃんは止まらなかった。それとそっちの子。鶴は飛ばないよ。飛ぶのは紙飛行機だけだから。

お市ちゃんは拾った紙飛行機を見よう見まねで飛ばしてみるが、力が入り過ぎているみたいで飛ばない。そんな思いっきり投げると無理だよなぁ。

「ぐす……」

「こうするんですよ」

ここは大人の出番だ。全然飛ばない紙飛行機を何度も飛ばそうとするお市ちゃんが涙目になってきたので、手を取ってゆっくり投げるように教えてあげる。

「とんだ!!」

ふわりと飛ぶ紙飛行機に、お市ちゃんのご機嫌も一気に良くなる。

うんうん。みんな楽しそうに紙飛行機を飛ばし始める。

やっぱり子供は笑顔が一番だね。

side：北条綱成

北条家の名代として遥々婚礼の祝いに来たが、婚礼の直前になって美濃の土岐家が追放されたと騒ぎになっておった。

これで美濃は織田に降るな。斎藤も実質は臣従のような形だ。国人衆は騒ぐかもしれんが大勢は変わるまい。

小田原を出る前に駿河守様と話したが、織田は直に美濃と三河を制するだろうとおっしゃっておられた。それがこれほど早く実現するとは。

本来ならば駿河守様ご自身が尾張に来たかったようだが、昨年に続いてとなるため殿がお許しにならなかったのだ。代わりにと、織田三郎殿が関東に来た折に、共に戦ったわしにその役目が回ってきた。

織田の料理は関東とはまったく違うと聞き及ぶ。里見を退けた戦勝の宴で食うた料理はなかなかだったが、あれは織田の料理を学んだ料理番が作ったとのこと。

さらに小田原城での新年の宴で出された料理も、同じ料理番が作ったらしく本当に美味かった。尾張の地で織田の料理が食えるかもしれぬと楽しみにしておったのだ。

尾張に到着して、斯波武衛様と織田弾正忠殿への挨拶も無事終えて、祝いの品を渡した。わしの役目は終わったはずだが、弾正忠殿より婚礼の宴に誘われた。伊勢大湊の会合衆や領外の様々な勢力を招くお披露目の宴の席だ。

無論、喜んで出席すると返答した。殿からは誼を深めるようにと言われておるからな。駿河守様も時期を合わせれば婚礼に出席出来るやもしれぬと言うておられたので、支度はしてきた。

にしても、そうそうたる顔ぶれだな。大湊の会合衆は名のある大店が連れ立って来ておるし、一向宗の願証寺も高僧が幾人も連れ立って来ておる。他には伊勢宇治と伊勢山田の商人などもおるか。伊勢には手を出しておらぬと聞いたが、力の及ぶ地となっておるようだ。

無論、美濃の有力な国人衆も来ておる。さすがに抜け目がないな。

大湊の会合衆とは、宴の前に久遠家家臣である湊屋殿の仲介で会うことが出来た。織田が関東と本腰を入れて商いをするにあたり、大湊も関東との商いを増やしたいらしい。

正直、わしはあまり他国との折衝や商いの話は分からぬのだが、顔合わせをするだけならばなんとかなる。湊屋殿も会合衆の商人たちも承知のことであったがな。

面白きところでは願証寺の高僧とも少し話をした。己らは王法為本に従うておると口にしておった。北条は一向宗を禁じておるからな。思うところがあるのだろう。

加賀の件をいかに語るのかと問うたが、己らはあの者たちと直の繋がりはなく、あの者たちが真に同じ教えの者かは、与り知らぬと言うたことにはさすがに驚いたわ。

いかにもこの辺りは長島の願証寺が親織田で、三河の本證寺が織田と関わりがないらしいな。織田もいろいろと大変だということか。

宴の席に着くと、さすがに関東から来たことに美濃の国人衆たちは驚いておるわ。甘いな。左様なことではこの乱世を生きていけぬぞ。

駿河守様は行けば分かると申されたが、確かにそうだった。活気ある町に人々の表情も明るい。さらに織田領に入ってからというもの、わしが北条孫九郎だと知ると国人衆が歓迎してくれるのには驚いた。

岡本沖での海戦でわしが手柄を立てたことを皆が知っておるのだからな。いかにもあの戦は織田領でも知られておるらしい。

さて、いよいよ宴の始まりだな。

side：エル

城の料理人たちは本当によくやっていますね。彼らには彼らの積み重ねがあり、考えがある。そんな中で私たちが持ち込んだ技と知恵を真似るというのも、端から見るより大変なことなのだと改めて理解しました。

さらに料理ひとつとっても命懸け。大切な婚礼の席で失態などあれば、命を以って償うことになってもおかしくはない。厳しい時代だと痛感します。

無論、今の織田家では、むやみに命で償わせることはなくなりつつありますが。

今夜は領外の来賓を迎えてのお披露目となります。その分、料理も気を遣います。それほど難しいことをしていませんが、皆で確認していくことだけは徹底してもらっています。私を含めて失敗や見落としがないとは言えませんからね。

「ああ、駄目ですわよ。もう少し焼き目を付けなさい」

「いい味ネ」

「うん、いいよ！　そのままお願いね！」

料理を手伝っているのは私だけではありません。シンディやリンメイやパメラ、その他にも手の空いているアンドロイドと侍女たちで手伝っています。

「なんと凄いケイキでございましょう」

「本当でございますね」

最後にチョコレートホイップで飾り付けをすると、今夜のウェディングケーキとなるチョコレートケーキが完成しました。千代女殿とお清殿の驚いた様子が嬉しいですね。

チョコレートの原料のカカオは、中央アメリカから南米原産です。

この時代ですと、すでにスペインには伝わっています。ただし元の世界であるような固形のチョコレートは十九世紀に入るまで存在せず、砂糖や香辛料を入れて嗜む飲み物としてあっただけです。

チョコレートケーキが史実において初めて明確な記録として現れるのは、西暦一七一九年になります。今回の婚礼が歴史に残れば百七十年ほど早まりますね。

チョコレートケーキは織田の未来に大きな影響を与えるでしょう。武力でも財力でもなく権威でもない。未知の甘味が織田の新たな力として、大湊や願証寺や美濃の国人衆に大きな圧力になるはずです。

皆さんがどう反応するか楽しみですね。

side：大湊の会合衆

願証寺は此度も大勢で来たか。さすがに桑名を押さえておっただけあって、織田様の力をよく理解しておられるようだ。

祝い客の祝辞も終わり宴に入ろうとした時、見たこともない大きさのなにかが運ばれてくると、場におる者たちがどよめいた。

「おおっ、あれは！」

「これは久遠家に伝わる祝いの菓子、今宵初お目見えの特別なケイキとなりまする」

なんと⁉　あれが菓子だと⁉　膳にも載らぬほどで、漆塗りの台に載ったケイキという菓子の大きさには、諸国の物産を扱う我らですら圧倒されてしまうわ。

切り分けるのは久遠家の奥方様たちか。久遠様は今年に入り織田様の猶子となったと聞いたが、やはりこれほどの菓子は他の者では作れぬのであろうな。

「甘い……」

「なんだ、この甘さは……」

これは静かに食すのが仕来りと教えを受けたが、驚きの声があちこちから上がる。

甘いのは理解する。甘味は高価だが買えぬこともないのだ。されど、この甘さはなんだ？　香ばしいと言うべきか、甘さに初めて味わう深みがある。

すべてにおいて柔らかい、豆腐よりさらに柔らかく、ふわりと甘く、濃い焼け焦げた感のある光悦茶とも焦色とも呼ばれるような色をした、なにかが塗られておる。

口に入れると塗られておるなにかは溶けてしまい、決して忘れられぬような力強さがある味が、焼き付くように残っておる。久遠家はいずこまで我らが知らぬことを知っておるのだ？

「美味いなぁ」

「まことですな」

これだけでも来たかいがあるというものだ。美濃の国人衆など固まっておるわ。

「本日の料理は天竺や遥か西の果ての料理を再現したものでございます」

ケイキの次は料理と酒だ。この日は坊主がおるからか、予め生臭などが駄目な御仁はおらぬかと聞かれはしたが、ほぼ皆が構わぬと答えておる。

肉にしても薬として食す者は多く、この日も婚礼を挙げるふたりと招いた者たちの長寿を願った料理だと言われたので、坊主も受け入れやすいのであろうが。

なにより天竺料理と言われると坊主は嫌とは言えぬのであろう。そこまで考えたのであろうな。

「これはカレーという天竺の汁物になりまする」

膳に載せられた料理が運ばれてくるが、天竺料理とは緑色の汁らしい。珍しい色と匂いに戸惑う声が聞かれるが、湊屋の顔は嬉しそうだ。

美味いものが食いたくて久遠家に仕えた男が、あの顔をする以上は本当に美味いのだろう。

「なっなんだ、これはっ⁉」

「なんと言うべきであろう。胡椒でもないが、似ておるような味わいがある」

さすがにこれは我らも坊主たちも驚き騒いでしまうわ。我らは久遠家の料理を幾度か食したこともあるが、総じて複雑で忘れられぬ味になる。此度のケイキともども、それ以上の見知らぬ味ばかりだ。

口の中に広がる味は癖になりそうだ。具は大きな海老や蝦夷の帆立貝か。ああ、海の幸の味が見事にカレーという汁と絡んで美味い。これは飯が進むな。

次に箸を付けたのは黄金色にも見える揚げ物だ。形と大きさはすずりくらいあるか？

「これは、フライですかな？」

「そうですな。猪肉を油で揚げたものです。殿は、カツと言うておられましたぞ」

湊屋にいかなる料理か聞くが、猪肉か。明や南蛮の者も肉を食うというから驚きはない。以前大湊に来られた久遠様に料理を振る舞っていただいた時と同じ、秘伝のたれが掛かっておるな。

サクッとした歯ごたえがいい。久遠様の料理は、みな癖がなく美味いのは何故であろうか？

肉も獣臭さがない。わしは気にならぬが嫌いな者はおる。

それともうひとつ。この時期では手に入らぬはずの野の菜があるのは何故であろうか？　もちろん生ではないようだが、漬物でもないはず。

「これはまた初めてですな」

「それはチーズという南蛮の醍醐に近きものを使うた粥ですな」

おおっ、これが粥か⁉　なんと美味い。溶けておるチーズなるものが白い米と絡んで、これほど味が変わるとは……。

極め付きは南蛮の赤い酒だ。ワインと言うたか。金色酒に負けず劣らずの味わいだ。

この酒は、博多に来たという南蛮人と話をした商人から噂を聞いたことがある。なんでも南蛮人は血のように赤い酒を飲むと。堺や博多では珍陀酒などと呼ぶそうだが、南蛮ではワインと呼ぶのが正しいようだ。奴らに教えてやりたいわ。

噂では南蛮人は人の生き血を酒にするなどと聞くが、湊屋に問い正したところ元は果実らしい。詳しくは教えてくれなんだが、そんな噂があると言うと、あり得ぬと笑われたからな。

ああ、いい気分だ。来てよかった。祝いの品に悩んだが、やはり他では味わえぬものばかりだ。

これでなにか新しい商いになれば、さらにいいのだが……。

side：織田信長

長かった婚礼も終わったか。評判は上々のようだ。爺が目を細めて喜んでおったのが、オレには一番嬉しかったかもしれぬ。

親父や母上と離れて暮らすようになり、物心付く頃には常に傍におってくれたのは乳母と爺だったのだ。

「かような婚礼があるものなのでございますね」

「織田も初めてのことよ。かずのところの流儀を取り入れつつ変えただけだ」

ケティに進言されて以降、帰蝶は本音を語るようになった。まさか銭のことを案じられるとは思わなんだが、婚礼もまた厳密には武家の流儀とは違う。

「変えるとは、なかなか聞かぬことでございます」

「飯とケイキは美味かったであろう？　久遠には我らとは違うモノが数多ある。オレはそれを世に示したかった」

形式から外れると騒ぐ輩も尾張ではだいぶ減った。畿内の公家や武士の真似事をしたとて、面白いこともなければ得るものもないのだ。

「土岐家とて名門で守護家だ。ところが世の安寧よりも己の力と家のことしか考えておらなんだ。武士とはかような者ばかりではないか。オレはそんな世に嫌気がさしておる」

親父はとっくに畿内を見限っておろう。此度もオレの好きにさせてくれた。

「新しきことを始めるのは楽しいぞ。そなたにも見せてやろう。かずらが尾張にもたらしたものの数々をな」

古きをすべて否というわけではない。されど、乱世を終わらせるには変えるしかないのだ。少なくとも今ある武士の世をな。

「久遠様はそれほどのお方でございますか」

「皆、気付いておらぬのだ。かずは日ノ本の外の者。帝にも公方様にも従うておらぬ。己が力で生きておる。一国の王と称してもおかしゅうない男だ」

帰蝶の顔が驚きに変わった。こやつも気付いておらなんだか。親父や爺は初めから薄々気付いておったことだ。されど、かずは巧みに己の力を隠して疑われぬようにしておるからな。

「父が申していたと聞き及んでおります。久遠家は斎藤家より力があるだろうと……、氏素性も定かではない久遠殿を信じる大殿ならば、斎藤家も生きる道があるだろうと」

「さすがは義父殿であるな。国の広さや兵の数はオレも詳しく知らぬが、そこらの国人風情とは桁が違う。織田と変わらぬ力があっても驚かぬわ」

義父殿は左様なことを言うておるのか。やはり親父と争うておっただけのことはあるな。

「何故、信じることが出来るのでございますか？」

「そなたにもいずれ分かるであろう。あれは左様な男だ」

よく知らぬ者は何故信じられるのかと驚き首を傾げるというが、まことであったな。

争い奪うだけが道ではない。それはかずらがオレに教えてくれたことだ。与え、共に生きることで強く大きくなる道もある。

「斎藤家も安泰であろう。義父殿ならばな」

義父殿は賢く世が見えておるようだ。左様な者は、かずやエルの見せようとするものを見てしまうからな。この先も無益な争いをすることはあるまい。


織田信長と帰蝶姫の婚礼があった頃、織田弾正忠家は久遠一馬の活躍により前年には尾張をほぼ統一しており、美濃と三河で勢力を伸ばしている最中のことであった。

さらに婚礼の直前には、美濃土岐家最後の守護であった土岐頼芸が家臣に仇討ちとして討たれてしまい、美濃が揺れるかどうかという微妙な時期だった。

この婚礼は当時としては当たり前だった政略結婚であり、織田と斎藤は和睦と同盟を含めて交渉した結果のようである。ただ、実際に決まった条件は同盟と言えるものではなく、むしろ和睦と臣従を前提とした婚礼になる。

婚礼自体は当時の武士の様式を継承しつつ、白無垢ケイキや久遠料理を振る舞うなど当時の常識から変えている部分もあった。これは織田家のみならず尾張や織田の支配領域でこの前後から見られることだが、畿内を中心とした先例を重視することを止めており、久遠に倣い、自ら国を造っていくひとつの象徴的な出来事であったと思われる。

また、清洲や那古野では領民に酒や菓子を振る舞うこともしており、尾張を挙げた婚礼となっていて領民も大いに喜んだとされる。

現代では、力と権威で支配し従える統治からの変革が確実に見られる分岐点として、この婚礼が挙げられる。

なお、白無垢ケイキが世に広まるきっかけもこの婚礼である。久遠家家臣である東島金次の婚礼で白無垢ケイキを振る舞ったというのが日本では最初の記録であるが、それを信長が取り入れたことで、これ以降は婚礼でケイキを振る舞うのが一種の流行のようになったと思われる。

皇歴二七〇〇年・新説大日本史

第六章　お市ちゃんのお出かけ

side：久遠一馬

三日間にわたる婚礼の儀も終わって、翌日には織田一族と重臣の奥方たちへの、帰蝶さんお披露目の宴が開かれた。

こちらはお酒も出されたが、お菓子とかケーキが多かった。いわゆる女子会のような感じか。オレはもちろん行っていないが、エルたちは、尾張に滞在している二十数名全員が参加して賑やかな宴だったらしい。

女性の繋がりとか活躍を期待して、今後も女子会はしてほしいところだ。オレが信長さんの直臣だから、必然的にエルたちは帰蝶さんを支える立場になるし。

尾張は春だ。早植えの田畑では、早くも準備や種蒔きが始まっている。

「こいつは悪質だなぁ」

婚礼が終わると後始末が忙しくなった。オレとエルは資清さんたちと一緒に清洲城に来ている。清洲の文官衆と共に、領民に配った菓子や酒を搾取した者の情報の整理と対処に乗り出している。

「坊主も多いですな」

搾取した者は武士から僧侶に村のまとめ役など様々だ。一部には虫型偵察機の情報を紛れ込ませたが、数が多いので問題はないだろう。

文官衆のひとりは僧侶の多さに呆れている。中には借金の利息代わりだと名目を付けた者もいるが、寄進しろと半ば強制的に取り上げた者もいる。

一方で領民が地元の寺に自ら寄進を申し出たり、寺の側もそれを受けたり受けなかったりと対応がバラバラだった。

武士に関しては、いわゆる織田の重臣クラスはそうおかしなことはしていない。ただ、信秀さんと直接顔を合わせない小臣とか小身と呼ばれるクラスや土豪は、基本的に深く考えていない者が多い。

下級武士や土豪なんかは、自分たちに寄越さないで領民に与えたことに不満を口にする者もいると聞く。名前を聞いても知らないから、特別考慮する必要はないみたいだけど。

とりあえず悪質な者とそうでない者を選別して、簡単明瞭に取り締まれる者から処分していくことになった。

「かじゅまー！　えるー！」

積み上げられた報告書が減らないことにため息が漏れそうになった頃、オレとエルを呼ぶ声が聞こえる。とてとてと走る音が聞こえたかと思うと、お市ちゃんが紙を手に持って仕事をしている部屋に入ってくる。

「なにか、ちゅくって！」

　後ろには困った表情の乳母さんがいる。清洲城に来るたびに手土産を持ってきたりしたせいか、懐かれたんだよね。昨日はエルが折り紙で紙鉄砲や船を作ってあげていたし。

　もう少し分別がつく年齢なら違うんだろうけど、お市ちゃんはまだ無理だからなぁ。同じ城の中とはいえ、信秀さんの私邸から出て、オレたちの仮の執務部屋まで来てしまって、乳母さんが毎回怒られたりしていないか心配だ。

「そうですね。では、今日はお人形を作りましょうか」

　ニコニコと真新しい紙を差し出したお市ちゃんに、エルは微笑むと、仕事の手を休めて折り紙を折ってあげる。

　一枚の紙が形を変えていくのを、お市ちゃんは楽しそうにジッと見ているね。

　こういう姿を見ると、史実のことを思い出して可哀想になる。別に彼女だけじゃないけど、この時代の女性は不遇な人も多いからなぁ。

「かじゅまも！」

「オレもですか？」

　うーん。エルが折っているのを眺めていたら、お市ちゃんにオレもなにか折れと紙を渡される。なにを折ろう。困ったなぁ。エルの真似して同じ人形を折るか。

　結局、お市ちゃんのお昼寝の時間になるまで仕事が捗らず、折り紙教室になってしまった。今度お土産に、折り紙用の色紙や千代紙なんかどうだろう。江戸時代に出来るなら今でも問題ないだろう。あとでエルと相談してみるか。

「かず、行くぞ」

おねむとなったことで、乳母さんに抱きかかえられて部屋に戻るお市ちゃんを見送ると、信長さんが来た。ああ、もうそんな時間か。

今日の午後は祝いの品を勝手に搾取した罪で、清洲郊外の土豪を捕らえに行くことになっているんだ。信長さんとオレが行くのは、織田家の断固とした姿勢を領内に示すためになる。

基本的にこの時代は家臣に任せて終わることも多いけど、上の身分の者が率先して働くのは悪いことじゃない。

パフォーマンスと言えばそうだが、効果はある。事実、信長さんなんかはオレと一緒にいろいろと出歩くから、最近はよく働いていると評判がいいしね。

連れていくのは警備兵百人と、ジュリアとすずとチェリーだ。荒事になりそうだからなぁ。

「悪人退治は任せるでござる」

「刀の錆にしてやるのです！」

すずとチェリーは時代劇のノリだ。もちろん仕事として動くことだから、ノリのままでいい加減な気持ちで参加してはいない。警備兵たちの緊張をほぐすためのちょっとした冗談だ。こういうのが上手いんだよね。ふたりは。

「親父の許しもある。逆らうようならば、思う存分やるがいい」

信長さんがそんなふたりのノリに付き合うと、周囲の緊張が解けるのが分かる。

ちなみに今日向かう土豪は領民や寺社からも裏が取れていて、目安箱に寺社からあまりに非道だと訴える書状があったんだよね。寺社に訴えられるってよほどのことだ。

相手が寺社なら対応は難しいが、土豪ならばあまり遠慮する必要がない。しかもそこは清洲近郊の織田家の直轄領だし。


土豪の村に着いた。見かけた村人に全員を一ヶ所に避難させるように命じて、土豪の屋敷の前に移動する。

「これは、織田の若様。本日はいかがされました？」

土豪は盗賊みたいな悪人顔だ。ただし応対は悪くない。評判が悪い奴だけど織田には表立っては逆らっておらず、強い者には媚びて弱い者には威張る。典型的な小悪党だ。

表向きは織田に素直に従っているんだけど、隙あらばろくでもないことをする、そんな土豪はいくらでもいるんだよね。この時代だと、それが当然なので一概に責められないんだけど。

「先日、オレの婚礼の祝いにと民に配った菓子と酒を、己は勝手に取り上げたらしいな」

「なんのことでございましょう？」

「すでに証言は取れておる。大人しく認めるのならば処罰に多少の慈悲を掛けてやるが？」

武装した百人の警備兵と土豪たちは、対峙するように睨み合っている。土豪の側はやくざ者みたいな郎党が十人ほど。荒事には慣れているんだろう。怯む様子もない。

「存じませぬな。なにかのお間違いでは？」

「申し開きは清洲で聞く。同道せよ」

「……畏まりました」

さすがに土豪だと織田家に逆らえないよな。悪人顔の土豪は信長さんの命令に素直に従い同行するらしい。

よかった。荒事は起きないみたいだ。


「なめるな！　大うつけが！　あの銭はわしのだぁぁ‼」

しかし、それがフラグになったかのように、信長さんの前で控えていた土豪は、そのまま立ち上がると従うふりをして前に出て、突然刀を抜き一気に信長さんに迫ろうとする。

護衛はすぐに信長さんとオレの前を固めようとするが、護衛より先に土豪の前に立ちふさがる存在がいた。

「甘いのでござる！」

「お見通しなのです‼」

「なっ……、おのれら……、なにもの……だ……」

土豪が刀に手を掛けた時にはすでに動いていたすずとチェリーが、それぞれ一太刀ずつ浴びせてあっさりと斬り捨てて終わった。

悪人顔の土豪は突然現れたすずとチェリーに、お前たち誰だよと、驚いた表情のまま息絶えた。

「殿‼」

これで終わればいいのだが、土豪の郎党が驚きと怒りのまま刀を抜いた。無論、味方も黙ってはいない。オレと信長さん、それとジュリア以外はみんな抜刀する。

「おのれぇ！」

一触即発と言うべきか。とはいえ郎党側も斬りかかってくるのは、さすがに躊躇したようだ。

「刀を納めろ。今なら不問とする。それ以上動けば一族郎党に累が及ぶぞ」

警備兵が周囲を囲み、すずとチェリーは最前列でいつでも応戦するべく待ち構えている。そんな中、信長さんが諭すように口を開くと、ひとりまたひとりと刀を納めた。

「すず、チェリー。ようやった」

「あんたたち気を抜いたね」

事態が収束すると、褒めてほしいと瞳を輝かせているすずとチェリーを信長さんは素直に褒めるが、動かなかったジュリアは他の護衛に駄目出しをしている。ジュリアはふたりが動くのを理解して動かなかったんだろう。身内で競っても仕方ないしね。

「愚か者が」

一方、息絶えた土豪に対して信長さんは、不機嫌そうに一言だけ呟いた。

その後、降伏した土豪の郎党に話を聞き、屋敷を調べたが、この土豪はかなりの銭を貯め込んでいた。守銭奴らしく、あの手この手で銭を得ては貯め込んでいて、妻や息子も信じないで自分だけでお金の管理をしていたらしい。

どうも信長さんとオレたちが銭を巻き上げるために来たと誤解したらしく、祝いの品を搾取したことは、悪いとすら思っていなかったみたい。

領民や領地を自分のモノと考える。この時代としては自然なことになる。対する領民は様々だ。対抗して戦う村もあれば、泣き寝入りしてしまう村もある。今回の村は後者だった。

それとどうもこの土豪は、自分に祝いの品が届かなかったことが気に入らなかったらしい。領民に与えた祝いの品を取り上げたのは、自分に届かないのにおかしいと思ったからのようだ。

無論、家臣でもない土豪に祝いの品を届ける必要はない。むしろ祝いの品を贈る側だろうに。

ただまあ、こういう土豪が本来は武士を下支えしているとも言える。織田家ではすでに領民と向き合っているので弊害となりつつあるけどね。

きちんと謝罪すれば慈悲もあっただろうに。人の意識を変えるのは難しいね。

side：今川義元

土岐頼芸が亡くなり、残る土岐家の者たちが美濃から追放されたという、尾張に放った素破からの知らせに考えを巡らせる。

真相は分からぬが、頼芸は殺されたのであろうな。手口から見ると利政か？　得をしたのはむしろ織田ゆえ、信秀の仕業かもしれぬが。

「さて蝮と虎はいかがなるかのう？」

織田のうつけと利政の娘との婚礼も恙のう終わったらしいわ。これは織田と斎藤にとって思慮の内なのか？　それとも今更反故には出来ぬ故に約定通りに行ったか？　分からぬな。

「今しばらく様子を見ませぬと、なんとも言えませぬな」

　雪斎は相も変わらず歯切れが悪いの。ここのところ後手に回ってばかりじゃ。仕方なきことであろうがな。

「草と素破の裏切り者はいかがした？」

　まあ、美濃はいかようでもよい。頭の痛いことは、今川家が長年にわたり尾張に潜入させておった間者である草が幾人も露見し、素破に至ってはそのまま寝返る者が後を絶たぬことか。

「はっ、引き続き刺客を送っております。ただ相手も無策ではなく、久遠では素破の保護も行っており、逃げ込めば手出しが出来ませぬ。また、伊賀者とは久遠に逃げ込んだ素破には手を出さぬという条件で雇っておりますれば、取り逃がした者も多くございまする」

　さすがにかようなことを許しては示しがつかぬ故、刺客を送ったが、取り逃がしておるとは……。現状で報告を寄越す者も寝返っておらぬのか判別出来ぬ。おかげで報告の真偽から確かめぬと動けぬわ。

　伊賀者に至っては昨年の文月を過ぎしあたりから、久遠との争いは避ける条件を飲まねば雇えんようになった。いかにも久遠と伊賀者の間で密約があるらしいわ。

　これでは伊賀者も疑わねばならぬ。

「久遠は手強いのう。何故じゃ？」

「間者である草は織田への侮りが理由となりまする。織田は久遠によって領内に目を光らせておりますれば。それにもかかわらず、以前の織田と同じく軽く見ておることが懸念かと。素破に至っては手厚く保護しております故に。久遠で働けば、飢えずに飯が食える。また、学問や武芸も教えてもらえると評判のこと。さらに今川家の威光も素破には通じませぬ」

織田で苦しむと、必ずと言うてもよいほど背後に久遠の存在が見え隠れするわ。金色酒の値上がりも例の報酬を払う賦役も、もとは久遠の策じゃというではないか。

「なんとかならぬのか？」

「素破の待遇を変えまするか？　素破に忠義などございませぬ。久遠ほどとは言いませぬが、待遇を変えればあるいは……」

「左様なことをすれば、家中が納得せぬわ。何故、素破如きを厚遇せねばならぬのじゃ？」

素破の件は深刻じゃ。目と耳を失うに等しいわ。織田が三河に攻めてきても、なにも知らぬままでは困る。じゃが素破如きを厚遇しては家中に示しがつかぬ。

ただでさえ三河で織田の旗色が強うなっておる。東海屋の件で金色酒が一気に値上がりして、他の品々の値もつられるように上がっており、皆が不満を抱えておるというのに。

「久遠には血筋も権威も通じませぬ。弾正忠の猶子になりはしましたが、織田から新たに人を入れた様子もなく、また久遠一馬という男は血筋や権威を誇る者は雇わぬとの評判でございます。おそらく力量人品のみで召し抱えておる様子」

氏素性の怪しき輩の致しそうなことじゃな。されど、非難しても状況が変わるわけではない。

「かようになると北条と誼を深めたのが痛いのう」

「致し方ありませぬ。こちらの持たぬものを持つ織田に通じたいのは皆同じ」

母上は織田と北条との同盟を言うておったが、現状では無理じゃな。確かに面白き計ではあるが、それをやるには斯波が邪魔じゃ。織田にとって担ぐのは斯波のほうが都合はよいのじゃ。織田は代々斯波の家臣を務めておるしの。斯波を超える力を得つつあるが、未だに家臣の体は捨てておらぬ。美濃にさしたる脅威がのうなった織田は、今まで以上に手強くなるわ。信濃は武田と村上が争うておるし、六角は西で忙しくて動けぬのじゃろう。残るは朝倉か？　じゃが朝倉は遠すぎるわ。それにこちらが動けば織田は北条と正式な同盟を結ぶはずじゃ。

そういえば金色酒の値上げの原因である東海屋の一族が、織田を追放されて駿河に来ておるはず。奴らのせいで今川では不満が高まっておるというのに。

見せしめに始末するか。

side：久遠一馬

「見せしめには役に立ったか」

この日、信長さんが帰蝶さんを連れてウチに来ている。帰蝶さんに尾張を見せたいらしい。この時代に新婚旅行はないからな。

手始めがウチなのはどうかと思うけど。ウチの生活はこの時代では特殊だからね。

ああ、信長さんが見せしめと言っているのは、先日の土豪だ。土豪は財産没収の上に一部の郎党は礫で、残る家族や郎党は太田さんの時と同じく日ノ本の外に島流しとなる。

先に島流しとなった人たちは、すでにウチの船で南洋に移送されたので、もう尾張にはいない。彼らは次の船で移送されるだろう。

行先はミクロネシア地域の現地人のいない無人島だ。一応、水と最低限の食糧が確保出来る島にしたみたいだけど、生きていくのは大変だろう。マラリアとか最低限の予防接種はした。さもないとすぐに全滅しかねないからね。

現地にプランテーションを作らせる予定で、船は半年に一度くらいの割合で送る。真面目に働かないと暮らしていくのも困難で、その説明は出発前にする。

「罰を与えるのも大変ですね。本当」

今日は天気がいいので縁側でのんびりとしている。帰蝶さんは、畑とか鶏小屋があるウチの庭を興味深げに見ているね。ウチに来る人はよく驚くけど、豪華な庭園とかはないからな。ウチが裕福なのは有名だから、相応に贅沢な屋敷だと誤解されている気がする。

射撃場があるのは、武士らしいといえばそうなるんだろうけどね。

少し話は逸れたが、先日の土豪の件で自覚がある者はすぐに動いた。領民に謝罪をしたり、訴えるなと脅したり。対応は様々だ。

すでに結婚式から日にちも過ぎていてお菓子は食べちゃった人がほとんどだけど、銭や米で弁償した人もいるのは少し驚いた。

ウチの家臣にこっそりとあのお菓子の値段を聞きにきた人もいるらしいが、この時代で商いとして成り立つ値段で答えたら、顔を青くして帰ったそうだ。

ただ、これでまた対応が大変になったんだよね。素直に領民に謝罪したり、足りなくても弁償したりした人には相応に罪を軽くする必要がある。

他には旧知の織田一族や重臣に助けを求めた人もいて、対応が難しいから最終的な判断は信秀さんに回った。

基本的によほど悪質でない限りは死罪にはしないようだ。取り上げたお菓子とお酒の費用プラスアルファを罰金にするみたい。払わない、払えない者は特権や領地の召し上げだそうだ。

土豪なんかは徴税権や土地に私財の召し上げ、寺社も払わないと寺領の召し上げや市や座などの既得権を剥奪するなどの罰が与えられる。

村名主とか村乙名と呼ばれることもある村の有力者は、地位や土地を失う人が相応に出そう。彼らの経済力で払える額じゃないし。

本当に人に罰を与えるのって難しい。この時代だと更生とか考えていないけど、バランスを考えないと足を掬われかねない。

まあ特権や既得権の剥奪が進むのならば悪くはないんだけど。祝いの品を奪わなかったところもたくさんある。彼らが納得する罰は必要だからね。正直者が馬鹿を見るような状況だけは駄目だ。

「菓子を作ってみました。どうぞ」

「ほう、これは初めてだな」

今日のおやつはプリンか。エルが侍女さんたちとプリンを持ってくると、少しご機嫌斜めだった信長さんの表情が変わった。

「これは……」

「甘豆腐という菓子でございますよ」

元の世界でいうカスタードプリンだけど、この時代ではないんだよね。エルは似たものから甘豆腐という名前にしたらしい。

最近作らせた銀のスプーンでプルプルと揺れる甘豆腐を食べる信長さんを見つつ、帰蝶さんは驚いた表情で甘豆腐を眺めている。反応が新鮮だなぁ。

「なんという味。甘く、なめらかで……。かような菓子が世に…、まして京の都ではなく尾張にあるとは……」

「上の黒いところがいいな。ほろ苦くて美味い」

エルに勧められるまま、眺めていた甘豆腐を食べる帰蝶さんは、信じられないと言わんばかりに味わって食べている。大げさにも感じるけど、初めてだとこんなものかな?

信長さんはカラメルの部分が特に気に入ったらしい。

「久遠家では下働きの者から童まで、皆が菓子を食う。このくらいで驚いてはあとで困るぞ」

「そんな……」

ああ、信長さんは帰蝶さんが驚く姿をにやにやと楽しげに見ているね。

確かにこの時代だと非常識なのは認める。でもさ、自分たちだけ美味しいものを食べて周りに見せつけるなんて落ち着かないんだよ。

おっ、ロボとブランカも犬用の特製甘豆腐をもらったんだな。二匹とも嬉しそうに食べている。

あれ、帰蝶さんが固まっちゃった。

ここは王子様のキスで……、なんて言ったら信長さんにどつかれるだろうな。

side：斎藤道三

「父上、これは……」

「織田から此度の和睦と婚礼の祝いだそうだ」

婚礼も無事に終わり検地やらの支度をしておると、織田から予期せぬ祝いの品が届いた。

絵だ。海が描かれておる。清洲城にあると聞き及ぶ信秀の姿絵と同じ流派のようじゃ。南蛮の絵で、久遠家の奥方が描いたものだと文に書かれておる。

わしが家紋に使うておる二頭波紋を意識したのであろうか？　絵自体はわしも描かせたことがあるが、これほどの絵は見たこともない。

新九郎も驚き見入っておるほどよ。

「尾張で織田が民に施した祝いの品を、奪った土豪が潰されたのは聞いたか？」

「はっ」

「相も変わらず隙がないわ。祝いついでに愚か者を潰すとは」

こやつを呼んだのは絵を見せるためではない。織田の策を理解しておるか問うためだが、理解しておらぬらしいな。

「策だったと？」

「当然だ。身分を問わずあれほどの菓子と酒を振る舞えば、奪おうとする愚か者が必ず出る。だが、予め奪うなと命じれば済む話だ。それをせぬわけは……」

「服従せぬ者、意に添わぬ者をあぶり出すためだったと？」

おそらく信秀の策ではあるまい。だが面白き策だ。この程度のことも考えが及ばぬ愚か者は要らぬということであろう。

今の織田に表立って逆らう者はおるまいが、こうして逆らいそうな者をあぶり出そうとすれば、引っかかる者は出てくる。信秀は国人や土豪より民に直に働きかけることを始めたことに、まだ気付かぬ愚か者が多いらしいな。

「民が織田に直に従えば、謀叛など起こせまい。無駄飯を食らう土豪など不要だ」

「恐ろしゅうございますな」

「蝮と言われるわしには出来ぬことだな。これでまた織田の力は強まる」

新九郎の顔色が良うない。無理もない。織田のやり方は国人や土豪に厳しい。

誰の策かは知らぬが、織田は今の世を変える気なのかもしれぬ。武士などいくら従えてもすぐに裏切るからな。

面白きことよ。策を考えた者と一度話をしてみたいものだな。

「まあ、よい。それより尾張から婿殿と薬師の方殿らが来る。支度をしろ」

「薬師の方殿というと噂の？」

「検地のやり方を教授する者を頼んだのだが、薬師の方殿も共にこちらに来るそうだ。流行り病が起きた時のための視察と、病人を診てくれるそうだ」

「なんと⁉」

　本題はここからだ。信秀に検地の人を寄越すように頼んだが、なんと向こうから婿殿と薬師の方殿を含む人を送ると言うてきた。

　無論、こちらがいいのならばと言われたが、織田と斎藤の誼の証として領内にて診察すると言われては断る理由などない。

「織田は本気で斎藤家を取り込みに来たということでございますな」

「当然であろう。向こうは力の差を見せつけたのだ。恩を売りつつ取り込むは常道。取り込む価値もないと、捨て置かれるよりはいい」

　織田の狙いが斎藤家の取り込みであることに新九郎も気付いたか。きっかけはこちらが人を頼んだことであろうが、これを機に貸しを作り、織田のやり方で取り込む気であろう。

　従う者には寛容に。そうでない者には厳しく。権威や血筋はあまり考慮せぬ。恐ろしきことを始めたものよ。

「ではすぐに支度を致しまする」

「そなたに任せるが、心してかかれ。斎藤家が生き残れるかの瀬戸際と心得よ」

斎藤家が織田に臣従したも同然の婚姻を結んだことに、美濃ではもちろん異論がある。だが同時に、尾張のように食えるようになるのではと喜ぶ者もまた多い。

国人や土岐の旧臣は異を唱える者も多いが、民は喜んでおるであろう。結局は誰が治めようとも、食えるほうがいいのが民なのだからな。

それにしても、西美濃の取り込みを先にやるかと思うたが、こちらに来るとは。六角は動かんとはいえ、やはり従来のやり方ではないな。

side：久遠一馬

この日は信秀さんと一緒に山の村の視察に来ている。信秀さんもいるからか、伊勢守家の山内盛豊さんはいつもより緊張気味だね。

「間伐か」

「木が密集しすぎると、大きな木には育たないので、大きな木になるように間引くんです」

信秀さんが山の村に来るのは初めてだ。ここは弾正忠家の直轄領になるが、住んでいるのは忍び衆だし、もとは山内さんが仕える伊勢守家の支配地域だ。

信秀さんも一度来てみたかったらしい。そんな信秀さんの目を引いたのは、村の一角に置かれた間伐材だった。以前に説明はしてあるけど、この時代だと間伐をするなんて考えは少なくとも武士にはなかった。

間伐材は炭や細工加工として収入源にする予定だと話すと、興味深げに見ている。

「上手くやっておるようだな」

「大きな利益になるかはこれからですが、炭はすでに順調ですよ」

ここのメインは養蚕と椎茸栽培だ。椎茸は、去年のうちに伐採して乾燥させた木材を使って、今年から原木栽培をする。一昨年、信長さんと山に行った時の木材は村の完成が間に合わず、乾燥し過ぎて使えなかったからな。

養蚕は桑の木を植えたのが数ヵ月前だから、様子を見て始める予定だ。

蚕は密かに世界各地から集めていて、すでに宇宙で品種改良をしている。オレたちの技術だと遺伝子を設計するところから生み出すことも可能なんだけどね。現状では品種改良から始めている。

炭窯から立ち昇る煙を見る信秀さんは満足げだ。木酢液もすでにここで生産が出来ていて、農業試験村や、昨年使いたいと言っていた周辺の村に売った。領主が織田家で代官がオレだったりするけど、そこはきちんと売り買いをしている。これも山の村の大事な収入源だ。

「あれは……」

「学問を教えているんですよ」

村の代官屋敷の一角では子供たちに学問を教えていて、今も勉強している最中だ。ここの村はみんなウチの関係者だからね。ちゃんと学問、武芸に教養とかも教えている。

那古野の学校にある黒板があり、それが信秀さんには珍しかったみたい。

「学問か。ゆくゆくは皆に読み書きくらいは覚えさせたいものだな」

信秀さんの何気ない発言に驚かされる。

将来像としては当然のことなんだけど、それをやれば支配者としては必ずしもいいことばかりではない。領民が余計な知恵を付けると思って、嫌う武士や坊主はいるだろう。無知な領民を統治するのがもっとも楽だからね。

「なにを驚いておる。武士どころか坊主ですら、分国法の意味をほとんど理解しておらぬのは明白だ。それになにかあれば奪えばいいという世を変えねば、無駄な戦はなくなるまい」

「おっしゃる通りだと思います」

なんというか、早くも戦国時代の先が見えていないか？　オレたちの影響だろうなぁ。

実のところ、信長さんの婚礼で配った祝いの品を搾取した者が続出した件で、信秀さんもあまり機嫌が良くない。オレはさして感じないが、文官の何人かは怖がっていたほどだ。

正直、思った以上に理解していない人が多かったのは確かだ。織田家が領民の生活を考えているのに、自分の家と私腹を肥やすことしか頭にない人がこんなに多いのかと怒っているみたい。

みんな信秀さんの命令には従うが、命令の文言にないことは好きにしていいと思っている。命令自体も信秀さんの前では従っても、目の前にいないと無視するのもザラだ。特に自分の領地なんかでは。その認識の違いに機嫌が悪くなるのも無理はない。

正直、処分するのは簡単だ。ただ、恐怖政治まですると やりすぎなんだよね。

厳しくしつつ慈悲で上手く従える。なかなか難しいね。

「大殿、焦りは禁物でございますよ。現状でも事は着実に進んでおります。このまま斎藤家を従えれば、当面の脅威はほぼなくなります。あとは時を掛けて進めるだけでございます」

少しピリッとする雰囲気を変えたのはエルだった。信秀さんの言葉に山内さんやお付きの皆さんが緊張していたようだが、その言葉に驚きの表情を見せる人もいる。

「ふふふ、少し欲張り過ぎたか？」

エルの言葉に合わせるように、ちょうど学問に励む子供たちの笑い声が聞こえると、信秀さんの表情が緩んだ。

欲張りすぎだと自覚があるんだなぁ。自己分析出来ているのは凄いね。

「いえ、ご見識の高きは仕える者には喜びかと。されど、それを皆が理解するには、今しばらく時が必要かと存じます」

「では茶でも飲んで、今しばらく時を待つとするか」

そのままエルが淹れた紅茶を飲み、信秀さんは先を楽しみにするように山々を見ていた。

side：アーシャ

若様の婚礼は各方面に大きな影響を及ぼしているわ。美濃守護であった土岐頼芸が死去したタイミングで、織田と斎藤が婚礼を挙げた。対等とは言い難くても、これを同盟や臣従を前提とした和睦と見るのが一般的だもの。

さらに婚礼の形式も一部を変えたことで、その反響もある。料理やウェディングケーキは真似をする人が増えるかもしれないわ。

織田家で見られる新しい知識や価値観が、私たちが教えているものだということはすぐに気付く。それを学ぼうと学校に来てくれる人もまた増えた。毎日通うのは難しくても、清洲に登城したついでに立ち寄る人もいる。

「今日は田んぼについて話したいと思います」

私が教えることは多岐にわたる。ただ、この時代の礼法や常識、知識などは私以外の教師陣も教えているから、私たちが教えるべきことは新しいものの授業が多いかしらね。

農業改革関連の授業も多い。農業試験村で成果が出た噂が伝わっていることもある。正条植などは見ただけで何故そうするのかと疑問に思うらしく、司令たちも聞かれることが多いと言っていた。せめて塩水選別と正条植、このふたつはなるべく早く普及させたい。

「さて、聞きたいことがあれば、今回の授業の内容に問わずお答えするわよ」

授業が一通り終わると、質疑応答というほどでもないけど、学校に来てくれた皆様と交流する時間を取ることにしている。

「あの……、ケイキという祝いの菓子、もし作っていただくとすると、いかほどの謝礼が必要なものなのでございましょうか」

今日の授業は大人の武士も多い。そんな武士のひとりから出た質問に私は真摯に答える。

新しい祝いの菓子。自分の家の祝い事でも出したいようね。大きなウェディングケーキは大変でも、そこまで大きなものでないのならば普及させたいわね。

問題は、作れるのが今のところ私たちしかいないことかしら。これは司令やみんなはもちろんだけど、大殿と若様とも相談する必要があるので、それを踏まえて答えておく。

司令やエルは喜ぶでしょうね。こういうところから私たちと相互理解が出来るなんて素敵なことだもの。

side：久遠一馬

今日は帰蝶さんの尾張見学に同行して、久々に学校に来たけど、随分と生徒が増えているなぁ。まだウチの家臣や忍び衆が多いけど、武士の子弟も増えた。それに一部だけど商人の子供もいる。武士は武芸優先な時代だけど、読み書きは当然必要だ。余裕がある家では信長さんのように師を付けて学ぶが、そうでないところは親や家臣が片手間で教えることになる。信長さんの師である沢彦さんみたいな人に、伝手も要らず無償で教われる学校は徐々に生徒が増えているみたい。

まあ通学距離の関係で毎日来る生徒は多くないようだけど。

「アーシャ、どう？」

「バッチリよ。みんないい子だもの！」

学校を任せているアーシャたち教師陣が出迎えてくれた。ここが上手くいっているのは教師陣のおかげでもある。学校という未知のものを見事に運営してくれている。

「伊勢守殿の子たちは？」

「ヤンチャだったわね。でもいい子よ」

オレも付いて来たのは、少し前からここに通っている、信安さんの子供たちの様子を直接見たかったんだよね。

信安さんからは信長さんのもとで新しいことを学ばせたいと言われていて、そのために彼らは那古野に屋敷を構えて住んでいる。とはいえ、もとは織田の嫡流である伊勢守家の子として最近まで育てられていただけに、妙にプライドが高いというかなんというか。

歳は十四歳と十二歳だったか。

さすがに口には出さないが、彼らが弾正忠家に臣従したのを納得してないことには、信長さんも気付いていた。所詮は子供だと特に気にしていないようだけど。

報告では、女なんかに教われるかと、来て早々に騒いだものの、アーシャが武芸と学問で完膚なきまでに打ち負かして従えたらしい。

ただ、それもアーシャは、ヤンチャの一言で片付けるんだよな。

その一件のあと、信安さんに迷惑を掛けたと謝られた。信安さんもこの件については、さすがに子供たちを怒ったらしく、あえて重臣たちなどがいる公の席で、武も学も至らぬ身でこれ以上騒ぎを起こしたら廃嫡にすると言ったとか。傅役や重臣も、修練学習の場で自身より高徳の者の教えを拒むのは、資質を問われるのも止むなしと思ったらしく、寄って集って説教したらしい。

「大丈夫なのか？」

「もちろんよ。任せて！」

元の世界の古い時代にあった、教師ドラマ並みに大変なはずなんだけど。アーシャは楽しそうだ。

学校の玄関には黒板に講義の予定が書かれている。なんというか、学校というよりも市民センターの講習みたいな授業内容だね。

学問と武芸以外にも一般常識とか茶の湯のような文化指導に、アーシャが主に務めるウチが教える知識もある。

「ああ、寮の件は大殿のお許しが出たよ。熱田の宮大工に頼んだから直に建築が始まると思う」

「本当⁉　よかったわ」

学校に関しては、遠方の生徒向けに寮の建築をアーシャに頼まれていたんだけど、ようやく目途が付いた。

地震とか水害の際には避難所になるからね。他の人では駄目だと熱田の宮大工にお願いしたんだ。一般的に宮大工は寺社以外の仕事はあまりしない場合が多い。でも、特殊技能を持つ宮大工には、定期的に仕事を与えて技術を継承してもらわないと困るんだよね。神宮の式年遷宮も宮大工の技術継承が目的のひとつではとも言われているらしいし。

「織田では、かような場所があるのですね」

さて肝心の帰蝶さんが驚いたのは女性の授業だ。今のところ大人は男女別に教えている授業が多いけど、女性専用の授業にも意外に生徒が来ている。

まあ授業が花嫁修業になっているのは仕方ないんだろう。ただ、意外にも武芸は女性にも人気だ。この時代は女性も籠城したりすれば戦うし、実際に傭兵などには女性の兵もいる。

女性向けの武芸はジュリアとかセレスが主に教えているけど、関東でジュリアが活躍してからは確実に女性の生徒は増えていると思う。

「帰蝶、そなたは武芸の心得はあるか?」

「はい。人並にでございますが」

「見てみたい。アーシャ。少し相手をしてやってくれぬか?」

「畏まりました。お相手を務めさせていただきます」

この日はちょうど道場が空いていた。信長さんはなにを思ったのか、帰蝶さんとアーシャを手合わせさせると言い出した。

得物は薙刀だ。身分があるし帰蝶さんが接近戦をやることはないだろう。あくまでも習い事の一環だと思う。

「アーシャは強いぞ。本気でかかれ」

「はい。参ります」

道着に着替えて薙刀で対峙する帰蝶さんとアーシャだが、緊張気味なのはやはり帰蝶さんだ。

信長さんは、何度か子供たちに武芸を教えているアーシャを見ているから強いのは知っている。いつの間にか久遠流なんて呼ばれているけど、もとは同じギャラクシー・オブ・プラネットの軍用戦闘術なんだよね。

久遠流は、表向きとしては明や南蛮の武芸をまとめた技による流派となっている。

帰蝶さんは数えで十五歳だったか。まだ大人とは言えない雰囲気だ。真剣な様子でアーシャと対峙している。

「やあ！」

教わった型なんだろう。木製の薙刀を構えた帰蝶さんは綺麗な動きで攻撃を仕掛けるが、動きが分かりやすい。受けるまでもなくアーシャはかわした。

「お方様。大振りは必要ではございませんよ」

「ですが、女の身ではそうでもしないと通用せぬと……」

「お方様がおひとりで戦うことは、まずあり得ません。相手を威嚇し、傷付けるだけで十分でございます。理想を言えば、御身を確と守れ、周りの護衛の助けとなれることでございます」

うーん。実力を確かめるだけのはずが、実戦的な指導を始めるアーシャに、帰蝶さんは少し戸惑いながらも従い、練習を始めている。

まあ、集団での実戦的な戦い方なんて、さすがにやっていないんだろうなぁ。この時代は基本的に個人の技量で戦おうとするから。

「うむ、なかなか鍛えておるようだな」

ただ、ウチのみんなと比較しなければ悪くない腕前かも。信長さんも感心している。

史実では、お市の方は小谷城で籠城しているんだよね。武芸も習い事ではあるが、身を守る手段でもある。戦国時代では、自分の身は自分で守るのが常識だからね。真剣なのは当然か。

その後は、工業村視察のために移動をする。

帰蝶さんは、高炉の堅固で巨大な威容を見て驚き、出来上がった鉄の多さにまた驚いていた。道三さんに知られる可能性があるのでさすがに細かいことは教えなかったが、織田の凄さは理解してくれたらしい。

まあ精錬する前の鉄が山積みになっているからね。尾張以外では鉄が貴重なのに、ここでは使いきれないほどある。商人にも売っているし、川舟で大量に運び出されている様子は隠しようがない。大量の鉄を作っていることは、道三さんなら知っているはずだ。

「あの……、いいのですか？」

「構わぬ。そなたとは兄弟であろう」

そこまでは良かったんだけど、驚かされたのはオレのほうだった。工業村の代官屋敷で休憩した時、信長さんが風呂に入りたいと言いだしたんだ。

ここのお風呂は高炉の排熱利用でいつでも入れるからどうぞと言ったんだけど、何故かオレも入ることになった。帰蝶さんとか彼女の侍女さんと一緒に。

まあ混浴の温泉だと思えばいいのか。この時代だと男女が分かれて入るなんて習慣はないし。

ああ、今日のオレのお供はセレスだ。エルは婚礼の祝いの品を搾取した人の後始末が忙しくてね。他にもウチの侍女さんがいる。当然、セレスと侍女さんも一緒にお風呂に入る。

ここのお風呂はそれなりに広く作ったけど、合計六人もいると少し狭く感じるね。

「すでに戦で物事を決める世ではない。以前、父が申していたことでございます。その意味が分かった気が致します」

まだ外は肌寒いから温かいお風呂は気持ちいい。

ゆっくりお風呂に浸かっていると、帰蝶さんは突然道三さんのことを口にした。

「ほう。義父殿はそのようなことを言うておられたか」

「はい。織田と争えば、戦で勝ってもその先に待つのは滅びだと」

信長さんは興味深げに聞いている。義父に当たる人だけど、そこまでの本音を聞く機会はまずないからなぁ。驚くのも無理はない。

虫型偵察機とかで、本来ならば知ることが出来ない話や様子を知っているオレたちだって、人の心の中までは知ることが出来ないしね。

道三さんと義龍さんは本当にこのまま臣従をしてくれるんだろうか？　そうなると、この先が楽になるんだけどね。なんだかんだと美濃も広い。従えて変えていくのも大変だからな。

side：お市ちゃんの乳母・冬

「かじゅまー、えるー」

姫様は今日も久遠様と大智の方様のことをお探しして、城の中を走り回っておられます。ですが、いくらお探ししてもお二方はおられません。

お二方が清洲城に登城されるのは月に数日ほど。先日まではお役目で度々登城しておられましたが、近頃はお役目も落ち着き、登城されることも少なくなりました。

お忙しい身故に致し方ないこととは存じますが、姫様は日々お二方をお探しして、時には城の大手門近くで待っておられます。

「いない……。かじゅま、える……」

この日もお二方の登城はないはずでございます。姫様はそれを理解して、しょんぼりと落ち込んでしまわれました。

「ちちうえだー！」

そのまま姫様はお好きな犬のぬいぐるみを持って寂しそうにしておられましたが、殿がお越しになると一転して嬉しそうな表情を見せてくださいました。

「なんだ。また一馬を探しておったのか？」

「あぃ！」

近頃ではすっかり清洲城内で評判となり、守護様のお耳にまで届き、笑うておられたとか。殿も少し困った表情をされております。さすがに姫様のために日を置かずに清洲城に来いとは命じられぬのでしょう。久遠様にもお役目がございます。

殿のご子息ご息女の皆様がたも、久遠様がお越しになるのを楽しみにしておられますが、まだ幼く物事の分別がつかない姫様は、何故お越しになられぬのかご理解出来ません。

なんともおいたわしや。

「たまには、こちらから会いに行くか？」

「かじゅま？」

「うむ。一馬の屋敷に行くか。駕籠で行ってもそう遠くないからな」

姫様が外出されたのは、お宮参りの時だけでございます。それは特におかしなことではございませんが。まさか、幼い姫様を那古野までお連れになるのでしょうか？

「すぐに支度を致せ。それと一馬に先触れも出しておけ」

「畏まりました」

どうやら本当に久遠様のところへ姫様をお連れになるようです。殿ご自身はよく久遠様のところへおいでになるのですが。

常ならば家臣の屋敷を頻繁に訪れることはございませんが、殿が鷹狩りや遠乗りと称され、久遠様の屋敷を訪れるのは周知の事実でございます。お方様が殿方はいいですねと、少しご不満を口にされてからはお土産が増えたほどです。お土産を用意する久遠様も大変でございましょうが。

同行する方が増えました。お方様を筆頭に側室の皆様がたと、殿のご子息ご息女の皆様がたです。それほど大げさな支度は必要ありません。那古野は若殿の所領でございますし、久遠様はご猶子。とはいえ警護の者や私たち乳母や侍女は大変でございますが。

名目は那古野の学校のご視察とのこと。あそこは民ならば身分や男女問わず無償で学べるところになります。日ノ本には多くの者が学べる学び舎があるとのことでございますが、まことに誰でも学べるところは、ここ以外にはないとも聞き及んでおります。

「姫様、それは置いていかれたほうが……」

「や！　いっしょにいくの！」

皆様、久々の外出にお喜びのようでございます。ただ、姫様はどうしても犬のぬいぐるみを持っていかれると聞き分けてくださいません。大切なものですので、汚したりなくしたりしたらと思うと案じてしまうのですが。

さすがにこれは駄目だと、お方様が言い聞かせてくださいました。

私は姫様と一緒に駕籠に乗ります。乳母のような役目に就かなければ、本来ならば駕籠に乗ることなど叶わぬ身分でございますが、姫様おひとりでは退屈されてしまいますので。

ゆっくりと進む駕籠の窓から姫様は楽しそうに町を眺めておられます。城の外は姫様にとっては見知らぬところになります。珍しいのでしょうね。

あまり興奮されて騒ぎすぎないようにして頂かねばなりません。

side：久遠一馬

九州の報告が届いた。裏表問わず、宣教師とキリスト教の危険性を周知させる活動はそれなりに上手くいっている。

まあ、本物がいないので説得力に欠ける部分もあるが、少なくとも、なにも知らぬままの史実よりはいいだろう。とはいえ戦国大名も宣教師の教えを信じたというよりは、南蛮貿易がしたくて布教を許したとも聞くしね。今後も地道な監視と注意喚起は必要だ。

ただ、キリスト教の危険性を周知させるときに、加賀の一向一揆が役に立つのはなんとも言えない皮肉だな。宗教の危険性を現実のものとして体現してくれたからね。

それでも史実通り宣教師がやって来ると、大友とか肩入れする者は現れるだろう。そしていつの間にか、信じる者は必ず出ると思う。なんというか洗脳みたいに感じる。

もっとも、今のところ宣教師が日ノ本に来ることはない。白鯨やクラーケンの影響だ。馬鹿高い建造費が掛かる南蛮船がどんどん沈んだり破損したりしていることから、船主なんかは立場上、教会勢力を敬遠するに留めているが、命に直結する船乗りに宣教師はかなり警戒されている。

オレたちが白鯨やクラーケンで宣教師の乗る船を優先的に沈めて、宣教師は海に嫌われていると少し噂を流した効果は抜群らしい。

インド洋と東南アジアも船や宣教師の数は確実に減っている。エルはスペインの破産と没落が早まると言っているが、日ノ本にはあまり影響はない。

疑心からはより深い疑心が生まれる。船乗りの噂は南蛮人から現地人にまで広がり、宣教師の布教活動までが停滞し始めている。

海の恵みで生きている人たちから、海に嫌われる宣教師の教えに疑念が生まれ始めているためだ。人の信仰心なんて様々だ。信心深い人もいれば、見せかけているだけの人もいる。この時代の欧州はカトリックの教えに反するだけで罪人となることもある。堂々と逆らう者は庶民にはいないかもしれない。だからみんなが信心深いなんて単純な世の中じゃないからね。

キリスト教は史実だと、二十世紀後半くらいにまでなると、そう悪くないんだけどね。現実と信仰のバランスを取っていたから。ただしカルト集団なんかは別だが。

とはいえ、それは世界が欧州とアメリカ中心で、いわゆる、白色人種社会に余裕があったからかもしれないとも思う。史実より苦しい立場になった場合はどうなるんだろうね。

悪いけど、ウチはどうしても本物の南蛮人と貿易をしたいわけじゃない。やはりキリスト教は出来る限り日ノ本に入れないという方針は堅持だ。同時にキリスト教の危険性と実情を広めて、将来的にも入ってこないようにしたい。

「殿ーっ！」

この日は庭の畑に野菜の種を蒔きながら考えごとをしていたが、慌てた様子の資清さんが走ってきた。落ち着いた人なのに珍しいな。

「なんかあった？」

「はっ、清洲より早馬が参りましてございます。これより大殿と土田御前様、お連れのご子息、ご息女の皆様がおいでになるとのこと！」

何事かと思えば、突然だな。工業村か学校でも見学に来るのかな？　でもそれなら信長さんの那古野城でいいはずだよね。

「分かった。すぐに着替えるよ」

うーん。汚れてもいい服装で農作業をしていたけど、さすがにこの服装で信秀さんたちを迎えるわけにいかないね。いつもは来ない先触れが来たのは、体裁を整えろということだろうし。

おっと。その前に畑で走り回って泥んこになったロボとブランカを洗ってやらないと。このまま屋敷に上がられると困る。

「かじゅまー！　えるー！」

慌ただしく出迎えの支度をしていると、馬や駕籠に乗った信秀さん一行が到着した。

それはいいんだけど、嬉しそうなお市ちゃんが駕籠を降りると手を振りながら走ってくる。危ないなぁ。転んだら大変だ。

「あっ⁉」

とてとてと嬉しそうに走ってくるお市ちゃんだが……。

「危ないですよ。姫様」

そのままオレに倒れ込んでくる形で転びそうになり、とっさに受け止める。本当に危ない。皆さんの見ている前で受け止め損ねたらどうするんだ。

「あそぶの！」

うーん。反省していないし、下手すると自分が躓いたことも気付いていないね？　一緒に遊ぶことで頭がいっぱいらしい。

「クーン？」

「クンクン……」

ああ、ロボとブランカも興味津々な様子でお市ちゃんにそんなに近寄ってこないで。泣かれたら大変なことになる。

「わんわん！」

ただ、お市ちゃんはロボとブランカの二匹をしばし見つめた後に嬉しそうにそう呼んだ。

「ウチの家族です。ロボとブランカと言います」

「おなじだ！」

うん？　そうか。ロボとブランカのぬいぐるみとそっくりだと言いたいのか。

お市ちゃんが怖がる様子もなくロボに手を伸ばすと、ロボはお前誰だと言いたげにクンクンと匂いを嗅いでいる。

なにはともあれ、屋敷に上がってもらわないと。

「ろぼ！　ぶらんか！」

放っておくとそのまま二匹と追いかけっこでもしそうだけど、お市ちゃんは乳母さんに抱きかかえられた。

「かじゅま、あそぶの！」

お市ちゃんは遊びたくて、うずうずしていて、それどころじゃないらしい。

side：パメラ

今日はお休みなの。お清ちゃんと那古野神社に、散歩を兼ねて行ってきた。

近所を歩くだけでも分かることはある。ご近所さんとの挨拶から噂話を聞けたりするし、世の中の空気を感じることが出来るの。

「あら、賑やかでございますね」

那古野の屋敷に戻ると、見慣れない駕籠があった。駕籠と護衛の人の顔ぶれから、清洲の大殿が来ていることが分かるけど、驚いたことに市姫様たちも来ているんだって。

お清ちゃんと顔を見合わせて中に入ると、奉公人のみんなが慌ただしく働いている。

「ああ、お方様。急遽、昼餉と菓子の支度をしております」

「手伝うよ。お昼はカレーうどんだよね。少し辛さを控えて子供でも食べられるようにしなきゃ」

「私もお手伝い致します」

大殿が来られることはたまにある。でも若様以外の、ご子息とご息女の皆様は初めてのことだ。今日のお昼はエルが作る予定だったけど、大殿たちの応対をしている。私とお清ちゃんも手伝ってお昼の支度を急がないと。

「菓子はいかが致しましょう」

「あー、私がなんか作るよ！」

ウチのお菓子は人気なんだよね。羊羹なら保存してあるものがあるけど、なにか別のお菓子もいいなぁ。寒い季節だし、温かい紅茶に合うクッキーとかもいいかも。

「お方様、いかがでございましょう」

「うん！　いい味だね。このくらいならみんな食べられるよ」

カレーの味付けの調整は出来た。あとはお菓子だ。うふふ、いろんな形のクッキーにしよう。みんな喜んでくれるかなぁ。

side：久遠一馬

お市ちゃんは元気いっぱいだ。ウチの屋敷が珍しいのか、キョロキョロと見回している。

「市が日々、そなたたちを探しておってな」

こちらから突然の訪問の理由を聞くなんてしないけど、信秀さんは少し苦笑いをしながら説明してくれた。

実は知っていたんだけど。虫型偵察機からの情報としてエルが教えてくれた。

そのうち飽きるかと思って様子見をしていたんだ。親しくなるのは構わないが、主筋の姫様、仕えている信長さんの同腹の妹だからね。適度な距離感が必要かと思ったんだけど、まさか信秀さんがウチまで連れてくるとは。

「ろぼ～？　ぶらんか～？」

「キャン!!」

ああ、お市ちゃんがロボの耳を引っ張ったみたいで、ロボとブランカが一目散に逃げ出していく。

初めてで力加減が分からなかったか。

「優しく撫でないと駄目。ロボとブランカも引っ張られると痛い」

お市ちゃんは一緒に遊びたかったんだろう。すぐに追いかけようとするものの、ケティに捕まって注意されている。

「悪いことをしたら謝るのでございますよ。ロボとブランカにごめんなさいしましょうね」

逃げ出したロボとブランカは、すずとチェリーに捕まったらしくすぐに戻ってくるが、エルがそのままふたりに抱かれたロボとブランカに対して謝ることを、お市ちゃんに教えている。

「……ごめんなさい」

謝る意味を理解しているのか微妙だ。でも、お市ちゃんは素直に謝って、今度は優しくロボとブランカを撫でていく。

ロボとブランカは少し警戒した様子だったが、痛くされないと理解したのかすぐに落ち着いた。

「あったかいね！」

「そうですよ。ロボとブランカは生きているのです」

「いきている？」

ロボとブランカを交互に優しく撫でるお市ちゃんは、二匹の体の温かさに驚いている。きっとぬいぐるみと同じと思ったんだろう。

こういう教育はまだしていないのかな。年齢的か時代的にしないのかは知らないけど。

「死んだら二度と会えなくなります。だから優しくしてくださいね」

「あい！」

うん。犬に優しくすることは理解してくれたらしい。

お市ちゃんとロボとブランカは早くも打ち解けた。すずとチェリーはロボとブランカと一緒に、お市ちゃんを筆頭に子供たちを連れて屋敷の中を案内しに行った。小さな探検の始まりかな。

「たいしたものですね」

「出過ぎたことを致しました。申し訳ございません」

一連の光景は当然ながら信秀さんや土田御前も見ている。驚いた様子もなく、感心しているというか優しく見守る感じだけど、エルは立場的に出過ぎたと謝罪した。

微妙なところだろう。声を掛けた土田御前は非難するのではなく、エルの手際を褒めている感じだが、乳母でも傅役でもない身で、勝手に教育をすれば怒る可能性は十分あった。

もっともエルと土田御前は割と会う機会が多い。こういう行動を許されるくらいのコミュニケーションは常に取っているんだろう。

「よいのです。命を大切にすることは素晴らしきこと」

やはり土田御前は怒っていないようだ。むしろ喜んでいるように見える。

「そなたとは以前から話しておりましたが、我が子を含めた殿のお子たちには、もう少し広い世を見せたいのです。それを一馬殿とそなたたちに頼みたいと思い、今日は来ました」

深々と頭を下げたエルが顔を上げると、土田御前は今日やって来た、もうひとつの理由を明かしてくれた。

「伊勢守殿のお子が、アーシャ殿に無礼を働いた件は聞き及んでおります。身分はもちろん大切ですが、それだけでは同じ過ちを犯しそうで案じておるのです」

周りには信秀さんの他の側室さんや、乳母さんに侍女さんたちもいる。みんな土田御前の言葉を静かに聞いている。正室だから子供たちの教育は土田御前が差配しているんだろうな。

信安さんの子供たちがヤンチャだった件は、正式に報告まではしていない。学校の中の問題は基本的に学校で解決する。これは学校をやるときに信秀さんに了承してもらったことだ。もちろん、家庭環境の問題を学校の中に持ち込んだのならば、家庭で解決が基本だけどね。

ただ、息子たちの行動を聞いた信安さんが驚いて、オレや信秀さんに詫びちゃったんだよね。伊勢守家と弾正忠家の問題になる懸念を持ったんだろう。それで家中に知られてしまった。

事情はどうであれ信秀さんの猶子の妻で、学問・武芸などの教えを受けるに相応しい相手に、無礼を働いたことになるからね。

土田御前はそれに危機感を覚えたのかもしれない。人は誰一人として、完成されて生まれたりはしない。知識、知恵、技術、技能の教えを拒む者に明日はない。ある意味、伊勢守家の子供たちは自身の将来・未来を捨てようとしたとも言える。

「畏まりました。お任せください」

オレは信秀さんと以前から時々話していたけど、土田御前もまた、子供たちや女性の教育や環境を変えたいのかもしれない。

信秀さん自身も城に籠るタイプではなく、城から出て世の中を見て動くタイプだからね。エルたちを見て、女性や子供も世の中を見る必要性は感じていたようだし。

土田御前も同じということは、織田は武家の在り方から変えるのかもしれない。楽しみでもあり怖くもあるけど。史実にないことだけにオレにもどうなるのか分からないからね。

side：滝川お清

「あっ！　ぱめら！　おきよ！」

　パメラ様と昼餉の支度を終えて菓子を作っていると、すず様とチェリー様と一緒の市姫様に声を掛けていただきました。清洲の大殿のご子息とご息女の皆様とは、幾度かケティ様やパメラ様のお供としてお会いしたことがあります。

「あとで美味しいものをご馳走するよ～」

「おいしいものすき！」

　パメラ様の言葉に市姫様は嬉しそうに笑みを見せておられます。まだ幼いこともあってか、私たちにも気さくに接してくださいます。

「今日はカレーうどんでござる」

「カレーうどんは正義なのです」

「かれーうどん？」

　カレーのいい匂いに皆様の表情も緩みます。ただ、カレーうどんはご存じない様子。天竺由来というこの料理は、織田家といえども御家以外では召し上がることは難しいのでございましょう。喜んでくださるといいのですが。

「さあ、次を案内するのでござる」

「メルティの部屋で絵を見せてあげるのです」

「わーい！」

そのまま、皆様はすず様とチェリー様の案内で行ってしまわれました。楽しそうな様子は見ているだけで心が温かくなるようでございます。

side：久遠一馬

うん？　子供たちが戻ってこないな？　ちょっと心配だから見に行くか。

「そうよ。思うまま好きに描いてみて」

信秀さんたちを紅茶でもてなしておいて、屋敷を見物しているお市ちゃんたちを探すと、みんなはメルティのアトリエにいた。

和紙と鉛筆でお絵かきタイムらしい。メルティがひとりひとりに指導しながら描かせていて、小学校の美術の時間みたいな光景だ。

モデルはロボとブランカだね。疲れてお休み中らしい。

鉛筆はまだ売ったりしていないけど、少数は持ち込んでいる。ただこうして見ていると、クレヨンとかあげたくなるなぁ。お市ちゃんのような幼い子は書画の筆はまだまだ早そうだし。

信行君は結構上手い。他の子供たちもそれなりで、お市ちゃんは描くのが楽しいようだ。

「かじゅま！　あい！」

みんなの絵を見ていると、お市ちゃんがオレに予備の鉛筆と自分が描いている和紙を差し出してきた。どうやらオレも一緒に描こうってことみたい。

うーん。絵は学生時代以来描いていないんだよね。メルティみたいな絵を期待されても困るよ？でも子供の絵って面白いな。どうすればこう描けるのかと聞きたくなるほど自由に描いている。

「うわぁ。かじゅま、もっと！　もっと！」

お絵かきタイムが終わると、トランプやリバーシや折り紙で遊ぶことになる。オレはお市ちゃんに放してもらえず折り紙だ。シルバーンから届いていた千代紙に目をキラキラさせている。

しかし、あれだな。これだけ子供が集まると、某すごろくを発展させたゲームでも欲しくなるな。すごろくは確か、史実では結構昔からあったはず。戦国版でも作ろうか？

それにしてもお市ちゃんは楽しそうだなぁ。手伝わないと拗ねるけど。まだ幼いからひとりじゃ折り紙を折れないからね。

　途中で様子を見に来たエルも捕まって、テーブルが折り紙動物園になった頃、お昼の時間になる。

「これは……」

「カレーうどんですね。天竺由来の料理であるカレーを、ウチで日ノ本のうどんに合わせたものになります」

　慣れない料理だから、お市ちゃんたち幼い子の口に合うか少し心配だ。彼女たちには乳母さんが付いて食べさせてあげている。味もお子様向けのマイルドなものにしたらしい。

「姫様、いかがでございますか？」

「おいちい！」

服を汚さないように前掛けを着けたお市ちゃんは、エルの問い掛けににっこり笑顔で答えつつカレーうどんを食べる。もちろん他の子供たちとか信秀さんたちも、ふうふうとしながら美味しそうに食べているね。

カレーは出汁が利いた和風カレーだ。信長さんの結婚式ではグリーンカレーを出したが、あれとはまったく違う味だ。

塩味だけの料理に慣れているこの時代の人には、こっちのほうが口に合うかもしれないね。グリーンカレーもこの時代の人向けにアレンジしていたらしいけど。

その後、土田御前たちは学校の視察に向かい、子供たちはお昼寝したり遊んだり、本を読んだりした。

お市ちゃんはおやつにはしゃぎ、ロボとブランカの散歩にも行って満足げに帰っていった。帰りのお供は折り紙動物園の動物たちだ。

ただ、帰りにまた明日ねと言っていたけど。明日も来る気なんだろうか。

甘豆腐が最初に記録として出てくるのは、『久遠家記』である。

天文十八年に、織田信長と帰蝶姫が久遠家の屋敷を訪れた際に出したとされる菓子に、甘豆腐という名称が書かれている。

製法として現存する一番古い調理法は、天文年間に書かれた料亭八屋のものになる。書き残したのは初代店主の八五郎であることから、久遠家の調理法と大きな差異はないと思われる。

八屋の甘豆腐は現代の製法とほぼ同じであり、久遠家では日常的に食べるような菓子だったとの資料もある。

なおこの時に帰蝶姫が、久遠家で甘豆腐を食べたことを父である斎藤利政に知らせた手紙が近年発見され、久遠家では下働きの者から犬まで菓子を食べていると書かれていて論議の的となった。

この手紙から久遠家に批判的な学者は、久遠家が贅沢をしていたのだと語り、今の主流である領民のためを思う人物像と違うと主張したが、太田家の子孫は久遠家にとって愛犬は家族だったのだと、それを一笑に付して否定している。

織田信秀と土田御前が、揃って那古野の久遠屋敷を訪れたことが、『久遠家記』に記されている。

信秀自身は猶子とする以前から度々訪れていたという記録があるものの、土田御前や側室に信秀の子供たちも同行したというのは、これ以前に記録としてはない。

以前から久遠家に多くを学んでいた信秀は、子供たちの教育も久遠一馬や大智の方こと久遠エルと話していたという記録もあり、猶子としたことで教育を本格的に変えるつもりだったと思われる。

すでに学校の成果が見え始めていた頃であり、一馬たちの影響で織田家が変わっていく初期の出来事のひとつとして、この件が上げられる。

皇歴二七〇〇年・新説大日本史

第七章　揖斐北方城攻略戦

side：久遠一馬

暦が変わり三月も数日が過ぎた。史実ではこの時期にある事件が起きている。

松平広忠の死だ。死因は諸説あり、織田信秀の謀略説から病死説まで様々だが、この世界では史実の三月六日を過ぎても広忠は健在だ。

美濃が落ち着いたこともあり、念のため三河に派遣する忍び衆を増やしたが、今回は空振りだった。エルたちと相談して、最悪の場合は三河での戦も覚悟していたんだけど。

「三河もいつ戦が始まっても驚きはございませんな。忍び衆のさらなる増員が必要かと思われまする」

ただ、広忠の死がないといっても、必ずしも状況がいいわけではない。忍び衆の報告では三河の分断は深刻なレベルまで進んでいて、望月さんが少し険しい表情で今後のことを進言してくれた。

今川か織田か、それとも中立か。以前から三河攻めの噂があったことに加えて、美濃が落ち着いたことで、織田と今川の本格衝突も時間の問題かという見方が多い。

実際のところ今川は東三河を中心に地盤固めを続けてはいるが、戦に発展しそうなことは控えている。

織田も国人衆が誼を求めてくると受けてはいるものの、こちらからは取り込みなどしていない。

結果として、現状では親今川と親織田に分断された三河において、松平一族や国人衆たちがそれぞれに駆け引きを活発にしているんだ。

「戦は控えたいんだけどなぁ」

「現状は生殺しでございますからな。三河の国人衆としては落ち着かぬのでございましょう」

オレはため息交じりに愚痴るが、資清さんは困った表情をしながらも国人衆の気持ちを代弁した。

それはオレも分かる。流れに乗り遅れないようにと、みんな必死なんだ。

肝心の松平宗家は大人しくなった。織田と今川の境界付近の国人衆などが、互いに領地や水などの利権で争って小競り合いは起きているものの、広忠は出てこない。どうも今川と織田の情勢を見極めようとしているみたいだ。

実際のところ今戦っても織田は今川に勝てるだろうが、被害とか消耗は大きい。そのうえで広がった領地の統治と増えた国人衆の統率は大変になる。

一歩間違えれば、織田は史実の包囲網クラスの苦境になりかねない。

今の織田に必要なのは領地の拡大ではなく、領地の基礎的な改革と発展だ。織田家の力はオレたちが来て以降大きくなったが、国人衆や土豪の整理と分国法による統治はまだ試行錯誤の段階だ。

商業はそれなりに進んだものの、工業はまだ雛型が出来たばかり、農業の改革は今年からようやく取り組む場所が増えた段階だ。尾張にある程度広がり、成果が出るには数年は必要だろう。

戦は避けたいけど、肝心の三河が待てないというのも理解はする。この時代の感覚では、領地の広さが重要で、戦をしなければ領地は広げられないからね。

暮らしは領民の自助努力でどうにかしろという考えだから、領地が広ければ広いだけよいという程度の考えが多いだろう。

「そういえば、揖斐北方城のほうはどうなるんだろうね。ウチのみんなは大丈夫だろうけど」

それと安定はしたが、美濃はまだ揖斐北方城を占拠した土岐家家臣残党の後始末が残っている。六角は信長さんの婚礼に祝いの使者を寄越したし、美濃への介入はないと暗に示している。

やはり六角は細川晴元に反旗を翻した三好長慶の対応で忙しいらしい。信長さんの婚礼の祝いも、裏を返せば三好と組んで畿内に介入されることを警戒していると思える。

すでに尾張から揖斐北方城への軍勢は清洲を出発している。大垣で美濃勢と合流して揖斐北方城を目指す。大将は織田信辰さん。小豆坂の七本槍のひとりで造酒丞を称している。史実の織田信房と同一人物だ。現在、大垣城の城主をしている。

ウチからは、兼ねてより準備をしていた益氏さんたちを送った。以前から検討していたことだが、今回は実験的な試みが幾つかある。

今まで信秀さんは自身が出陣して戦をしてきたが、今回は信秀さんどころか信光さんや政秀さんすら出陣しない。この編成でどこまでやれて、どんな結果になるのか、やってみないと分からないところがある。

乱取り禁止などの軍規の維持と、織田家一括管理による兵糧の輸送。さらに衛生兵も一部だが参加させ、忍び衆もそれなりに随行させたが、衛生兵と忍び衆の指揮権はウチの家臣である益氏さんに委ねている。

忍び衆に関しては、他の人に任せると使い捨てにされる危険があるんだよね。尾張勢のまとめ役である森可行さんを信頼していないわけではないが、結構いろんな人が行ったし。

全体としてどうなるのか読めない。乱取りや抜け駆けなどをするのは、ある程度想定の範囲内だ。勝てるとは思うが、不測の事態があれば信光さんが援軍で行くことも検討している。焙烙玉や木砲も持たせたし、籠城されてもそこまで時間が掛かることはないと思うんだけど。

「多少の混乱ならば構いませんよ。むしろ今後のためにも問題点は出てくれたほうがいいです」

今回の陣容、戦力編成はウチも結構関わっている。益氏さんを派遣したのもあるが、あえて全軍を統率出来そうな人は派遣していない。

これはエルの策なのだが、戦略目標や作戦目標の達成に問題のない範囲で苦戦、あるいは負けるのも必要という進言からだ。この戦での戦略目標は、織田の軍制の試金石として、秩序ある軍の確立に向けての問題点の抽出。作戦目標は土岐家を標榜する勢力の美濃からの排除。戦術目標は揖斐北方城を占拠した勢力の排除ないし殲滅。一番の問題を土岐ではなく、織田の家中だと考えるエルの計画案だった。

真意は信秀さんと信長さんに政秀さん、オレやエルたちに益氏さんくらいしか知らないが。

織田家は少し勝ち過ぎている。勝つことに慣れたら危うい。それが今回の戦に際し、エルが用意した課題だ。

さすがに信秀さんも驚いていたけどね。どうなることやら。

side：土岐家旧臣

仇討ちであるとはいえ、殿を殺めた報いであろうか。新たな当主にて御家を立て直すという我らの目論見は潰えた。

跡目でまとまれなんだこともある。殿が廃嫡とされ出家しておる頼栄様を擁立しようと考えた者や、幼い若君を跡目とすべしとした者もおるのだ。

あれこれと話をしておるうちに、お方様らは一族を連れて近江に落ち延びてしまわれた。兼ねてより斎藤山城守からは、美濃からの追放だと書状が届いていたこともある。

だが、美濃土岐家はまだ終わっておらぬ。お方様らは我らが美濃土岐家を存続させることを好きにしてもよいと許された。遠縁だが新たな当主を迎えて守護家として再起を図るつもりであった。

「なにが仏だ。信秀め。守護様を蔑ろにした逆賊が！」

ところがだ。斎藤と織田はそれを認めぬという。我らに対して、新たに揖斐北方城を占拠する不逞の輩として美濃から出て行けと書状が届いた。

やはり織田手形の偽造が良うなかったな。あれで織田を敵に回してしまった。

すでに織田方の国人が戦支度をしておるとの知らせも届いておる。ここには直に織田と斎藤が攻めてくるであろう。今は民を動員して揖斐北方城の改築を進めておるが、民の働きは良うない。

織田では賦役でも飯を食わせて報酬を払うと評判で、それと比べてか動員した民は陰で不満をこぼしておる。賦役とは税なのだ。働いて当然だというのに。

他にも織田どころか、斎藤にすら勝てぬと思うておることもあろう。されど、戦とはやってみなければ分からぬものだ。それにここは尾張から遠く隔たりがある。籠城して時を稼ぎ、六角か朝倉が味方すれば一気に戦局は激変する。

「駄目だ。もっと土塀は厚くしろ」

織田が来れば、噂の金色砲も持ってくるやもしれぬ。あれが南蛮渡来の武器なのは承知のことよ。清洲では塀が役に立たなかったと聞く。ここの城壁も世辞にも堅固とは言えぬ。せめて土塀を強固にせねばなるまい。

「おい！　また逃げたぞ！」

「追え！　捕らえて必ず斬り捨てよ！」

またか。民の逃亡が後を絶たぬ。改築の普請を急ぎたい時に……。これでは民の女子供を人質に取らねばなるまいな。戦にならなくなる。

武具や兵糧はある。もともと戦の支度をしておったのだ。あとは兵と士気があればいい。

美濃は我らのものだ。斎藤や織田などに易々とは渡さぬ。仮に美濃が奴らに奪われることになっても、武士の意地を最後まで見せてくれようぞ。

来るならくれればいい！　蝮め!!　虎め!!

side：滝川益氏

大垣を出た軍勢は一路北上し、揖斐北方城へ向けて進軍しておる。

兵はおよそ五千だ。勝ち戦と浮かれておるらしく武功を立てようと鼻息が荒い者も多い。

軍勢の士気は高いが、やはり軍規はあまり守られておらぬ。勝ち戦と浮かれ集まった者らは近隣の村と揉め事を起こすことが後を絶たぬ。

味方とはいえ知らぬからな。この戦に秘められておる思惑を。

「やれやれ。殿とお方様がたの懸念が当たったな」

わしが思わず愚痴をこぼすと、御家から共に参陣した者たちが少し呆れたように頷いた。

実は尾張を出立する際に、共に参陣する主だった御家の者に殿の思惑を伝えてある。無論、殿の許しは頂いた。皆も武功が欲しいのは変わらぬからな。前に出たい者もおるが、前に出過ぎるなと言うためには、策を明かす必要があった。

少し残念ではあったが、手柄の機会はまだまだこれからもある。御家がただ暴れるだけの者を求めておらぬことは皆が知っており、納得してくれた。

そもそも御家では抜け駆けや軍規に反する行為をしないよう、再三にわたり教えられておる。戦場において抜け駆けした手柄は元来認めない。少し厳しいがそれが久遠家の掟になる。

策があるのならば味方で話し合うべし。その代わり御家では武功以外の手柄の評価が高く、時には敵将の首より高い。

だが余所は違う。武功を重んじて敵をいかに討ち取るかが唯一の手柄と言うてもいい。

当然ながら、なにがなんでも敵の首が欲しいのが、大半の者の考えだ。

此度も織田の大殿は乱暴狼藉や乱取りを禁じておられるが、思うたとおり徹底されておらぬ。

兵糧はすべて織田家が出しており、兵らには報酬も出す手筈になっておるが、必ずしも軍規を守るわけではない。奪えるところから奪うのが当然といえば当然であろう。食うものに事欠いておるわけではないのだが、血の気が多く欲深い者が多いからな。

特に此度は主勢が美濃者だ。ここしばらく、正しくは殿や我らが織田家に仕官してからの、織田の差配に従うたことがないからか、今までと同じと思うておる者が多い。

それでも織田方の領地での揉め事は避けたようだが、臣従しておらぬところまで来ると夜な夜な抜け出して近隣の村に行く者が少なくない。

味方でなければなにをしても大きな罰を受けぬことが、今までは当たり前であったからな。

されど、此度は軍規を守らぬ者には相応の罰が下される。勝手なことをする兵や将は許さぬというのが、此度の戦に秘めたる思惑のひとつ。

そして勝ち戦が続いて驕る者たちを諫めることが、もうひとつの思惑になる。

殿からは、大殿の命に従う見処のある者が無為に死んだりしなければ、負けてもいいとさえ言われておる。

まあ、勝てそうならば勝ってもいいとも言われたが、肝心なのは勝ち方なのだ。殿はなかなか難しいことを望まれる。もっとも、それはわしに期待してくださっておる証であろうが。

「もう少し強く命じればよいと思うのだが……」

「難しかろう。古参が幾人かおる」

ひとりの者が懸念を口にするが、そう容易いことではない。

大将は大垣城の織田造酒丞信辰様であるが、弾正忠家古参のおる尾張者を確と従えるのは少し難しいようにお見受けする。大殿を裏切るようなお人ではないと思うが、勝手をする者に強く出られぬようだからな。

「古参か。殿が織田一族となられたのが幸いだな」

「確かに……」

少し思案するようにしておった新介殿の言葉に、皆が安堵したように頷いた。

先にも挙げた古参の武士が幾人かおり、それなりに家柄血筋を誇る者もおるとはいえ、織田一族と言えるのは御家を除くと、娘婿として織田姓を名乗ることを許された大将の造酒丞様のみだ。

殿が清洲の大殿の猶子であることを鑑みると、我らが前線で擦り潰されることはあるまい。常ならば新参者の扱いというのは、いずこも良いとは言えぬからな。

あと御家の皆には殿の思惑と同じく教えてあるが、わしは軍監とは別に軍規を犯した者や抜け駆けをした者の把握を、大殿から密かに命じられておる。

危急の時に備えて、独自の裁量を認めて頂ける大殿直筆の書状も用意していただいた。

此度も忍び衆を相応に配置しておるが、役目は主に敵方への物見より味方の見張りなのだ。難しい役目だが、これも織田家がこの先さらに大きくなるには必要なことだ。

殿の目指す、戦のない太平の世を作る。そのために我らは正道を歩む者とならねばならぬ。

皆で話し合い、なんとしても役目を全うせねばならぬのだ。

side：久遠一馬

美濃と違い尾張は落ち着いている。ただ、開発で手間取っているのは街道整備だ。清洲・那古野・津島・熱田・蟹江を結ぶ幹線道路の整備を当初からオレたちは計画しているが、なかなか進展していない。

この計画には隣接する国人衆や寺社の理解と協力が必要なんだけど、それがまた難しい。道路を広げようとすると攻められやすくなると言うし、新しくしようとすると人の流れが変わると反発する。

特に該当地域は織田弾正忠家の本領といえる地域で、国人衆や寺社と織田家の繋がりが強いため強行策が取りにくい。

そんな道路で最初に開通したのは、清洲と那古野を結ぶ道だ。国人衆も清洲側は断絶した大和守家の家臣だったので扱いやすく、いち早く工事に取り掛かっていたんだ。

この道路は今後、尾張の道路の基礎となるので、道幅を大幅に広げて、導入予定の馬車が片側二台でも走れる広さにした。それと既存の技術のものだが、途中の川すべてに橋を架けていて、スムーズに移動出来ることになる。

以前は橋なんてないところが普通にあったからね。川の氾濫なんかで流される危険もあるけど、とりあえず便利になる。

「これはなんと乗り心地がよいものだ。しかも速いではないか！」

この日はガレオン船で運んだ馬車第一号にて、開通した那古野から清洲への道路で試験運転することにした。ただ、試験運転なのに信長さんが自ら乗ると言うので、オレとエルも乗っていくことになったけど。

牽引する馬はアラブ馬だ。中型で元の世界のサラブレッドの祖先に当たる。サラブレッドなんかよりは小型だが、気候風土の変化に強い馬であり、品種改良に向く。

牧場も二年目で安定しているし、今年からは海外の中型や大型の馬を繁殖させていく予定で持ち込んだ最初の馬がアラブ馬になる。

信長さんはご機嫌な様子で馬車の中から外を眺めているね。

馬車自体はシンプルな構造にしていて、時代的に板バネは早いので、サスペンションも使っていない。ただし、窓だけは硝子を嵌めているから、割れが怖いので窓枠に竹の弾力を使った簡単な防振機能を仕込んではいる。景色を眺めるのにはいいんだよね。

やっぱり元の世界の車や馬車と比べると振動は大きいが、整地したので乗り心地は悪くない。

オレと信長さんは向かい合うように座り、オレの隣に座るエルの胸が時々揺れる程度に振動はあるけど。長時間乗らない限りは問題ない乗り心地だろう。

将来的には鉄道馬車が理想かな。鉄道と同じでレールの上を走るから振動はほとんどないだろうしね。測量技術と土木技術に金属加工技術など、いろんな技術の底上げが必要だから先は長いよ。

「量産出来るかな？」

「大八車の職人ならば出来ると思います。ただし、大八車の需要も大きいので、少し時が掛かるかもしれません」

問題は普及させることだけど、エルによれば課題もあるらしい。尾張は職人の数のわりに、新旧を問わず物品の需要が多すぎて大変だからなぁ。しばらくはウチと斯波家と織田家で使う分くらいがせいぜいか。まあ馬車より街道整備が先だからな。

斯波家と織田家が乗るには駕籠みたいに装飾とか必要だし、作るのが大変そうだ。

ところで……、信長さんはやっぱり揺れる胸には興味がないらしい。この時代は胸を隠す習慣がなく性的対象にならないからな。

このまま西洋文化が入ってこないと、どうなるんだろうか。

side：滝川益氏

揖斐北方城まであと少しとなったところで、一旦軍議が開かれた。

「敵は民を謀って兵を集めたようだ。籠城するのであろう」

味方は物見の兵を出したが、近隣の村では動けぬ老人などしかおらず、あとは城に逃れたという。しかも民には斎藤家が攻めてくるので、捕まれば奴隷にされ他国に売られる故、城に集まるようにと吹聴し、女子供まで連れていったらしい。

中には織田が助けにくるまで持ちこたえれば勝てると言うたとか。いかにも、織田が攻めてくるといえば民が逃げるので謀ったようだな。

女子供を人質に無理やり戦わせるつもりであろう。小賢しい真似をする。

「ふん。山城とはいえ、たいした城ではあるまい。一気に叩き潰してしまえばいい」

「囲んでしまえば、すぐに兵糧は尽きよう」

懸念は味方にもある。此度の軍議では声が大きい者が幅を利かせておる。力押しか包囲か。左様な策ばかりだ。殿ならばいかがなさるのであろうか？

恐らく殿ならばここに来る前に噂でも流して、敵に人を集めた籠城などさせぬな。戦は始める前に勝敗を決める。それが御家のやり方だ。

考えてみれば理に適っておる。力押しでは被害が多く、包囲では無駄に待っておらねばならぬ。それならば事前に手を打つが上策だ。

「愚かな。この程度の城に手間取っては清洲の殿に呆れられるぞ！　清洲は半日で市江島も一日で落としたのだ！　我らも一気に落とせなくていかがする!!」

此度、尾張から来た者は自ら参陣を願い出た者のみで鼻息が荒い。美濃の国人衆もここで武功を立てて、大殿に取り立ててほしいのだろう。皮肉だが、武功次第では我が殿のように一気に重臣となるのも夢ではないと考えておるようだ。

「滝川殿。なにか策はあるか？　噂に聞く久遠家の知恵とやらがあるのならば聞きたいのだが？」

軍議は力押しに傾く中、森殿が発言を控えておるわしに声を掛けてきた。あまりに中身のない軍議に、少し嫌気がさしておるように見えるのは気のせいではあるまい。

「力押しをするにしても包囲をするにしても、周辺の国人衆に助力を求めるべきでは？」

とはいえ、かような時に策を求められても困る。矢面に立たされるではないか。だが定石というならば味方を増やすべきであろう。最悪包囲しておるだけで敵に威圧から焦燥を与えられる。

「左様なこと出来るか!!」

やはり鼻息の荒い者は異を唱えたか。手柄を立てる機会が減るからであろうな。別に参陣させなくとも、近隣の者を呼んで話を聞くだけでも価値はあるのだが。

この程度の城を落とせぬのならば、ここにおる者の器量が足りぬだけ。

「まあ、とりあえず行ってみようではないか。大軍なのだ。下手な策など不要であろう」

功名心と我欲に終始する有様に、大将の造酒丞様は力攻めか包囲か決めぬままに軍議を終えた。

大軍を活かすのは確かに必要だ。されど、この者らは勝手に抜け駆けをしてしまうぞ？　まあいい。わしは己の役目を果たすだけ。この戦は勝てばいいだけではないのだ。

ただ、かようになると殿が抜け駆けを許さず禁じた意味がよく分かる。策を講じても、それを抜け駆けで無駄にされたらたまったものではないからな。

side：久遠一馬

馬車は信秀さんにも驚かれたが好評で、すぐさま工業村で試作してみることになった。

持ち込んだシンプルな馬車は五台あるが、義統さんと信秀さんと信長さんに献上して、ウチで使う分と工業村にサンプルとして渡したもので終わりだ。

とりあえず使ってみて改良なり装飾なりを考えればいいだろう。日ノ本には漆塗りなど独自の装飾があるので、ある程度は職人の裁量に任せるほうが良い面もある。

　馬車を使えば駕籠よりは速く移動出来る。馬車よりは、馬での移動のほうが早いものの、一定の身分がなければ騎乗を許さない仕来りがあることで、従者が徒歩という場合が当然だ。

　今後、馬車を使う時は護衛を騎乗のみとすれば、かなりスピードアップ出来るだろう。現時点でウチがサポートをするのは斯波家と弾正忠家くらいなので、あとは様子を見つつ自力で運用出来るようにしよう。なにもかもウチがやるのは問題だしね。ウチはきっかけになればいい。

　ああ、馬車用の馬は蹄鉄と去勢がセットでしてある。去勢は去年からしていて蹄鉄もウチの馬はしていたんだけどね。海外だと普通にある技術だし。

　繁殖用のアラブ馬も二十頭ほど連れてきている。まずはその数で様子を見て、必要とあれば数を増やすことや大型の馬とか種類も増やす予定だ。

　この日は太田さんが自身の領地のことで相談に来ていた。

　太田さんの領地がまた大変だったんだよね。絶縁していた従兄弟一家にあった借金は関係ないし払わないことになったが、領民が村名義で借入していた借金があった。

　農業試験村と同じく利息が高いので、ウチが一括で返して村からウチに返すことで調整した。太田さんは遠慮していたけど、ちょっと額が大きくて大変だったんだよね。

　もちろん、借金以外の領地の運営は口出しせず、若い家臣たちに領地の運営を勉強させてやってほしいと頼んだんだけど。

「うーん。オレはいいけど、領民は？」

「はっ、理解は得ておりまする。むしろ殿のお役に立てることを喜んでおりまする」

太田さんから領地を農業試験に使ってほしいと提案された。

「確かに試す場所は増えると助かるけど……、ねえ？」

「そうですね。新品種の栽培を試す場所は増やしたいところでしたし、試験村が一ヶ所のみの場合、試しの幅が狭まり、先々、他の地域では上手くいかないおそれもありますので」

太田さんの領地だし、太田さんが望むのならば協力したい。考えてみれば当然か。太田さんは去年の試験村の成果を記録していたから知っているし、自分の領地でもやりたくなるよね。

一応エルに意見を聞くけど、やっぱり試験村がもう少し欲しかったのが本音か。人様の領地だといろいろと問題もあるけど、身内の領地だと責任さえ持てばやりやすい。別に人命に関わることをするわけではないんだ。極論を言えば、もしもの損害を銭や米で賠償すれば済む話だ。

もともとウチは評判がいいけど、借金の借り換えで太田さんの領地でも相当感謝されているらしい。なんかむず痒くなるよ。

「某も久遠家の家臣なれば、領地を是非お役立てくだされ。一日も早く皆で飢えぬようになりとうございまする」

試験栽培の米はＦ１種の予定なので、基本は全量を買い上げて、翌年にはまたこちらで種籾を新たに配る計画なんだよね。

まあ、農家で食べる分くらいは、精米して胚芽さえ落としてしまえば残してもいい。次の年の種籾として融通とか横流しとかされたら困るからね。そのあたりを上手く説明して理解が得られるのならば構わないだろう。流出した種で他国はまだしも、近隣の織田領内が大不作なんて困るからね。

「分かった。それならお願いするよ」

「ありがとうございまする」

　失敗する可能性があることも事前に伝えてある。もっとも自然災害での失敗などは言わなくても理解していたけどね。

　しかし、みんなで飢えないようにか。オレやエルたちだけじゃない。いつの間にか久遠家の目標がそれになっている。本当に頼もしい限りだ。

「かじゅまー！　えほんよんで!!」

　太田さんが嬉しそうに笑みを見せた時、パタパタと廊下を走る音がする。どうやらお昼寝をしていたお市ちゃんが目を覚ましたらしい。

　この日は献上した馬車でさっそく姫様たちがウチに遊びに……、じゃなくて勉強に来たんだ。オレやエルたちは明や南蛮を知る人材だからね。高僧に教育係を頼むようなものなんだろう。

「わふ！　わふ！」

「ワン！　ワン！」

　お市ちゃんはすっかりロボとブランカと仲良しになったなぁ。でもさ、その絵本さっきも読んだよね？　本当にお市ちゃんとロボとブランカのパワフルさには圧倒されるね。オレ、仕事がまだあるんだけど。

今度、牧場村にでも連れていくか。あそこは動物も増えたし、ウチの子になった孤児の子たちもいる。お市ちゃんたちのいい勉強になるだろう。

それに同年代の女の子の友達も作ってやりたい。武家の娘だと身分とか気にするし、実はウチの子たちが一番身分とか気にしないんだよね。

最低限は身分の教育もしているし、ウチの子たちは信長さんの子分みたいなもんだから。仲良くなれるだろう。

side：滝川益氏

「かような夜更けに呼び出しとは……。新介殿。済まぬが同行してくれぬか？　なにもないとは思うのだが、念のためにな」

「無論、同行しましょう」

軍議が行われた夜、大将の造酒丞様に呼び出された。すでに夜更けにも関わらず何事だ？

万が一を考えて、新介殿に同行を頼んだ。味方とはいえ、なにがあるか分からぬ。もしなにかしらの謀であっても、ふたりならば御家の者がいるところまで戻ってこられよう。

残りの者と衛生兵や忍び衆も、いざとなればすぐに動けるようにさせる。造酒丞様を疑うわけではないが、我らは新参者で目立つ。なにかあってからでは遅い。

「こんな夜更けに済まぬな」

「いえ、構いませぬ」

造酒丞様の寝所に行くと、森殿と幾許かの武士が集まっておる。昼に力攻めを主張しておった者などはおらぬが……。

「さて用向きだが、明日には揖斐北方城に着くが、確とした軍議をしたくてな」

造酒丞様は集めた者たちを座らせると、さっそく本題に入られた。まさか、かような刻限に軍議を隠れて開くとは……。

「清洲の殿からは好きにやってよいと言われておる。されど、無策に力押しでは敵に利するだけであろう？　手柄が欲しいのは分かるがな」

いかにやら慎重なお方らしい。ならば昼の軍議で言えばよかったものを。まあ中には弾正忠家古参の者もおったな。下手に言えば軍が割れるか。造酒丞様も辛いお立場ということか。

「では前提となる周辺勢力の動静から申し上げまする。六角、朝倉共にこの戦に介入する気配はありませぬ。また斎藤家家中と西美濃の国人衆も敵に付く者はおりませぬ」

軍議を主導するのは森殿か。内々だが揖斐北方城は森殿に任せられることになっておったな。造酒丞様とも意思疎通が出来ておるようだ。

土岐家残党が孤立しておるのは確かだ。奴らがいずこの馬の骨とも知れぬ者を土岐家の後継だと立てて、西美濃の国人衆に従えと文を出したが、誰ひとりとして応じておらぬ。

最後まで土岐家に従うておった穏健派もおったが、かの者らですら多くは無視しておるのだ。

「力押ししても落ちそうな状況ですな。あの者らの心情も分からんではない」

「されど、清洲や市江島と一緒にするのは間違いであろう。あれは殿が久遠殿と謀って、戦の前に随分と相手の力を削いでおったのだ。それに金色砲や南蛮船もあった」

そう。力押しを主張する者らは知らぬのだ。あの戦は殿と大殿があれこれと敵を追い詰めておったことを。大殿もすべての策を皆に明かしたわけではないからな。

無論、ここに集まった者のように知りおく者もおるがな。

「滝川殿。金色砲はないのだな？」

「ありませぬ。されど城門を破る程度の簡素な砲は持参しておりまする」

同席する者に金色砲のことを問われた。やはりあてにしておったか。造酒丞様が小さく頷かれるのを見て答えた。

此度は金色砲より軽く簡素な木砲を密かに持参したが、その件は造酒丞様と森殿以外には明らかにしておらなんだからな。前線で使い捨てにされてはかなわん。

「ふむ。ならば力押しも出来なくはないか」

「いや、金色砲ほどでないとしても砲があるのならば、むしろ脅しに使うべきだ。金色砲の噂は美濃にも知られておる。所詮、奴らは本物を見たことがないのだ」

確かに木砲があるのならば脅しに使うべきだ。久遠家におれば慣れてしまい、あまり実感はないが、金色砲の噂はまるで南蛮妖術か神仏の力のように言われておるのだ。

少なくとも集められた民の士気は下がり、それを統率出来る将などおるまい。

「だが、それでは奴らが収まらぬぞ。滝川殿の手柄になってしまうではないか」

そうなのだ。策を講じるのは構わぬが、力押しを主張する者らが欲しておるのは武功であり手柄だ。当家の要否に関わらず目立つのは望むまい。

「いっそ奴らに先鋒を任せてしまえばいかがかな？　城を落とせたらよし、我らは上手くいかぬ時の策を考えたほうがよかろう。この場に無策な力押しに加わりたい者はおるまい」

結局、力押しを主張する者らをいかにするかに話は変わるが、造酒丞様は奴らを捨て石にするようなことを口にされた。

それが無難か。敵を勢いづかせるのは気になるが、殿が戦の勝敗より大事と言われた見処ある者は、大将である造酒丞様の意に反して力押しなど望まぬであろう。ならば殿のお言葉の裏は、此度の戦で造酒丞様の意に反して力押し致す者など要らぬということであろうからな。

「ひとつだけ拙者からもよろしいか？　敵をあまり追い詰めぬほうがいいかと思いまする。死兵と化すと厄介故」

「確かに、さすがは柳生殿だ」

最後に終始無言だった新介殿が意見を口にして決まった。造酒丞様は城の正面に力押しを望む者らを配置して、我ら久遠家は造酒丞様と同じ後方となった。

我ら久遠家が前線に出ると、手柄が欲しい者らが騒ぐのが理由だ。家柄もある。織田一門である我ら久遠家が前線に配置されるのは、望まぬ限りはない。

造酒丞様は前線に出たいかと聞いてくださったが、不要だと答えたからな。

無論、武功は欲しいが、久遠家における限り機会はあろう。無策な力押しの手伝いなど御免だ。

side :リンメイ

「何卒、良しなにお願い致しまする」

「申し訳ないけど、桑名の商人には売れないネ。あと、用件はすべて清洲を通してほしいよ」

商い禁止にしている桑名の商人がやって来た。年が明けても一向に許される様子がないことに困ったとも思えるし、焦れたとも思える。

頃合いを見て矢銭を納めて許される。そう思っていたのは分かる。ところが後ろ盾の願証寺も織田も一向にその気配がないからネ。

斎藤家との婚礼もまた彼らを追い詰める一因となった。ただでさえ近隣の商人が避けるようになったというのに、美濃斎藤家まで桑名との商いを禁止すると噂になっていることもある。

「悲壮にも見えまするな」

役目として津島に来ていた湊屋彦四郎殿に同席してもらったけど、なんとも言えない様子でため息を漏らした。

すべての商人が悪いわけではない。また彼らはこの時代の常識で動いただけネ。

「理解はする。でも甘い顔をしては今後に影響を及ぼすネ」

伊勢で織田に協力的なのは大湊くらい。宇治、山田、安濃津などの町は今までと変わらず敵味方問わず商いをしている。甘い顔は出来ないネ。

「揖斐北方城のほうが終われば、かの者らも理解致すことでしょう」

北美濃と東美濃は当分変わらないものの、土岐家残党の始末が終わると美濃は一区切りとなるネ。

桑名が全面降伏をするか、それとも……。

いずれにせよ、私たちのやることは変わらない。地域一帯の流通と商いを円滑に進めるだけよ。

「そろそろお茶の刻限ネ。今日は大福よ」

「ほほう、それはようございますな」

思った以上に私たちの商いと理想を理解している。湊屋殿が久遠家の、いえ尾張の商いの中核を担うのは遠くないことかもしれない。この先が楽しみネ。

side：滝川益氏

翌朝、小高い山にある揖斐北方城を前に全軍が布陣した。

造酒丞様は念のため降伏を促すとのことで、地元の坊主を使者として送られた。一戦交える前に敵が降伏することはまずあるまいがな。下手にこちらの者を送れば殺されてしまう故、地元の坊主を送られたのであろう。

あと造酒丞様は近隣の国人衆も呼ばれたようだ。出陣を求めたのではなく、話を聞くためらしい。それほど堅固にして備え多き城ではないし、状況もある程度は知れておるが、忍び衆の話では近隣の国人衆も呼ばれるかもしれぬと支度をしておるからな。なにかの役には立つであろう。

「あれは村を焼いておるのか？　また勝手な抜け駆けを……」

ふと気が付くと煙が見える。使者として送った坊主が戻らぬうちから、誰かが近くの村に火を付けたらしい。

乱暴狼藉は禁じておるはずなのだがな。相手の出方も分からぬうちから村を焼いていかがする？付け火の首謀者は雑兵ではあるまい。雑兵は薪一本、藁縄一尋であれ、持ち帰らんとするのだ。

忍び衆の報告では付近の村は空だという。わざわざ燃やさなくてもよいものを。村の再建がいかほど大変か理解しておらぬのか？

あれでは敵方の民を結束させるだけではないか。

やはり交渉は決裂したか。所詮、まとまらぬ交渉ではあったが、こちらが先に村を焼いたと非難しておったそうだ。

造酒丞様は五千のうち、力押しを頑なに主張しておった者たちの手勢、千余りに城攻め先鋒を命じられた。最早、奴らにやらせるしかないのだが、従わねばならぬ兵が哀れだな。

「鉄砲隊は支度しておけ。焙烙玉と木砲もだ」

「はっ」

やはり村を焼いたのは奴ららしいな。略奪品であろう農具や銭袋など持っておる愚か者がおる。かの者らだけで城を落とせるか？　無理だな。わざわざ敵方の民の怒りを買い、やる気を出させたのだ。激しい抵抗があろう。

敵は戦えぬ者も含めて千人から二千人。千人程度の兵では落とせぬ。逃げ帰ってきた時に敵が討って出てくるやもしれぬ。敵を叩く支度をせねばな。

衛生兵と荷駄隊はもう少し後方に下げたほうがよいな。本当に退くこともあり得るかもしれぬ。

戦端が切られた。

勇ましげな声と共に自ら先陣を切ったのは、共に尾張から来て、頑なに力押しを主張しておった者だ。聞けばたいした武功もなく、武芸大会でも初戦で敗れたと聞く。

懸念は奴が弾正忠家では古参にあたることか。我らや森殿はもとより、造酒丞様でさえも陰では新参者呼ばわりしておったと聞く。

噂では日頃から父や家族に武功のなさを責められ、死んでもいいから武功を挙げてこいと言われておったとか。

ふむ、今のところはこちらが押しておるな。ただし、城門に辿り着くことも出来ておらぬ。

されど、あの男……、一番槍の手柄を挙げたはいいが、真っ先に手傷を負っておるわ。

道中の勝手な行状と付近の村への火付けまでしたのだぞ。いくら一番槍とはいえ、真っ先に脱落しては武功どころか大殿のお怒りを買うことになるのだが。

「滝川殿、奴らが逃げ戻り次第、近隣の国人衆を交えて再度軍議を開く。次の攻めには金色砲を使う策を用いるかもしれぬが、前で使い潰すなどせぬ故、心得てほしい」

攻防は一進一退だが、そんな最中にもかかわらず森殿が来た。

いかにも奴らに見切りをつけたようだ。本腰を入れて城攻めをする算段を始めたか。

「それは構いませぬが、重ねての力押しでは、計が足りぬと、清洲の大殿様に思われませぬか？

内から崩すことを試してみては？」

「出来ることならばそうしたいが、あの愚か者どものせいで敵は勢いに乗っていよう。出来るのか？」

「実に崩せなくとも、敵方にこちらが混乱して弱気になっておると見せれば、油断を誘えるのでは？」

「確かに……」

わしとて殿にお仕えしていろいろと学んでおる。愚か者どもと同じ愚を犯すのは浅はかというものだ。策は成功した時より仕損じた時を想定しておけば大きな間違いはあるまい。

殿は負けてもよいと仰せであったが、愚か者の失態で十分であろう。森殿も困っておるようだし、城は落として帰るべきだな。


力押しで攻めておった味方は、犠牲を出しながらも城門までは辿り着いたようだ。

されど、難しいのはここからだ。あまり大きくない城とはいえ、敵も城門は一番守りを固めておる場所だ。さらに味方は勝ち戦に浮かれておった者ばかり。

「そろそろだな。支度はよいか？」

「はっ！」

いかに身勝手とはいえ味方は味方。そろそろ退いてくるであろうが、敵もすんなりと退かせてはくれまい。討って出てきた時に備える。

鉄砲は今のところ当家と警備兵と造酒丞様のところにしかない。運用はまとめたほうが良いであろうと、すべてわしが差配することとなった。

他の者たちも弓や礫に槍で戦う心算だ。さすがにここで敵に打撃を与えなくば、あとで困るからな。

真っ先に逃げ出してきたのは雑兵だ。かの者らは手柄を立てても上役の武士に奪われることも珍しくない。恩賞も多くないのが当然だ。己の村を守るでもない戦で命など懸けぬ。

先陣で切り結ぶ者らは城門を突破しようとあがいておるが、味方の士気は下がって雑兵が逃げ出しておるのだ。渋々退いてくる。

「敵兵、およそ二百‼」

やはり討って出てきたか。敵もなかなかの相手だな。

敵にとっては、ここでいかにこちらを叩けるかが肝要であろう。だが敵将は少し読み違えておるな。味方の主勢は力攻めの者たちではない。こちらなのだ。

「味方に当たらず、敵のみに当たる機を待つ。構え……。撃て！」

「ぐわっ⁉」

「なんだ⁉」

「うろたえるな！　鉄砲だ！　一度撃てばしばらく撃てぬ‼」

一斉に火を噴く鉄砲の音に、敵は驚き勢いが止まる。敵には、まだ鉄砲を見たことがない者も少なくないらしい。差配しておる者は鉄砲の欠点を知っておるようだが甘いな。

「第二組、前へ！　撃て！」

敵が態勢を立て直そうとしたその時、第二組の鉄砲を放つ。

「まだだ！」

「しばらく撃てなかったんじゃないのか⁉」

「何故だ！」

愚か者め。誰も鉄砲を一度に皆で撃つなどと決めはせぬし、愚か者に斟酌《しんしゃく》する者はおらぬわ。此度持参した鉄砲はおよそ百丁。当家と警備兵は日頃の鍛練の賜物だろう。扱いも悪うない。造酒丞様の兵は慣れておらぬのか手間取っておるが、さしたる懸念はない。

鉄砲はただ撃てばよいわけではないのだ。状況に合わせて扱ってこそ意味がある。

「かかれー！」

鉄砲と同時に放たれた弓や礫の成果もあり、敵の勢いは止まった。そこに森殿や新介殿が攻め込むと敵は一気に崩れ逃げていく。

やれやれ、これでやっと落ち着いて城攻めが出来るな。

「何故！　討って出ぬのだ‼」

「城の城門までの道は狭い。大軍の利があまり役に立たぬのだ。左様なことも分からぬのか？」

新介殿はなんと敵の兜首を幾つか挙げて戻ったわ。御家の者は被害もなく完勝と言えるが、造酒丞様の本陣に今後の話をするために出向くと、力押しをしておった者らが怒り心頭の様子で怒鳴っておる。

いかにも皆で力押ししなかったことが気に入らぬらしく、他にも討って出てきた敵兵を追い打ちせなんだと責めておる。言い分は的外れではない。されど……。

確かに敵は蹴散らしたが、山城故、城門までの道は狭い。ここで欲を出して追い打ちなどしてみろ。またさっきと変わらぬ状況に戻るだけではないか？

「いや、あのまま皆で攻めておれば、今頃は……！」

「そなたらが手柄欲しさに、他の者を疎んだのであろう？　もうよい、下がっておれ。あとはわしらでやる」

「それはいかなる意味だ！　わしは長年弾正忠家に仕えておるのだぞ！」

ああ、力押ししておった者らは城を落とせぬ原因を、我ら力押しに加わらなんだ者のせいにしたいらしいな。呆れてものが言えぬ。

「ならば、確と申し渡さねば分からぬか？　清洲の殿からは森殿と滝川殿とよくよく計って城を落とせとの書状が届いておる。そなたらなど名すら書かれておらぬわ。古参もおるゆえ一度は任せたが、失態の責まで持てぬ。下がらねば捕らえるぞ!!」

とうとう温厚そうな造酒丞様がお怒りになられた。

だが致し方ないことだ。もともと造酒丞様は織田一族の娘を娶り、織田姓を許されたと聞いておる。なればこそ弾正忠家古参に配慮したというのに、かように言われては我慢出来ぬのも当然よ。

そのまましばし睨み合っておったが、奴らはなにも言わずに造酒丞様の前から去っていった。あの者らには見張りを付けねば、なにをするか分からぬな。忍び衆に命じておくか。

「さて、今後のことを決めねばな。滝川殿、手傷を負った者はいかほど出たのだ？」

「はっ、死者と手傷を負った者が合わせて六十ほどでございまする」

邪魔者がおらなくなり造酒丞様は残る者たちで軍議を開く。皮肉なことだが、奴らのおかげで衛生兵の必要を打ち出されたケティ様のお心を理解したわ。

「そうか。すでに国人衆に声を掛けておる。到着し次第、改めて軍議を開く。それと奴らが次に勝手をしたら誰であってもよい、捕らえろ。討ち取ってもよい。責はわしがもつ」

幸いにして手傷を負った者は多くない。さらに敵を蹴散らしたので五分と五分であろう。

あとは、なんとか城の中の民を味方に付けることが出来れば、こちらのものなのだが。


周辺の国人衆を迎えて軍議が開かれる。

籠城しておる者らと誼のある者も中にはおり、再度城に降伏の使者を送ることとなった。

此度は大殿も斎藤山城守殿もおられぬが、すぐにでも来る支度はしておると言えば敵も考えるであろうと。それに形はともかく一度は攻め手から城を守り武威を示したのだから、美濃国外への退去を条件に降伏を促すことになった。

「そうか。では明日の昼までは待とう」

使者はすぐに戻ってきた。返答は明日まで待ってほしいというもの。造酒丞様はそれを受け入れ、今日はここまでとなる。

それにしても力押しばかり求める奴らには困ったものだな。敵もそうだが、奴らも見張らねば勝手に夜襲でもかけてしまえば大事になるぞ。

「今宵は酒はなしか」

「戦場にしては豪勢な陣中飯、戦飯ですな」

そのまま何事もなく夜を迎えようとしておる。今宵は白い飯と味噌汁に、野の菜と肉の炒め物と魚の干物まである。酒がないのは寂しいが、戦飯としては考えられぬほど豪勢だ。新介殿らも喜んでおるようだな。

此度は兵糧を織田家で一括して運んでおるので、他家他衆の手勢でも白い飯と味噌汁に魚の干物はあるはずだ。ただ、御家の手勢とわしが差配を任されておる警備兵と衛生兵などには、さらに肉と野の菜の一品を出しておる。

炊事も余所ではそれぞれ勝手に致しておるが、殿のお考えで我らは一度に皆の分を作らせておるからな。そのほうが安上がりなんだそうだ。

肉と野の菜は、周囲に物売りに来た商人から買うたものだ。銭はわしが出す。久遠家の名はここでも大きい。常ならば戦場で買うと値が高くなるが、久遠家ならばとだいぶ安かった。

戦場故、持参しておらぬが銭はある。禄は多いものの御家では使う機会が多くないからな。かような機会でもなければ使わぬ。後日払うことで商人と話が付いた。

そもそも久遠家の禄は変わっておる。常に鑑みるならば土地に見合うた禄を頂き、それに合わせて義務がある。例を挙げるならば、戦には禄に合わせて人を出さねばならぬが、それがない。

当初はそれでも滝川一族を養う禄だったはずが、いつの間にか一族の皆が働いて御家から報酬を得ておる。

無論、滝川家からも禄は出しておるが、それも粗方は八郎叔父上が出しておるので、わしの禄は好きに使えるのだ。

本来の禄が実入りそのものではなく土地の額面であることや、一族や郎党に下人が食う分が含まれておることを考えると額がおかしい。

まあ、殿に言うてもこれが御家のやり方だとおっしゃるので致し方なしで、禄が多いことに文句があるわけではないのだが。

ただ、これでいいのか？　という思いは未だにあるな。

side：土岐家残党

「だから言うておろうが！　最後まで戦うのみ!!」

「己は理解しておらぬのか！　山城守も弾正忠もおらん奴らにやられたのだぞ！」

すでに夜も更けておるというのに、未だに降伏するか戦うか決められんとはな。

もともと守護様がおればこそ、なんとかまとまっておっただけに、おられなくなるとこの有様か。

あまりいい主君ではなかったが、それでもおられぬと困るということか。

「だいたい己が欲を出して、討って出たのが失態であろう！」

「なんだと！」

城内に籠る者も、抗戦派と和睦派では和睦派が比するまでもなく多くなりつつある。無理もないな。一戦も交えぬまま引くことは拒絶したのだが、そこからは各々で考えが違う。

武威を示してさっさと引きたい者もおるのだ。美濃には血縁や親戚がおる者も多い。黙って城を渡せば臆病者と誹られても、一戦交えて敵将から降伏を促されたとなればまた話が変わる。

さらに近江の六角と浅井や越前の朝倉に使者を出したが、返事を待つ間も残されておらぬ。

討って出たことで多くの者が討たれた。このままでは後詰めが来ぬままに城が落ちるのは明白だ。

織田と戦い勝ったとまでは言えなくとも、引き分けたと言えるのはこの時しかないと考える者も多い。

「外には久遠も来ておるのだぞ！　あの南蛮船の旗印は久遠だ！　金色砲を持ってきておれば、この城とて、瞬く間に落ちるぞ！」

そう。和睦をと考える理由は久遠にもある。旗印を見た者が多数おるうえに、高価な鉄砲を信じられぬほど多く使うておったのだ。当主が来ておるのかは知らぬが、噂の滝川八郎あたりが来ておることは間違いあるまい。

金色砲は南蛮の武器だと聞くが、川舟で運んだのだろう。あれを使われれば勝ち目はない。

「おっ、己らっ！　なっ、なにをする」

最早、話し合っても無駄か。我らは最後まで戦うべしと主張する者らを捕らえにかかった。

当然、奴らとて黙って捕らえられるわけもない。刀を抜いて斬り合いになるが、それでもこの戦は止めねばならぬ。

後詰めのない籠城と、その気になれば後詰めが増える相手では引き際が肝心だ。今はまだこちらの首まで要求されておらぬのだ。無念だが、我らの負けだ。

side：滝川益氏

「申し上げます。お味方の陣中に不穏な動きあり。いかが致しましょう？」

「すぐに森殿に知らせよ。造酒丞様方を固めるのだ」

もう夜が明けようとする頃、見張りの忍び衆が起こしにきた。やはりと言うべきか？　かの者らも後がないということであろうな。

出来れば朝まで皆を寝かせてやりたいが、そうもいかぬ。起こして騒ぎを大きくする前に止めねば困ったことになる。

「動いたか？」

「ああ、起きておったのか？」

「動くとしたら、そろそろだと思うてな」

すぐに新介殿を起こしに出向いたが、休んでおっても起きておったようだ。新介殿と手練れの者と共に、不穏な動きをしておる者のところに急ぐ。

大殿の命により尾張からは雑兵を連れてこぬはずが、奴らは家臣だと言うて、数十もの民を兵として連れてきておる。

「まだ夜も明けておらぬというのに、なにをしておられる？」

「黙れ！　余所者が！　わしを誰だと思うておる‼」

やはり朝駆けをするつもりか。音を立てぬように戦支度をしておったわ。

「黙ることは出来ぬ。この戦は我らにとっても関わりのあること。もう一度問う。なにをしておられる？」

「知れたこと。油断しきっておる敵を、朝駆けを以って殲滅するのみ」

「降伏を促しておるというのに、左様なことが許されると思うのか？　造酒丞様はもとより、仲介しておる国人衆や、ひいては清洲の大殿の面目を潰すことになるのだぞ」

「ふん！　勝てばいいのだ。勝てば！」

この者らの言い分にも一理ある。だが織田が目指すのは騙し騙される乱世ではない。

最早、お互い引くに引けぬか。

「いかにしてもというのならば、斬ってでも止めるぞ？」

「望むところだ」

同じ陣に参じたにもかかわらず、かようなことになるとは残念だ。

この場におる相手は十五人ほどか。味方は六人。数のうえでは少し不利だが致し方あるまい。

「てやああ‼」

真っ先にこちらに斬りかかってきたのは、一番槍の手柄を挙げた者だった。手傷が癒えておらぬというのに、その気迫は感心する。

「なんの！」

だが奴の刀がわしにまで届くことはなかった。奴は新介殿の一太刀にて手甲の隙間から斬られて、痛みに転げ倒れた。

無論、敵意がある者はまだおる。こちらに刀や槍を向けてくるが、新介殿が次から次へと倒しておるではないか。新介殿の武芸の腕に一気に静まり返ったほどだ。わしも負けておられぬわ。

しかし、また剣の腕が上がったな。この数ヵ月、ジュリア様や塚原殿に鍛えられておった成果か。セレス様はいずれかと言えば、術理や兵法を説かれるを好まれるからな。

「もう気が済んだであろう？　これ以上やれば裏切り者とせねばならなくなる。今ならばわしが取り成すゆえ、大人しく引け」

決着は付いた。新介殿を筆頭に皆で戦って制したのだ。とはいえ相手も味方、まだ生きておる。思えばこの者らも哀れでならぬ。大殿のご心中を察することが出来る立場でもなく、なにがなんでも武功を挙げて認められねば、帰るところがないのだ。

滝川家は八郎叔父上が寛容ゆえ、左様なことはなかったな。されど、厳しいところは武功を挙げるまで帰ってくるなと言われるところもある。

嫡男ともなれば左様な扱いは受けまいが、控えの次男とて相応であろう。儘ならぬ身の三男以降の扱いは知れたところだ。

「己などになにが分かる！　哀れみなどの侮辱は許さぬわ！」

わしの言葉はこやつの誇りを傷つけてしまったらしい。片腕を斬られながらも、それでもまだ男はこちらに斬りかかろうとしてくる。

されど、昼の怪我に腕の傷ではわしに斬りかかることも出来なんだ。


「戦に来て味方も使えぬとはな……」

事態が落ち着いたのは、すっかり夜が明けた頃だった。

森殿も朝駆けを狙った美濃国人衆のほうを押さえたらしく、事態を知った造酒丞様は、ご自身に責を感じておられる。

わしもさほど多く戦に出たことはないが、八郎叔父上の話では戦場での裏切りは珍しゅうないと聞く。かようなことも珍しくないのであろうな。

「申し上げます！　敵方の城に不穏な気配あり！」

そのまま時が過ぎ、降伏するか否かの返答の刻限が間近となった頃、土岐家旧臣の籠る揖斐北方城に動きがあった。

まさか、降伏せぬのかと皆の顔色も変わり、味方が慌ただしくなる。

戦とはならなんだ。しばらくすると城から降伏の使者が来て、条件の交渉に入った。

昨日、城から討って出た者の中に敵方の主だった者が幾人かおったらしく、その者らが討ち死にして士気が落ちたことで、最後まで戦うという強硬な意見が変わったようだ。

あとは徹夜で話し合った末に、最後まで徹底抗戦を口にしておった者を他の者が取り押さえて降伏を決めたようだな。

「首は要らぬ。城を開け渡し、城内の者を解き放てばよい。そなたらは追放とする」

敵は徹底抗戦を主張しておった者の首を差し出して終えようとするも、造酒丞様はそれだけでは許さず、追放することにされたようだ。ともあれ、城の明け渡しを済ませれば終わりだな。


天文十八年、春。清洲と那古野の間を馬車が走ったという記録がある。

馬車は世界的に見れば皇歴以前、西洋が唱える紀元前からあったものだが、日本で記録に残る最古はこの時になる。もっとも牛車はこれより以前からあり、京の都などでは知られていたものの、西洋式の馬車はこの時が初めてとなる。

時期を同じくして南蛮から馬が牧場村に輸入されたと記録にあり、馬車を引いた品種はアラブ馬と思われる。

織田家では清洲城の改築と、清洲と那古野の町の拡張などを同時期に行っていたが、街道の整備も行っていた頃で、最初から馬車の運用が計画されていたとの資料がある。

当時は道が良ければ攻められやすいと考えるのが一般的で、街道の整備は苦労したと伝わるが、馬車の登場や久遠家主導の改革の成果もあって、これを機会に一気に進むこととなった。

揖斐北方城の戦い

天文十八年、春。土岐頼芸の頓死により美濃土岐家は事実上終わりを迎えた。

残された家臣は織田に付くか斎藤に付くか、それとも独自の道を選ぶか対応が分かれたと『織田統一記』にはある。

頼芸の一族は美濃守護代であった斎藤利政により近江に追放されたが、一部の家臣が血縁の者を迎えて土岐家継承をしようとしたものの利政は認めなかった。

利政は斯波と織田の仲介した和睦を潰してしまったお詫びとして、揖斐北方城を接収する許可を織田に与えている。

その名目をもって織田は揖斐北方城を攻めるものの、信秀以下、信長や一馬も参陣しておらず、これまでの戦では自身が戦場に赴いていた信秀にはない戦い方であった。

それに関して『織田統一記』には、織田が新たな体制となるための布石だと記されていて、拡大を続ける織田が信秀の出陣をしない形を模索したと思われる。

なお『久遠家記』には織田の軍政改革に悩む一馬と大智の方こと久遠エルが進言したとあり、当時の日本の戦の在りように久遠家が悩んでいた様子が記されている。

皇歴二七〇〇年・新説大日本史

第八章　戦が終わって

side：滝川益氏

戦は終わったが、それで即座に領地が手に入るわけではない。領内の村を従え、近隣の者との領境を決めるなどやるべきことは多い。

さらに追放される者たちも身一つで叩き出すわけにはいかぬ。左様なことをすれば、奴らは途中の村でも襲うだろう。

そもそも一言で追放と言うても、誰を追放するかは場合による。土岐家のような名も権威もある家を追放する場合は、後顧の憂いを絶つためにも相応に多くの者たちを追放せねばならぬが、此度のように旧臣が意地で蜂起したくらいではそこまでする必要もない。

特に土岐家旧臣は斎藤家や美濃の国人衆に血縁が多く、中には隠居して出家するなどして残りたい者や家族を残したい者もおる。奴らの処遇と領地をいかにするかということは斎藤家とも話す必要があり、戦が終わったのですぐに追放とはいかぬのだ。

こちらは動員した五千の兵のうち、降伏した敵の見張りや後始末にも兵は要るので二千は残さねばならぬ。あとの三千は先に帰すようだ。

まあ、常ならば領地のことは治める者に任せるのだが。されど、他家とは違う新たな体制を固めるためにも、この地を織田の仕切りに従わせるべく、織田本家が始末と治めるための差配を主導することになっておる。

手傷を負った者の治療はもとより、人質になっておった民の把握も必要で、愚か者どもが焼いた村の始末もせねばならぬだろう。

これも常は捨て置くか再建を命じるかくらいで、武士が直に再建をすることは滅多にない。

とはいえ織田では領地の復興に力を入れており、それに殿ならば必ず焼かれた村の再建をなにより大事とされるだろう。正式には大殿の裁定を待たねばならぬが、わしで出来る範囲で再建のための資材の調達などはしておきたい。

ああ、検地と人の数を調べる支度も今のうちにしておこう。

「滝川殿、この件だが……」

「それは大殿の裁定待ちなのだが、時がないな。よかろう。わしから大殿に書状を出しておこう。進めてくれ」

仕方ないことなのだが、戦が終わった後のほうが忙しい。

それにわしは久遠家家臣。織田家では陪臣の身分であるというのに、並みいる直臣を仕切っておるのは何故だ？

言い訳をするつもりはないが誰も己から動かぬので、わしが久遠家の者と警備兵を使い、森殿を助けておったら、皆がいかにすればいいかと聞きにくるのだ。

まあ、働いてくれるのならば構わんのだが……。

実のところ、直臣というても、大殿にお声掛けいただいたことがない者すらおる。直臣の嫡男ならばともかく、次男や三男などは大殿に目通りすら叶わぬ者もおるのだ。

本来は戦が終われば、下命もなく自領になるでもない地のために、かの者らは働かなくてもよいのだがな。とはいえ、働いてくれた者たちには後ほど相応の功が認められるであろう。

下手をすれば戦で兜首を挙げるよりも認められるのかもしれぬが、誰も気付いておらぬようだな。

ここ揖斐北方城は尾張から遠く、大垣からも隔たりがある。織田の統治を周辺の国人衆に見せるためにも手を抜けぬ場所だからな。

side：久遠一馬

今朝は海苔の佃煮……じゃなかった海苔の大野煮がある。

昨年から佐治さんが試していた海苔の養殖が成功して、板海苔と海苔の大野煮として販売しているが、人気になって高値で売れている。

味もいい。大野煮はそもそも史実では佃煮として有名だし、作り方もさほど難しくないので伊勢の一部で真似するところが出ているほどだ。

もっとも余所の偽物の大野煮は砂糖が高価で使えず、醤油に関しても畿内の一部で製造しているものが僅かに利用されている。しかも、醤油は生産量が少ないので、そう簡単には使えない。そのため、お世辞にも美味しいとは言えないものだ。

結果的に史実で醤油の普及前に作られていた製法と伝わる塩煮、塩味の大野煮として作って売られている。保存がある程度でも出来れば内陸部にも売れるからね。塩味の大野煮でも十分売れるんだろう。

そういえば、元の世界だと数えるほどしか食べたことがなかった玄米ご飯にも慣れたなぁ。慣れるためもあって朝は玄米を食べているけど、なんでも慣れるもんだね。玄米は玄米で健康によいところがあるしね。史実でこの国の罹患病の上位に長らく脚気があったのも、精米済みの米、白米ばかりを食べたことが原因だ。

今日のおかずは玉子焼きと焼き魚と大野煮に、もやしと山菜の酢味噌和えと二十日大根のサラダ。季節にもよるが、栄養を考えると自然とこんな感じになるらしい。

ああ、もやしは農業試験村で冬の栄養源として重宝した。二十日大根ともども収穫が早く、この時代でも育てられるので順次織田領に広げたいところだ。

「ごちそうさま」

食後はしばしの休憩にする。

ウチはみんな同じ時間に食事を食べるのが決まりだ。信長さんや信秀さんが来ると対応するのに侍女さんは働くが、ウチの人間だけだと同じ時間に食べるようにしている。

まあ、みんなが同じ食事を同じ時間に食べるのは、オレが決めたんだけどね。身分とか立場とか不要な形式はウチの中だけでもなくしたいんだ。もちろん警備兵などの例外はある。さすがに仕事がある人や寝ずの番をしていた人にまで強制は出来ないから。

食後の休憩は、オレが休まないと誰も休めないから取るようにしている。暇なわけではなくロボとブランカと遊んでやる時間になっているけど。

「予防接種は順調。でも武士が意外と少ない」

ロボにブラッシングをしているケティと何気ない日常のことを話していると、昨年から始めた予防接種の件に話が及ぶ。

天然痘、この時代だと疱瘡と呼ぶ予防接種は続けていて、先日には信秀さんの子供たちとか織田一族の人も受けたたし、領民でも受ける人は増えている。

ただ、時代的に予防接種なんてものは一般には存在しないし、そもそもウイルスというものすら知られていない。

「うーん、まあ仕方ないんじゃないかな。強制すると反発されそうだし」

ケティとしては予防接種を普及させたいらしいね。ただ、医師のライバルがお坊さんとか祈禱師だからな。疱瘡対策の治療と説明してあるものの、元気なうちに病の対策や予防というのは馴染み自体がないんだ。

祈禱と同じ感覚で受け止めると、すぐに必要だと思う人は多くはないだろう。

実は病院に来ても治療費が払えないような貧しい人は、素直に予防接種を勧めると受けてくれるけど、武士となるとタダでとはいかないという問題でもある。

病院から治療費を要求することはないものの、常識として武士が無料で治療をしてもらうというのはあり得ないらしく、銭を出して受ける予防接種のハードルはさらに上がる。

これぱっかりは仕方ないね。価値観の違いは、話し合いでは解決出来ないから。

「殿、揖斐北方城が落ちたようでございます」

そろそろ動こうかなという時に、美濃から知らせが入った。今回の戦では試しに伝書鳩も使っているから報告が早い。

大きな波乱はなかったか。普通にやれば勝てる可能性が高いんだけど、問題は戦の内容だ。益氏さんからの文だと、敵が降伏して城を明け渡したらしい。

「うわぁ……」

「やはりこうなりましたね」

もちろん城が落ちたという知らせだけではない。味方の問題がいろいろと出たらしいね。

思わず面倒くさそうな顔をしたら、エルにクスッと笑われてしまった。

「道中の村で乱暴を働いたり襲ったりした人が結構出たか」

「早々に問題が出てくれてよかったですよ」

後始末とか処分を考えるとため息をついてしまうけど、確かにエルの言う通りだろう。

織田家がもっと大きくなってからだと、改善するのも大変だからね。史実においては確か戦国時代では最後まで兵のモラルは変わらなかったらしいし。

まあ軍による略奪とかは、元の世界でも完全になくなっていなかったとも聞くから今更だけどね。

「おやめください。守護様！　拙者には夫が……」

「はっはっ、よいではないか、よいではないか、なのです」

とりあえず信秀さんに報告に行くために着替えようと自分の部屋に向かうと、どこからともなくおかしな会話が聞こえる。

もちろん犯人は分かっている。

「すず、チェリー。守護様というのは駄目だよ」

「えー！　悪守護が出ないと盛り上がらないでござる！」

「そうなのです！　代官では面白くないのです！」

そこにいたのは台本片手に台詞の練習をする、すずとチェリーと慶次だった。

あれ、慶次も加わったのか。いたのなら止めてくれたらよかったのに。

実はすずとチェリーが人形劇を子供たちに見せたいって言うから許可したんだよね。だけど守護を出すのは駄目だ。誰のことかは織田領なら子供でも分かるが、幕府の正式な役職だしね、守護って。それに尾張で守護様と言ったら義統さんだ。

「駄目だって。絶対厄介なことになるから。慶次も止めてよ」

「『よいではないか』でお許しいただけませぬか。人形には土岐家の家紋をつけます故に」

ああ、慶次もギリギリ怒られるだけで終わるラインを攻めたいらしい。確かに土岐頼芸のことは、手形偽造なんかを紙芝居で尾張と美濃や近隣に知らせてあるけどさ。

なんというか、すずとチェリーと慶次って混ぜるな危険って感じがする。叱られても許されるラインを知っていて、そこを責めてくるようなところがよく似ている。

揖斐北方城の戦いの戦後処理について、久遠家家臣である滝川益氏が主導していたと『織田統一記』に記されている。

当時の常識として、領地となる村を従えることなどは領主となる者の役目であったが、織田家ではすでに領内の統治全般に関して改革をしていた頃であり、現地にいて一番それを熟知していたのは益氏であったため、彼が差配していたようである。

陪臣という身分でありながら、戦では城から討って出た敵を撃退するなど活躍しており、戦後処理も見事にしたことで織田家中で一番の手柄だと言わしめたと伝わる。

兵も半数ほどはすぐに尾張やそれぞれの領地に戻ったようだが、残った者は益氏に自ら従ったらしく、この時の益氏の力量と久遠家の立場が垣間見える出来事である。

織田信秀や久遠一馬もまた、新しい形を模索したこの戦において益氏を信頼して独自の裁量権まで与えていたと『久遠家記』にあり、この戦における彼の重要性を示している。

皇歴二七〇〇年・新説大日本史

終章　明日へと向かうひと時

side：シンディ

静かな部屋でお茶を点てる。遠く聞こえるのは町人の声。こういうのもいいですわね。

この日、那古野の屋敷にて織田の若様と帰蝶様をお茶でもてなしていますわ。

「これは……、いずこの作法でございましょう」

そんな帰蝶様ですが、私が茶を点てる様子に少し戸惑っておられます。

元の世界ほど確かな形式が決まっていないとはいえ、茶の湯はすでに知られているもの。当然、帰蝶様も相応に作法を学ばれたのでしょうね。

「作法などありませんわ。私が気の向くままもてなしております」

少し面白げに見ている若様は教える様子がないので私が答えます。この時代の礼儀作法を最低限取り入れつつ、もてなしたいという心でお茶を点てるだけ。

「……そうでしたか」

「他ならぬ若様とお方様でございますれば、不要な形式は無用かと愚考致しましたわ。茶を楽しみ、御休息となればそれが一番でございますので」

少し戸惑う帰蝶様に、私たちの価値観の一端をお見せする。若様が望まれたことですわ。

「なあ、帰蝶よ。そなたはやはり茶の湯も誰ぞに習うたのであろう？」

「はい。習っておりました」

「オレも習うたことはあるが、今はシンディに習うておる。決められた形ではない。茶を楽しみ、いかにこの場をもてなすか。毎度、考えさせられて面白いものぞ」

若様は変わられましたね。自ら思いを明かして理解してもらおうとする。司令やエル、ケティたちの影響でしょう。楽しげに帰蝶様に話して聞かせる姿が微笑ましいですわ。

「まあ、左様なこととは……」

「先達の教えに習うのは必要だが、その真意は己で考えねばならぬとオレは思う。久遠の知恵の真髄と言えることだ」

考える力と言うべきでしょうか。学校でも教えていることになります。ふたりは私がなにを考えてもてなしているのか。楽しげに考え始めました。

「新しき知恵を見つけねば、先達は超えられませんわ」

先達の知恵とそれを受け継ぐのも必要でしょう。ですが、学問とは常に新しき知識を追求するべきもの。私たちにとっては当然のことなのですけどね。帰蝶様は驚いておられます。

「先達を……超える」

帰蝶様の様子に、思わずクスッと笑いそうになりました。実のところ、茶の湯は私の趣味のようなもの。好きなように茶を飲みつつ振る舞っていたら、教えてほしいと頼まれることが増えただけ。

権威や形にとらわれず楽しみたい。それが一番の本音ですわ。

side：セレス

揖斐北方城攻めの報告が入りました。多くの収穫と課題が出ましたね。

良かったことは、織田家家臣も新しい価値観に慣れてきていることでしょうか。特に命じられていない戦後処理を皆で協力しているのは思った以上です。

儀太夫殿の活躍も凄いとしか言えません。私たちの価値観と命を理解しつつ、この時代の価値観で出来ることをする。なかなか出来ることではありませんね。

「せれす！」

「これは姫様。おはようございます」

司令たちと共に清洲城に登城すると、絵本を手に持った市姫様がいらっしゃいました。

私がいるのは、清洲城でも奥向きになる部屋です。猶子となった際に城内に与えられた部屋であり、市姫様がお越しになることもよくあります。

「ああ、絵本でございますね。少しでよろしければ読んで差し上げますよ」

おそらく司令かエルを探しにきたのでしょうね。あいにくと司令とエルは大殿に呼ばれていておらず、私は平手様と警備兵の打ち合わせがあるのですが。ただ、さすがに大殿との謁見中に行くのは乳母殿が止めている様子。私で喜んでくだされるか分かりませんが、読んで差し上げましょうか。

「うん！」

要らないと言われるのではと少し不安でしたが、華やかな笑顔で私のところに来たので、膝の上に乗せて絵本を開きます。嬉しそうに聞き入ってくれる姿が微笑ましいですね。

私も孤児院の子供たちとよく会うので、子供と接するのは慣れました。

日々成長していく子供たちと向き合うのは、未知のことであり、いろいろと教えられることもあります。

ふふふ、平手様に少し遅れると伝言を頼み、司令たちが戻ってくるまでお相手を致しましょうか。

こういう時間もいいですね。

side：久遠一馬

「報告書でござる」

「頑張ったのですよ」

すずとチェリーが報告書を持ってきた。職人衆救出のものではなく、その後のことだ。あの件はみんなに謝罪して終わっている。

実はこのふたり、本人たちの希望により短期滞在予定がそのまま尾張に残っているんだ。この世界に来てからは特に仕事もなかったこともあってね。

「うん。ご苦労様」

ふたりには、日常で気付いたことなどを報告書としてまとめてほしいと頼んだ。エルたちと違って、何事も全力で楽しむタイプだからね。ふたりにしか見えないものがあるかと思ってさ。

内容はなかなか興味深いものだ。市中をぶらぶらしつつ、問題がありそうなところや変な噂があるところに顔を見せて歩いている。いわゆる抑止として成立しているようだ。

「やっぱ、警備兵はまだまだかなぁ」

「みんな頑張っているのでござる」

「悪い人は法を整えても次の悪事を企むのです。それを抑止するべきなのです」

このふたり時代劇とか好きだからなぁ。そのノリでまっとうなことをするんだ。まあ、警備兵より身分があるふたりのほうが抑止には効果的だろうからなぁ。

「とりあえず、出掛ける時はひとりでもいいから供の人を付けること。動きにくいなら擬装ロボットでもいいから」

「畏まったでござる！」

「了解なのです！」

あまり口煩く言う気はない。ただ、すずとチェリーは特に目立つからなぁ。体裁は必要なんだよね。

「うふふ、大丈夫よ。ふたりも分かっているわよ」

「さすがメルティでござる！」

「もちろんなのです！」

すずとチェリーは調子がいいなぁ。まあ、それもいいけど。

「さあ、紅茶が入りましたわ」

今日は尾張にいる妻たちを集めてのお茶会だ。シンディがひとりひとりに紅茶を淹れてくれる。

「羽目を外すことも時には必要だからねぇ。すずとチェリーは今のウチに必要な人材だよ」

ジュリアが紅茶を一口飲むと、クスッと笑みを浮かべて意外とも思える一言を口にした。ジュリアはあえて言及することで、すずとチェリーにやり過ぎるなと言いたいんだろう。

「人手は助かりますね。いろいろとやることが増えていますので」

「病院も手伝ってほしい」

セレスとケティはふたりに期待することで、この先を楽しみにしているようだ。

「子供たちの評判はいいわよ～」

「学校の指導も向いているわね」

そんなセレスたちの言葉に、リリーとアーシャがさらにふたりを乗せるように続いた。みんな、こうして賑やかにおしゃべりをして時を過ごすことを好むんだ。

「任せるのでござる！」

「腕が鳴るのです！」

調子に乗せると力を発揮するからなぁ。すずとチェリーは。益々やる気になるふたりにみんなで笑ってしまう。

「フフフ、楽しい日々ネ」

「うん！　本当に楽しい！」

笑いが絶えない家族。リンメイとパメラの心から楽しそうな笑顔と一言に、みんな同意するように笑っている。

「かじゅま！　える！」

そんな賑やかな笑顔に誘われたわけではないのだろうが、お市ちゃんと姉妹たちがやって来た。

「すぐに菓子をお持ち致しますね」

「かし、おいちいからすき！」

エルがお菓子を配り、シンディが紅茶を淹れてあげると、嬉しそうにお市ちゃんたちは笑みを見せてくれた。

すっかりウチに来るのが習慣となったなぁ。正直、こういうことは想定していなかった。

試行錯誤をする。それはオレたちが織田家に伝えたことだ。信秀さんや土田御前はそれを自らのこととして考えて、子供たちを城から出すことを選んだ。

オレたちがここまで築いた信頼関係もあるけど、信秀さんたちはオレたち以上に変えたいという思いが強い気がする。

「かじゅま？」

少し考え込んでいると、お市ちゃんがこちらを見て小首を傾げていた。

「姫様、あとで少し庭を歩きましょうか。ロボとブランカと一緒に」

「ワン！」

「ワンワン！」

近くで伏せていたロボとブランカは、名前を呼んだことで起き上がると尻尾を振って駆け寄ってくる。散歩の話をしたと分かっているのかもね。

「うん！　あるくのもすき！」

お世話をしている乳母さんと顔を見合わせて喜ぶお市ちゃんには、明日への不安など欠片もない。

この世界で生きる。織田家で生きるということは、この子たちを守り、明日へと一緒に歩んでいく必要があるんだと教えられる。

エルやみんなを見ると、みんなも同じことを感じたらしく、大丈夫だと瞳が雄弁に語っている。

幸せだな。みんなと生きる場所があるということが。

感謝しよう。猶子として本当の家族のように受け入れてくれた信秀さんや土田御前や信長さんに。

オレたちも、その思いに応えようと思う。


織田家と久遠家は、文字通り家族ぐるみの付き合いがあったという資料が数多く現存している。現代に至る家族の形はそんな両家の交流から生まれたものもあり、信秀の子供たちもまた当時の武家の常識とは違う形で育ち大人となった。

一緒にいる時間が両家の絆をより深めたのだと現代では考えられており、未来を切り開く大きな原動力となったと言われている。

皇歴二七〇〇年・新説大日本史

特別ページ
キャラクターガイド

『戦国時代に宇宙要塞でやって来ました。七』に登場する主なキャラクターを、
モフ氏のデザイン画とともに御紹介いたします！

Illustration モフ

お市

織田市。織田信秀の子で、本作初登場時は数え年で三歳。一馬が信秀の猶子となったことで義妹のような存在になり、一馬にもエルたちにもよく懐いている。史実のお市の方。

滝川益氏

通称は儀太夫。一族の滝川一益同様、文武両道。工業村の代官代理として、管理と間者対策を含めた警備を任されている。面倒見がよく、荒くれ者が多い若い衆もよくまとめている。揖斐北方城攻めでは久遠家の将として出陣し活躍。

すず

戦闘型アンドロイド。刀の方と呼ばれる。設定年齢は十八歳。黒髪をポニーテールにしていて瞳は黒。「ござる」口調で話す。だいたいいつもチェリーとともに行動している。正義感が強い自称武士。

チェリー

技能型アンドロイド。忍の方と呼ばれる。設定年齢は十六歳。薄いグリーンの髪と瞳を持つ自称忍者。「なのです」口調で話す。すずとともに行動することが多く、一緒に紙芝居や人形劇を作ったりもする。

あとがき

最後までお読みいただき、ありがとうございました。

第七巻は、いかがだったでしょうか？

今回の特徴はいくつかありますが、まずは土岐頼芸の最後でしょうか。そこに繋がる流れを見直して加筆修正しました。

彼の死は美濃での騒動の終焉と、尾張と美濃の関係が新たなステージに入る出来事なので、きちんと書けて良かったなと思っています。

あとは新キャラである、すずとチェリーと女性陣の視点の追加と、今回ようやく登場することが出来た市姫、お市ちゃんの出番でしょうか。

ｗｅｂ版では人気な子だったので、台詞や動きなどを加筆修正してあります。

すずとチェリーに関しては賑やかでいい味を出している子たちなので、今後の活躍を考えてわくわくしています。

その一方で、竹中半兵衛の父である重元。彼の出番を土岐家家臣とすることで、物語の流れをスムーズにしました。竹中家は別の形で登場させようかなと思っています。ただ、本格的に出てくるのは半兵衛が元服した後かもしれません。

あと信長の結婚式。ここのあたりはｗｅｂ版の完成度が高かったこともあり、そこまで大きな変更はありません。

終盤では一馬たちの活躍のない戦。滝川益氏を中心とした揖斐北方城攻めがあります。ここも悩んだのですけどね。

戦国時代を舞台にする以上、主人公たちだけを活躍させて物語を進めることには抵抗もあり、群雄物のように多くの人が生きる姿を書きたく思い、そのままの流れで書くことにしました。

戦そのものも地味な展開ですが、歴史に残るような大きな戦でない場合は、地味で被害も少ない戦が珍しくなかったようなので、こういう形になりました。

ご存知でしょうが、拙作は日常を基軸にする物語になります。リアリティあるなと感じる描写をこれからも心掛けたいと思います。

次巻はどうなるのでしょうか。正式に続刊が決まったわけではありませんが、このあとがきを書いている頃は、すでに次のことを考えています。

歴史的なことや言葉、修正するところも多く、大変なこともありまして。

ｗｅｂ版、書籍版ともども応援よろしくお願い致します。

最後に、いろいろと難しい世の中になりましたが、書籍を購入してくださった皆様のご多幸をお祈り申し上げます。

私はなんとかこの戦国要塞を完結させるべく日々執筆を続けたいと思います。

最大級の感謝を込めて、終わりたいと思います。

横蛍

戦国時代に宇宙要塞で
やって来ました。 7

2023年3月31日 初版発行

【著　　者】横蛍

【イラスト】モフ
【編集】株式会社 桜雲社／新紀元社編集部／弦巻由美子
【デザイン・DTP】株式会社明昌堂

【発行者】福本皇祐
【発行所】株式会社新紀元社
〒101-0054　東京都千代田区神田錦町 1-7　錦町一丁目ビル 2F
TEL 03-3219-0921 ／ FAX 03-3219-0922
http://www.shinkigensha.co.jp/
郵便振替　00110-4-27618

【印刷・製本】中央精版印刷株式会社

ISBN978-4-7753-2076-1

※本書は、「小説家になろう」(http://syosetu.com/)「カクヨム」(http://kakuyomu.jp/) に掲載されていたものを、改稿のうえ書籍化したものです。